探寻经典国学里的智慧源泉

封神演义

［明］许仲琳／著　鲁晓菡／编译

团结出版社

图书在版编目（CIP）数据

封神演义 /（明）许仲琳著；鲁晓菡编译 . —北京：团结出版社，2017.10（2022.4 重印）
ISBN 978-7-5126-5043-5

Ⅰ . ①封… Ⅱ . ①许… ②鲁… Ⅲ . ①章回小说 – 中国 – 明代 Ⅳ . ① I242.4

中国版本图书馆 CIP 数据核字（2017）第 070179 号

出　版：团结出版社
（北京市东城区东皇城根南街 84 号　邮编：100006）
电　话：（010）65228880　65244790（出版社）
（010）65238766　85113874　65133603（发行部）
（010）65133603（邮购）
网　址：http://www.tjpress.com
E-mail：zb65244790@163. com（出版社）
fx65133603@163. com（发行部邮购）
经　销：全国新华书店
印　刷：天津兴湘印务有限公司

开　本：670毫米 × 960毫米　16开
印　张：16
字　数：200千字
版　次：2017年10月　第1版
印　次：2022年4月　第3次印刷

书　号：978-7-5126-5043-5
定　价：58.00元

前言

《封神演义》是中国古典小说中历史与神话题材相结合的完美典范，作者运用丰富的想象力以及广博的知识，将民间流传的封神故事整理成一部伟大的神话巨著。

本书是一部充分发挥想象的神话小说，人物法力无穷，情节扣人心弦，内容奇幻无比，读者从中可以感受到古典文化的浪漫色彩和活跃气氛，其内容以商灭周兴为历史背景，以武王伐纣为时空线索，以纣王女娲宫进香开篇，到周文王姬昌封列国诸侯结束。书中本领高强的神仙、道人齐聚一堂，助力武王伐纣，由此拉开了规模盛大的仙道斗法的序幕。

《封神演义》是中国古代神话小说的翘楚、浪漫文学的代表，它正是以这种浪漫主义情怀感动了一代又一代的中国人，为我们创造了一个不朽的神话传奇。作者以其丰富的艺术想象力建构了一个光怪陆离的神话世界，并塑造了以姜子牙、哪吒三太子、二郎神杨戬、雷震子、土行孙等为代表的一批性格鲜明、影响深远的文学形象。

为了让中国古典名著得以弘扬，我们精心编排了本书，无论你是想了解一下商周时期的一些故事，还是想感受一下青铜器时代的厚重沧桑，抑或是仅仅想看一本有趣的神魔小说来放松一下，都可以读一读《封神演义》，它绝对不会让你失望。

《封神演义》不仅是祖先传下来的宝贵遗产，还是值得后人仔细咀嚼的精神食粮，希望本书能让读者了解历史，感受古典文化的博大精深，使读者积累历史知识、陶冶情操、提高文化素养。

目录

第一回　纣王女娲宫进香

一日，纣王早朝登殿，设聚文武。天子问当驾官："有奏章出班，无事朝散。"言未毕，只见右班中一人出班，俯伏金阶，高擎牙笏，山呼称臣："臣商容待罪宰相，执掌朝纲，有事不敢不奏。明日乃三月十五日，女娲娘娘圣诞之辰，请陛下驾临女娲宫降香。"王曰："女娲有何功德，朕轻万乘而往降香？"商容奏曰："女娲娘娘乃上古神女，生有圣德。那时共工氏头触不周山，天倾西北，地陷东南。女娲乃采五色石，炼之以补青天，故有功于百姓，黎庶立禋祀以报之。今朝歌祀此福神，则四时康泰，国祚绵长，风调雨顺，灾害潜消。此福国庇民之正神，陛下当往行香。"王曰："准卿奏章。"纣王还宫。旨意传出：次日天子乘辇，随带两班文武，往女娲宫进香。此一回纣王不来还好，只因进香，惹得四海荒荒，生民失业。正所谓：漫江撒下钩和线，从此钓出是非来。

驾出朝歌南门，家家焚香设火，户户结彩铺毡。三千铁骑，八百御林，武成王黄飞虎保驾，满朝文武随行，前至女娲宫。天子离辇，上大殿，香焚炉中，文武随班拜贺毕。纣王观看殿中华丽。

纣王正看此宫殿宇齐整，楼阁丰隆，忽一阵狂风，卷起幔帐，现出女娲圣像，容貌端丽，瑞彩翩翩，国色天姿，婉然如生，真是蕊宫仙子临凡，月殿嫦娥下世。纣王因进香之后，看见女娲美貌，朝暮思想，寒暑尽忘，寝食俱废，每见六院三宫，真如尘饭土羹，不堪谛视。遂下令各路诸侯广选美女以充王廷。

第二回　冀州侯苏护反商

宠臣费仲俯伏奏曰：“臣近访得冀州侯苏护有一女，艳色天姿，幽闲淑性，若选进宫闱，随侍左右，堪任役使。”纣王听言，不觉大悦：“卿言极善！”即命随侍官传旨：“宣苏护。”

苏护听后大怒，为此事顶撞了纣王，回去后训练人马，以备不测。纣王派侯虎前去征讨。话说侯虎领五万人马，即日出兵，离了朝歌，往冀州进发。大兵正行，所过州府县道，非止一日。前哨马来报：“人马已至冀州，请千岁军令定夺。”侯虎传令安营。

苏护把人马暗暗调出城来，只待劫营。时至初更，已行十里。探马报与苏护，护即传令，将号炮点起。一声响亮，如天崩地塌，三千铁骑，一齐发喊，冲杀进营。如何抵当，好生厉害。

单言苏护，一骑马，一条枪，直杀入阵来，捉拿崇侯虎。左右营门，喊声振地。崇侯虎正在梦中，闻见杀声，披袍而起，上马提刀，冲出帐来。只见灯光影里，看苏护金盔金甲，大红袍，玉束带，青骢马，火龙枪，大叫曰：“侯虎休走！速下马受缚！”捻手中枪劈心刺来。崇侯落慌，将手中刀对面来迎，两马交锋。正战时，只见这崇侯虎长子应彪带领金葵、黄元济杀将来助战。崇营左粮道门赵丙杀来，右粮道门陈季贞杀来。两家混战，夤夜交兵。

话说两家大战，苏护有心劫营，崇侯虎不曾防备，冀州人马以一当十。金葵正战，早被赵丙一刀砍于马下。侯虎见势不能支，且战且走。有长子应彪保父，杀一条路逃走，好似丧家之犬，漏网之鱼。冀州人马凶如猛虎，恶似豺狼，只杀得尸横遍野，血满沟渠。急忙奔走，夜半更深，不认路途而行，只要保全性命。苏护赶杀侯虎败残人马约二十余里，传令鸣金收军。苏护得全胜回冀州。

第三回　姬昌解围进妲己

话说崇侯虎父子带伤奔走一夜，不胜困乏，急收聚败残人马，十停止存一停，俱是带着重伤。侯虎一见众军，不胜伤感。黄元济转上前曰：“君侯何故感叹？胜负军家常事，昨夜偶未提防，误中奸计。君侯且将残兵暂行扎住，可发一道催军文书往西岐，催西伯速调兵马前来，以便截战。一则添兵相助；二则可复今日之恨耳。不知君侯意下如何？”言未毕，报：“西伯侯差官辕门下马。”只见散宜生素服角带，上帐行礼毕：“卑职散宜生拜见君侯。”侯虎曰：“大夫，你主公为何偷安，竟不为国，按兵不动，违避朝廷旨意？你主公甚非为人臣之礼！今大夫此来，有何话说？”宜生答曰：“我主公言，兵者，凶器也。人君不得已而用之。今因小事，劳民伤财，惊慌万户，所过州府县道，调用一应钱粮；路途跋涉，百姓有征租榷税之扰，军将有披坚执锐之苦，因此我主公先使卑职下一纸之书，以息烽烟，使苏护进女王廷，各罢兵戈，不失一殿股肱之意。如护不从，大兵一至，剿叛除奸，罪当灭族，那时苏护死而无悔。”侯虎听言，大笑曰：“姬伯自知违避朝廷之罪，特用此支吾之辞，以来自释。吾先到此，损将折兵，恶战数场，那贼焉肯见一纸之书而献女也？吾且看大夫往冀州见苏护如何。如不依允，看你主公如何回旨？你且去！”

宜生出营上马，径到城下叫门：“城上的，报与你主公，说西伯侯差官下书。”城上士卒急报上殿：“启爷，西伯侯差官在城下，口称下书。”苏护曰：“姬伯乃西岐之贤人，速令开城，请来相见。”不一时，宜生到殿前行礼毕。护曰：“大夫今到敝郡，有何见谕？”宜生锦囊取书，献与苏护。护接书开拆，书曰：

西伯侯姬昌百拜冀州君侯苏公麾下：昌闻‘率土之滨，莫非王臣。’

今天子欲选艳妃，凡公卿士庶之家，岂得隐匿？今足下有女淑德，天子欲选入宫，自是美事。足下竟与天子相抗，是足下忤君。足下仅知小节，为爱一女，而失君臣大义。昌素闻公忠义，不忍坐视，特进一言，可转祸为福，幸垂听焉。且足下若进女王廷，实有三利：女受宫闱之宠，父享椒房之贵，官居国戚，食禄千钟，一利也；冀州永镇，满宅无惊，二利也；百姓无涂炭之苦，三军无杀戮之惨，三利也。公若执迷，三害目下至矣：冀州失守，宗社无存，一害也；骨肉有族灭之祸，二害也；军民遭兵燹之灾，三害也。大丈夫当舍小节而全大义，岂得效区区无知之辈以自取灭亡哉！昌与足下同为商臣，不得不直言上渎，幸贤侯留意也。草草奉闻，立候裁决。谨启。

苏护看毕，半晌不言，只是点头。宜生见护不言，乃曰："君侯不必犹豫。如允，以一书而罢兵戈；如不从，卑职回复主公，再调人马。无非上从君命，中和诸侯，下免三军之劳苦。此乃主公一段好意，君侯何故缄口无语？乞速降号令，以便施行。"苏护闻言，于是命酒管待散宜生于馆舍。次日修书赠金帛，令先回西岐，"我随后便进女朝商赎罪。"宜生拜辞而去。真是一封书抵十万之师。

第四回　恩州驿狐狸死妲己

苏全忠进了冀州，见了父母，彼此感慰毕。护曰："姬伯前日来书，真是救我苏氏灭门之祸。此德此恩，何敢有忘！我儿，我想君臣之义至重，君叫臣死，不敢不死，我安敢惜一女，自取败亡哉！今只得将你妹子进往朝歌，面君赎罪。你可权镇冀州，不得生事扰民。我不日就回。"全忠拜领父言。苏护随进内，对夫人杨氏将"姬伯来书劝我朝王"一节细说一遍。夫人放声大哭，苏护再三安慰。夫人含泪言曰："此女生来娇柔，恐不谙侍君之礼，反又惹事。"苏护曰："这也没奈何，只得听之而已。"夫妻二人不觉感伤一夜。

次日，点三千人马，五百家将，整备毡车，令妲己梳妆起程。妲己闻命，泪下如雨，拜别母亲、长兄，婉转悲啼，百千娇媚，真如笼烟芍药，带雨梨花。子母怎生割舍？只见左右侍儿苦劝，夫人方哭进府中，小姐也含泪上车。兄全忠送至五里而回。苏护压后，保妲己前进。只见前面打两杆贵人旗幡，一路上饥餐渴饮，朝登紫陌，暮践红尘；过了些绿杨古道，红杏园林；见了些啼鸦唤春，杜鹃叫月。在路行程，非止一两日，逢州过县，涉水登山。

那日抵暮，已至恩州，只见恩州驿驿丞接见。护曰："驿丞，收拾厅堂，安置贵人。"驿丞曰："启老爷，此驿三年前出一妖精，以后凡有一应过往老爷，俱不在里面安歇。可请贵人权在行营安歇，庶保无虞。不知老爷尊意如何？"苏护大喝曰："天子贵人，岂惧甚么邪魅？况有馆驿，安得停居行营之礼？快去打扫驿中厅堂住室，毋得迟误取罪！"驿丞忙叫众人打点厅堂内室，准备铺陈，炷香洒扫，一色收拾停当，来请贵人。苏护将妲己安置在后面内堂里，有五十名侍儿在左右奉侍，将三千人马俱在驿外边围绕，五百家将在馆驿门首屯扎。苏护正在厅上坐着，点上蜡烛。苏护暗想："方才驿丞言此处有妖怪，此乃皇华驻节之所，人烟凑集之处，焉有此事？然亦不可不防。"将一根豹尾鞭放在案桌之旁，剔灯展玩兵书。只听得恩州城中戌鼓初敲，已是一更时分。苏护终是放心不下，乃手提铁鞭悄步后堂，于左右室内点视一番，见诸侍儿并小姐寂然安寝，方才放心。复至厅上再看兵书，不觉又是二更。不一时，将交三鼓。可煞作怪，忽然一阵风响，透人肌肤，将灯灭而复明，苏护被这阵怪风吹得毛骨悚然。心下正疑惑之间，忽听后厅侍儿一声喊叫："有妖精来了！"苏护听说后边有妖精，急忙提鞭在手，抢进后厅，左手执灯，右手执鞭，将转大厅背后，手中灯已被妖风扑灭。苏护急转身，再过大厅，急叫家将取进灯火来时，复进后厅，只见众侍儿慌张无措。苏护急到妲己寝榻之前，用手揭起幔帐，问曰："我儿，方才妖气相侵，你曾见否？"妲己答曰："孩儿梦中听得侍儿喊叫'妖精来了'，孩儿急待看时，又见灯光，不知是爹爹前来，并不曾看见甚么妖怪。"护曰："这个感谢天地庇佑，不曾惊吓了你，这也罢了。"护复安慰女儿安息，自己巡视，不敢安寝。不知这个回话的乃是千年狐狸，不是妲己。方才灭灯之时，再出厅前取得灯火来，这是多少时候了，妲己魂魄已被狐狸吸去，死之久矣。乃借体成形，迷惑纣王，断送他锦绣江山。此是天数，非人力所为。

苏护心慌，一夜不曾着枕，"幸喜不曾惊了贵人，托赖天地祖宗庇佑，不然又是欺君之罪，如何解释？"等待天明，离了恩州驿，前往朝歌而来。晓行夜住，饥餐渴饮，在路行程，非止一日。渡了黄河，来至朝歌，安下营寨。苏护先差官进城，用"脚色"见武成王黄飞虎。飞虎见了苏护进女赎罪文书，忙差龙环出城，吩咐苏护把人马扎在城外，令护同女进城，到金亭馆驿安置。

纣王命随侍官："宣妲己朝见。"妲己进午门，过九龙桥，至九间殿滴水檐前，高擎牙笏，进礼下拜，口称"万岁"，纣王定睛观看，见妲己乌云叠鬓，杏脸桃腮，浅淡春山，娇柔柳腰，真似海棠醉日，梨花带雨，不亚九天仙女下瑶池，月里嫦娥离玉阙。妲己启朱唇似一点樱桃，舌尖上吐的是美滋滋一团和气；转秋波如双弯凤目，眼角里送的是娇滴滴万种风情。口称："犯臣女妲己愿陛下万岁，万岁，万万岁！"只这一句，就把纣王叫得魂游天外，魄散九霄，骨软筋酥，耳热眼跳，不知如何是好。当时纣王起立御案之旁，命："美人平身。"令左右宫妃："挽苏娘娘进寿仙宫，候朕躬回宫。"忙叫当驾官传旨："赦苏护满门无罪，听朕加封，官还旧职，国戚新增，每月加俸二千担，显庆殿筵宴三日，众百官、首相庆贺皇亲，夸官三日。文官二员、武官三员送卿荣归故地。"苏护谢恩。

第五回　云中子进剑除妖

纣王贪恋妲己，终日荒淫，不理朝政。话说终南山有一炼气士，名曰云中子，乃是千百年得道之仙。那日闲居无事，手携水火花篮，意欲往虎儿崖前采药。方才驾云兴雾，忽见东南上一道妖气，直冲透云霄。云中子打一看时，点首嗟叹：“此畜不过是千年狐狸，今假托人形，潜匿朝歌皇宫之内，若不早除，必为大患。我出家人慈悲为本，方便为门。”忙唤金霞童子：“你与我将老枯松枝取一段来，待我削一木剑去除妖邪。”童儿曰：“何不用照妖宝剑，斩断妖邪，永绝祸根？”云中子笑曰：“千年老狐，岂足当吾宝剑！只此足矣。”童儿取松枝与云中子，削成木剑，吩咐童子：“好生看守洞门，我去就来。”云中子离了终南山，脚踏祥云，望朝歌而来。

纣王曰：“宫中既有妖气，将何物以镇之？”云中子揭开花篮，取出松树削的剑来，拿在手中，对纣王曰：“陛下不知此剑之妙，听贫道道来，

松树削成名巨阙，其中妙用少人知。
虽无宝气冲牛斗，三日成灰妖气离。”

云中子道罢，将剑奉与纣王。纣王接剑曰：“此物镇于何处？”云中子曰：“挂在分宫楼，三日内自有应验。”纣王随命传奉官：“将此剑挂在分宫楼前。”传奉官领命而去。

话说纣王驾至寿仙宫前，不见妲己来接见，纣王心甚不安。只见侍御官接驾，纣王问曰：“苏美人为何不接朕？”侍驾官启陛下：“苏娘娘偶染暴疾，人事昏沉，卧榻不起。”纣王听罢，忙下龙辇，急进寝宫，揭起金龙幔帐，见妲己面似金枝，唇如白纸，昏昏惨惨，气息微茫，恹恹若绝。纣王便叫：“美人，早晨送朕出宫，美貌如花，为何一时有恙，便是这等垂危？叫朕如何是好？”看官：这是那云中子宝剑挂在分宫楼，镇压的这

狐狸如此模样。倘若是镇压的这妖怪死了，可不保得成汤天下！也是合该这纣王江山有败，周室将兴，故此纣王终被他迷惑了。表过不题。

只见妲己微睁杏眼，强启朱唇，作呻吟之状，喘吁吁叫一声："陛下！妾身早晨送驾临轩，午时远迎陛下，不知行至分宫楼前候驾，猛抬头见一宝剑高悬，不觉惊出一身冷汗，竟得此危症。想贱妾命薄缘悭，不能长侍陛下于左右，永效于飞之乐耳。乞陛下自爱，无以贱妾为念。"道罢，泪流满面。纣王惊得半晌无言，传旨急命左右："将那方士所进木剑，用火作速焚毁，毋得迟误！几惊坏美人。"纣王再三温慰，一夜无寝。看官：纣王不焚此宝剑，还是商家天下；只因焚了此剑，妖气绵固深宫，把纣王缠得颠倒错乱，荒了朝政，人离天怨，白白将天下失于西伯，此也是天意合该如此。不知焚剑如何，且听下回分解。

第六回　纣王无道造炮烙

妲己见焚了此剑，妖光复长，依旧精神。

妲己依旧侍君，摆宴在宫中欢饮。

商容进九间大殿，过龙德殿、显庆殿、嘉善殿，再过分宫楼。商容见奉御官。奉御官口称："老丞相，寿仙宫乃禁闼所在，圣躬寝室，外臣不得进此！"商容曰："我岂不知？你与我启奏，商容候旨。"奉御官进宫启奏："首相商容候旨。"王曰："商容何事进内见朕？但他虽是外官，乃三世之老臣也，可以进见。"命："宣！"商容进宫，口称"陛下"，俯伏阶前。王曰："丞相有甚紧急奏章，特进宫中见朕？"商容启奏："执掌司天台首官杜元铣昨夜观乾象，见妖气照笼金阙，灾殃立见。元铣乃三世之老臣，陛下之股肱，不忍坐视。且陛下何事日不设朝，不理国事，端坐深宫，使百官日夜忧思？今臣等不避斧钺之诛，干冒天威，非为沽直，乞垂天听。"将本献上，两边侍御宫接本在案。

纣王回首问妲己曰："杜元铣上书，又提妖魅相侵，此言果是何故？"妲己上前跪而奏曰："前日云中子乃方外术士，假捏妖言，蔽惑圣聪，摇乱万民，此是妖言乱国。今杜元铣又假此为题，皆是朋党惑众，造言生事。百姓至愚，一听此妖言，不慌者自慌，不乱者自乱，致使百姓惶惶，莫能自安，自然生乱。究其始，皆自此无稽之言惑之也。故凡妖言惑众者，杀无赦！"纣王下令将杜元铣摘去衣服，绳缠索绑，拿出午门。方至九龙桥，只见一位大夫，身穿大红袍，乃梅伯也。伯见杜太师绑缚而来，向前问曰："太师得何罪如此？"元铣曰："天子失政，吾等上本内庭，言妖气累贯于宫中，灾星立变于天下。首相转达，有犯天颜。君赐臣死，不敢违旨。梅先生，'功名'二字，化作灰尘，数载丹心，竟成冰冷！"

梅伯听言，曰：“且住，带我保奏去。”竟至九龙桥边，适逢首相商容。梅伯曰：“请问丞相，杜太师有何罪犯君，特赐其死？”商容曰：“元铣本章，实为朝廷，因妖氛绕于禁闼，怪气照于宫闱。当今听苏美人之言，坐以‘妖言惑众，惊慌万民’之罪。老夫苦谏，天子不从。如之奈何？”

梅伯携商容过大殿，径进内庭。梅伯厉声奏曰：“杜元铣乃治世之忠良，陛下若斩元铣而废先王之大臣，听艳妃之言，有伤国家之梁栋。臣愿主公赦杜元铣毫末之生，使文武仰圣君之大德！”纣王大怒，着奉御官：“把梅伯拿下去，用金瓜击顶！”两边才待动手，妲己曰：“妾有奏章。”王曰：“美人有何奏朕？”“妾启主公，人臣立殿，张眉竖目，恶语侮君，大逆不道，乱伦反常，非一死可赎者也。且将梅伯权禁囹圄，妾治一刑，杜狡臣之渎奏，除邪言之乱正。”纣王问曰：“此刑何样？”妲己曰：“此刑约高二丈，圆八尺，上、中、下用三火门，将铜造成，如铜柱一般，里边用炭火烧红。却将妖言惑众、利口侮君、不尊法度、无事妄上谏章与诸般违法者，跣剥官服，将铁索缠身，裹围铜柱之上，只炮烙四肢筋骨，不须臾，烟尽骨消，尽成灰烬。此刑名曰‘炮烙’。若无此酷刑，奸猾之臣、沽名之辈，尽玩法纪，皆不知戒惧。”纣王曰：“美人之法，可谓尽善尽美！”即命传旨：“将杜元铣枭首示众，以戒妖言。将梅伯禁于囹圄。”又传旨意：照样造炮烙刑具，限作速完成。

几日后，纣王下辇，携妲己手而言曰：“美人妙策，朕今日殿前炮烙了梅伯，使众臣俱不敢出头强谏，钳口结舌，唯唯而退。是此炮烙乃治国之奇宝也。”传旨：“设宴与美人贺功。”

第七回　费仲计废姜皇后

一日，朔望之辰。姜皇后在中宫，各宫嫔妃朝贺皇后。西宫黄贵妃——黄飞虎之妹，馨庆宫杨贵妃俱在正宫。只见宫人来报："寿仙宫苏妲己候旨。"皇后传："宣！"妲己进宫，见姜皇后升宝座，黄贵妃在左，杨贵妃在右，妲己进宫朝拜已毕。姜皇后特赐美人平身，妲己侍立一旁。二贵妃问曰："这就是苏美人？"姜后曰："正是。"因对苏氏责曰："天子在寿仙宫，无分昼夜，宣淫作乐，不理朝政，法纪混淆，你并无一言规谏。迷惑天子，朝歌暮舞，沉湎酒色，拒谏杀忠，坏成汤之大典，误国家之安危，是皆汝之作俑也。从今如不悛改，引君当道，仍前肆无忌惮，定以中宫之法处之！且退！"

妲己忍气吞声，拜谢出宫，满面羞愧，闷闷回宫。妲己切齿曰："我乃天子之宠妃，姜后自恃元配，对黄、杨二贵妃耻辱我不堪，此恨如何不报！"遂命人招费仲商议报复之事，二人商讨一番决定报复。

一日，纣王在寿仙宫闲居无事，妲己启奏曰："陛下顾恋妾身，旬日未登金殿，望陛下明日临朝，不失文武仰望。"王曰："美人所言，真是难得！虽古之贤妃圣后，岂是过哉？明日临朝，裁决机务，庶不失贤妃美意。"看官，此是费仲、妲己之计，岂是好意？表过不题。

次日，天子设朝，但见左右奉御保驾，出寿仙宫，銮舆过龙德殿，至分宫楼，红灯簇簇，香气氤氲。正行之间，分宫楼门角旁一人，身高丈四，头带扎巾，手执宝剑，行如虎狼，大喝一声，言曰："昏君无道，荒淫酒色，吾奉主母之命，刺杀昏君，庶成汤天下不失与他人，可保吾主为君也！"一剑劈来。两边该多少保驾官，此人未近前时，已被众官所获，绳缠索绑，拿近前来，跪在地下。纣王惊而且怒，驾至大殿升座，文武朝贺毕，百官不知其故。王曰："宣武成王黄飞虎、亚相比干。"二臣随出班，拜伏称"臣"。纣王曰："二卿，今日升殿，异事非常！"比干曰："有何异事？"王曰："分宫楼有一刺客执剑刺朕，不知何人所使？"黄飞虎听言大惊，忙问曰："昨日是哪一员官宿殿？"内有一人，乃是"封神榜"上有名，官拜总兵，姓鲁名雄，出班拜伏："是臣宿殿，并无奸细。此人莫非五更随百官混入分宫楼内，故有此异变？"黄飞虎吩咐："把刺客推来！"众官将刺客拖到滴水之前。天子传旨："众卿，谁与朕勘问明白回旨？"班中闪一人进礼称："臣费仲不才，勘明回旨。"看官：费仲原非问官，此乃做成圈套，陷害姜皇后的，恐怕别人审出真情，故此费仲讨去勘问。

话说费仲拘出刺客，在午门外勘问，不用加刑，已是招成谋逆。费仲进大殿见天子。俯伏回旨。百官不知原是设成计谋，静听回奏。王曰："勘明何说？"费仲奏曰："臣不敢奏闻。"王曰："卿既勘问明白，为何不奏？"费仲曰："赦臣罪，方可回旨。"王曰："赦卿无罪。"费仲奏："刺客姓姜名环，乃东伯侯姜桓楚家将，奉中宫姜皇后懿旨，行刺陛下，意在侵夺天位与姜桓楚而为天子。幸宗社有灵，皇天后土庇佑，陛下洪福齐天，逆谋败露，随即就擒。请陛下下九卿文武，议贵议戚，定夺。"纣王怒发如雷，驾回寿仙宫。不表。

妲己曰："法者乃为天下而立，天子代天宣化，亦不得以自私自便，况犯法无尊亲贵贱，其罪一也。陛下可传旨：如姜后不招，剜去他一目。眼乃心之苗，他惧剜目之苦，自然招认。使文武知之，此亦法之常，无甚苛求也。"纣王曰："妲己之言也是。"

奉御官将姜皇后剜去一目，血染衣襟，昏绝于地。

第八回　方弼方相反朝歌

且说东宫太子殷郊、二殿下殷洪弟兄正在东宫无事弈棋，只见执掌东宫太监杨容来启："千岁，祸事不小！"太子殷郊此时年方十四岁，二殿下殷洪年方十二岁，年纪幼小，尚贪嬉戏，竟不在意。杨容复禀曰："千岁不要弈棋了，今祸起宫闱，家亡国破！"殿下忙问曰："有何大事，祸及宫闱？"杨容含泪曰："启千岁，皇后娘娘不知何人陷害，天子怒发西宫，剜去一目，炮烙二手，如今与刺客对词，请千岁速救娘娘！"殷郊一声大叫，同弟出东宫，竟进西宫。进得宫来，忙到殿前。太子一见母亲浑身血染，两手枯焦，臭不可闻，不觉心酸肉颤，近前俯伏姜皇后身上，跪而哭曰："娘娘为何事受此惨刑？母亲，你纵有大恶，正位中宫，何轻易加刑？"姜后闻子之声，睁开一目，母见其子，大叫一声："我儿！你看我剜目烙手，刑甚杀戮。这个姜环做害我谋逆；妲己进献谗言残我手目；你当为母明冤洗恨，也是我养你一场！"言罢大叫一声："苦死我也！"呜咽而绝。

太子殷郊见母气死，又见姜环跪在一旁，殿下问黄妃曰："谁是姜环？"黄妃指姜环曰："跪的这个恶人就是你母亲对头。"殿下大怒，只见西宫门上挂一口宝剑，殿下取剑在手，"好逆贼！你欺心行刺，敢陷害国母！"把姜环一剑砍为两段，血溅满地。太子大叫曰："我先杀妲己以报母仇！"提剑出宫，掉步如飞。

晁田、晁雷跑至宫门，慌忙传进宫中，言："二殿下持剑赶来！"纣王闻奏大怒："好逆子！姜后谋逆行刺，尚未正法，这逆子敢持剑进宫弑父，总是逆种，不可留！着晁田、晁雷取龙凤剑，将二逆子首级取来，以正国法！"

二位太子急忙与众大臣商议对策。众大臣议事，只听得殿西首一声喊叫，似空中霹雳，大呼曰："天子失政，杀子诛妻，建造炮烙，阻塞忠良，恣行无道。大丈夫既不能为皇后洗冤、太子复仇，含泪悲啼，效儿女子之态！古云：'良禽择木而栖，贤臣择主而仕。'今天子不道，三纲已绝，大义有乖，恐不能为天下之主，我等亦耻为之臣。我等不若反出朝歌，另择新君，去此无道之主，保全社稷！"众人看时，却是镇殿大将军方弼、方相兄弟二人。黄飞虎听说，大喝一声："你多大官，敢如此乱言！满朝该多少大臣，岂容得你讲？本当拿了你这等乱臣贼子，还不退去！"方弼兄弟二人低头喏喏，不敢回言。

黄飞虎见国政颠倒，迭现不祥，也知天意、人心俱有离乱之兆，心中沉郁不乐，咄咄无言；又见微子、比干、箕子诸位殿下，满朝文武，人人切齿，个个长吁，正无甚计策；只见一员官，身穿大红袍，腰悬宝带，上前对诸位殿下言曰："今日之变，正应终南山云中子之言！古云'君不正，则臣生奸佞'。今天子屈斩太师杜元铣，治炮烙谏官梅伯，今日又有这异事。皇上青白不分，杀子诛妻。我想起来，那定计奸臣，行事贼子，他反在旁暗笑。可怜成汤社稷，一旦丘墟，似我等不久终被他人所掳！"言者乃上大夫杨任。黄飞虎长叹数声："大夫之言是也！"百官默默。二位殿下悲哭不止。

只见方弼、方相分开众人，方弼夹住殷郊，方相夹住殷洪，厉声高叫曰："纣王无道，杀子而绝宗庙，诛妻有坏纲常。今日保二位殿下往东鲁借兵，除了昏君，再立成汤之嗣。我等反了！"二人背负殿下，径出朝歌南门去了。纣王命殷破败、雷开领兵去追赶二位太子。

第九回　商容九间殿死节

话说殷、雷二将获得殿下，将至朝歌安下营寨。二将进城回旨，暗喜成功。

且说众官齐上大殿，鸣钟击鼓，请天子登殿。纣王在寿仙宫听见钟鼓之声，正欲传问，只见奉御官奏曰："合朝文武请陛下登殿。"纣王对妲己曰："此无别事，只为逆子，百官欲来保奏。如何处治？"妲己奏曰："陛下传出旨意，今日斩了殿下，百官明日见朝。一面传旨，一面催殷破败回旨。"

不久后殷破败进寿仙宫见纣王，奏曰："臣奉旨监斩，正候行刑旨出，忽被一阵狂风把二殿下刮将去了，无踪无迹。异事非常，请旨定夺。"纣王闻言，沉吟不语，暗想曰："奇哉！怪哉！"心下犹豫不决。

且说丞相商容，随后赶进朝歌，只听得朝歌百姓俱言"风刮去二位殿下"，商容甚是惊异。商容对百官曰："老夫此来，面见天子，有死无生，今日必犯颜直谏，舍身报国，庶几有日见先王于在天之灵。"叫执殿官鸣钟鼓。执殿官将钟鼓齐鸣，奉御官奏乐请驾。纣王正在宫中，因风刮去殿下，郁郁不乐。又闻奏乐临朝，钟鼓不绝，纣王大怒，只得命驾登殿，升于宝座。百官朝贺毕。天子曰："卿等有何奏章？"商容在丹墀下，俯伏不言。纣王观见丹墀下俯伏一人，身穿缟素，又非大臣，王曰："俯伏何人？"商容奏曰："致政首相、待罪商容朝见陛下。"纣王见商容，惊问曰："卿既归林下，复往都城，不遵宣诏，擅进大殿，何自不知进退如此！"商容肘膝行至滴水檐前，泣而奏曰："臣昔居相位，未报国恩；近闻陛下荒淫酒色，道德全无，听谗逐正，紊乱纪纲，颠倒五常，污蔑彝伦，君道有亏，祸乱已伏。臣不避万刃之诛，具疏投天，恳乞陛下容纳，真拨云见日，普天之下瞻仰圣德于无疆矣！”

纣王大怒，传旨命当驾官：“将这老匹夫拿出午门，用金瓜击死！”两边当驾官欲待上前，商容站立檐前，大呼曰：“谁敢拿我！我乃三世之股肱、托孤之大臣！”商容手指纣王大骂曰：“昏君！你心迷酒色，荒乱国政，可惜先王竭精[illegible]髓遗为子孙万世之基，金汤锦绣之天下，被你这昏君断送了个干干净净的！你死于九泉之下，将何颜见你之先王哉？”纣王拍案大骂：“快拿匹夫击顶！”商容大喝左右：“吾不惜死！帝乙先君，老臣今日有负社稷，不能匡救于君，实愧见先王耳！你这昏君，天下只在数载之间，一旦失与他人！”商容往后一闪，一头撞到龙盘石柱上面。可怜七十五岁老臣，今日尽忠，脑浆喷出，血染衣襟，一世忠臣，半生孝子，今日之死，乃是前生造定的。

第十回　姬伯燕山收雷震

话说姬昌在茂林避雨，只见滂沱大雨一似瓢泼盆倾，下有半个时辰。姬伯吩咐众人："仔细些，雷来了！"跟随众人大家说："老爷吩咐，雷来了，仔细些！"话犹未了，一声响亮，霹雳交加，震动山河大地，崩倒华岳高山。众人大惊失色，都挤紧在一处。须臾云散雨收日色当空，众人方出得林子来。姬昌在马上浑身雨湿，叹曰："雷过生光，将星出现。左右的，与我把将星寻来！"众人冷笑不止："将星是谁？哪里去找寻？"然而不敢违命，只得四下里寻觅。众人正寻之间，只听得古墓旁边，像一孩子哭泣声响。众人向前一看，果是个孩子。众人曰："想此古墓，焉得有这孩儿？必然古怪，想是将星。就将这婴孩抱来献与千岁看，何如？"众人果将这孩儿抱来，递与姬伯。姬伯看见好个孩子，面如桃蕊，眼有光华。姬昌大喜，想："我该有百子，今只有九十九子，适才之数，该得此儿，正成百子之兆，真是美事。"命左右："将此孩儿送往前村抚养，待孤七载回来，带往西岐。久后，此子福分不浅。"姬昌纵马前行，登山过岭，赶过燕山。往前正走，不过一二十里，只见一道人，丰姿清秀，相貌稀奇，道家风味异常，宽袍大袖，那道人有飘然出世之表，向马前打稽首曰："君侯，贫道稽首了。"姬昌慌忙下马答礼，言曰："不才姬昌失礼了。请问道者为何到此？哪座名山？甚么洞府？今见不才有何见谕？愿闻其详。"那道人答曰："贫道是终南山玉柱洞炼气士云中子是也。方才雨过雷鸣，将星出现。贫道不辞千里而来，寻访将星。今睹尊颜，贫道幸甚！"姬昌听罢，命左右抱过此子付与道人。道人接过看曰："将星，你这时候才出现！"云中子曰："贤侯，贫道今将此儿带上终南山，收为徒弟；俟贤侯回日，奉与贤侯。不知贤侯意下如何？"昌曰："道者带去不妨，只是久后相会，以何名为证？”道人曰：“雷过现身，后会时以‘雷震’为名便了。”昌曰：“不才领教，请了。”云中子抱雷震子回终南山而去。若要相会，七年后姬伯有难，雷震子下山重会。此是后话，表过不题。

且说姬昌一路无辞，进五关，过渑池县，渡黄河，过孟津，进朝歌，来至金庭馆驿。馆驿中先到了三路诸侯：东伯侯姜桓楚、南伯侯鄂崇禹、北伯侯崇侯虎。四人相见礼毕，喝酒，谈些朝中之事。

次日，早朝升殿，聚集两班文武。午门官启驾：“四镇诸侯候旨。”王曰：“宣来。”只见四侯伯听诏，即至殿前。东伯侯姜桓楚等，高擎牙笏，进礼称“臣”毕。姜桓楚将本章呈上，亚相比干接本。纣王曰：“姜桓楚，你知罪么？”桓楚奏曰：“臣镇东鲁，肃严边庭，奉法守公，自尽臣节，有何罪可知？陛下听谗宠色，不念元配，痛加惨刑，诛子灭伦，自绝宗嗣。信妖妃，阴谋忌妒；听佞臣，炮烙忠良。臣既受先王重恩，今睹天颜，不避斧钺，直言冒奏，实君负微臣，臣无负于君。望乞见怜，辩明冤枉。生者幸甚，死者幸甚！”纣王大怒，骂曰：“老逆贼！命女弑君，忍心篡位，罪恶如山，今反饰辞强辩，希图漏网。”命武士：“拿出午门，碎醢其尸，以正国法！”金瓜武士将姜桓楚剥去冠冕，绳缠索绑。姜桓楚骂不绝口。不由分说，推出午门。只见西伯侯姬昌、南伯侯鄂崇禹、北伯侯崇侯虎出班称“臣”：“陛下，臣等俱有本章。姜桓楚真心为国，并无谋篡情由，望乞详察！”纣王存心要杀四镇诸侯，以免后患，将姬昌等本章放于龙案之上。不知姬昌等性命如何，且听下回分解。

第十一回　羑里城囚西伯侯

话说西伯侯姬昌见天子不看姜桓楚的本，竟平白将桓楚拿出午门，碎醢其尸，心中大惊，知天子甚是无道。三人俯伏称“臣”，奏曰：“‘君乃臣之元首，臣乃君之股肱。’陛下不看臣等本章即杀大臣，是谓虐臣。文武如何肯服，君臣之道绝矣。乞陛下垂听。”

纣王大怒，扯碎表章，拍案大呼：“将此等逆臣枭首回旨！”武士一齐动手，把三位大臣绑出午门。后经众大臣求情，纣王曰：“姬昌，朕亦素闻忠良，但不该随声附和，本宜重处，姑看诸卿所奏赦免，但恐他日归国有变，卿等不得辞其责矣。姜桓楚、鄂崇禹谋逆不赦，速正典刑！诸卿再毋得渎奏！”旨意传出：“赦免姬昌。”天子命奉御官：“速催行刑，将姜桓楚、鄂崇禹以正国法。”鄂崇禹枭首，姜桓楚被巨钉钉其手足，乱刀碎剁，名曰“醢尸”。费仲谏曰：“姬昌外若忠诚，内怀奸诈，以利口而惑众臣，面是心非，终非良善。恐放姬昌归国，反构东鲁姜文焕、南都鄂顺兴兵扰乱天下，军有持戈之苦，将有披甲之艰，百姓惊慌都城扰攘，诚所谓纵龙入海，放虎归山，必生后悔。”王曰：“赦其死罪，不赦归国，暂居羑里，待后国事安宁，方许归国。”姬昌同押送官往羑里来。羑里军民父老，牵羊担酒，拥道跪迎。父老言曰：“羑里今得圣人一顾，万物生光！”欢声杂地，鼓乐惊天，迎进城郭。押送官叹曰：“圣人心同日月，普照四方。今日观百姓迎接姬伯，非伯之罪可知。”姬昌进了府宅。押送官往都城回旨。不表。

且言姬昌一至羑里，教化大行，军民乐业。闲居无事，把伏羲八卦反复推明，变成六十四卦，中分三百六十爻象。守分安居，全无怨主之心。

第十二回　陈塘关哪吒出世

话说陈塘关有一总兵官，姓李名靖，自幼访道修真，拜西昆仑度厄真人为师，学成五行遁术。因仙道难成，故遣下山辅佐纣王，官居总兵，享受人间之富贵。元配殷氏，生有二子：长曰金吒，次曰木吒。殷夫人后又怀孕在身，已及三年零六个月，尚不生产。李靖时常心下忧疑。一日，指夫人之腹，言曰："孕怀三载有余，尚不降生，非妖即怪。"夫人亦烦恼曰："此孕定非吉兆，教我日夜忧心。"李靖听说，心下甚是不乐。当晚夜至三更，夫人睡得正浓，梦见一道人，头挽双髻，身着道服，径进香房。夫人叱曰："这道人甚不知理！此乃内室，如何径进，着实可恶！"道人曰："夫人快接麟儿！"夫人未及答，只见道人将一物往夫人怀中一送，夫人猛然惊醒，骇出一身冷汗。忙唤醒李总兵曰："适才梦中如此如此……"说了一遍。言未毕时，殷夫人已觉腹中疼痛。靖急起来，至前厅坐下。暗想："怀身三年零六个月，今夜如此，莫非降生？吉凶尚未可知。"正思虑间，只见两个侍儿慌忙前来："启老爷，夫人生下一个妖精来了！"李靖听说，急忙来至香房，手执宝剑，只见房里一团红气，满屋异香。有一肉球，滴溜溜圆转如轮。李靖大惊，望肉球上一剑砍去，划然有声。分开肉球，跳出一个小孩儿来，满地红光，面如傅粉，右手套一金镯，肚腹上围着一块红绫，金光射目。这位神圣下世，出在陈塘关，乃姜子牙先行官是也：灵珠子化身。金镯是"乾坤圈"，红绫名曰"混天绫"。此物乃是乾元山镇金光洞之宝，表过不题。

只见李靖砍开肉球，见一孩儿满地上跑。李靖骇异，上前一把抱将起来，分明是个好孩子，又不忍作为妖怪坏他性命，乃递与夫人看。彼此恩爱不舍，各各忧喜。

却说次日，有许多属官俱来贺喜。李靖刚迎送完毕，中军官来禀："启老爷，外面有一道人求见。”李靖原是道门，怎敢忘本，忙道：“请来。”军政官急请道人。道人径上大厅，朝上对李靖曰：“将军，贫道稽首了。”李靖忙答礼毕，尊道人上坐。道人不谦，便就坐下。李靖曰：“老师何处名山？甚么洞府？今到此关，有何见谕？”道人曰：“贫道乃乾元山金光洞太乙真人是也。闻得将军生了公子，特来贺喜。借令公子一看，不知尊意如何？”李靖闻道人之言，随唤侍儿抱将出来。侍儿将公子抱将出来，道人接在手，看了一看，问曰：“此子落在哪个时辰？”李靖答曰：“生在丑时。”道人曰：“不好。”李靖问曰：“此子莫非养不得吗？”道人曰：“非也。此子生于丑时，正犯了一千七百杀戒。”又问：“此子可曾起名否？”李靖答曰：“不曾。”道人曰：“待贫道与他起个名，就与贫道做个徒弟，何如？”李靖答曰：“愿拜道者为师。”道人曰：“将军有几位公子？”李靖答曰：“不才有三子，长曰金吒，拜五龙山云霄洞文殊广法天尊为师；次曰木吒，拜九宫山白鹤洞普贤真人为师。老师既要此子为门下，但凭起一名讳，便拜道者为师。”道人曰：“此子第三，取名叫作哪吒。”李靖谢曰：“多承厚德命名，感谢不尽。”唤左右：“看斋。”道人乃辞曰：“这个不必。贫道有事，即便回山。”着实固辞，李靖只得送道人出府。那道人别过，径自去了。

第十三回　太乙真人收石矶

哪吒渐渐长大，一日，他径上陈塘关的城楼上来纳凉。见兵器架上有一张弓，名曰“乾坤弓”，有三支箭，名曰“震天箭”。哪吒自思：“师父说我后来做先行官，破成汤天下，如今不习弓马，更待何时？况且有现成弓箭，何不演习演习？”哪吒心下甚是欢喜，便把弓拿在手中，取一支箭，搭箭当弦，望西南上一箭射去。响一声，红光缭绕，瑞彩盘旋。这一箭不当紧，正是：

沿河撒下钩与线，从今钓出是非来。

哪吒不知此弓箭乃镇陈塘关之宝：乾坤弓、震天箭。自从轩辕黄帝大破蚩尤，传留至今，并无人拿得起来。今日哪吒拿起来，射了一箭，只射到骷髅山白骨洞，有一石矶娘娘的门人，名曰碧云童子，携花篮采药，来至山崖之下，被这一箭正中咽喉，翻身倒地而死。少时，只见彩云童子看见碧云中箭而死，急忙报与石矶娘娘曰：“师兄不知何故，箭射咽喉而死。”石矶娘娘听说，走出洞来，行至崖边，看见碧云童儿，果然中箭而死。只见翎花下有名讳“镇陈塘关总兵李靖”字号。石矶娘娘怒曰：“李靖！你不能成道，我在你师父前着你下山，求人间富贵，你今位至公侯，不思报德，反将箭射我的徒弟，恩将仇报。”叫：“彩云童儿！看着洞府，待我拿李靖来，以报此恨。”

石矶娘娘乘青鸾而来，只见金霞荡荡，彩雾绯绯，正是：

仙家妙用无穷尽，咫尺青鸾到此关。

娘娘在半空中大呼："李靖出来见我！"李靖不知道是谁人叫，急出来看时，像似石矶娘娘。李靖倒身下拜："弟子李靖拜见。不知娘娘驾至，有失迎迓，望乞恕罪！"娘娘曰："你行的好事！尚在此巧语花言。"将八卦云光帕——上面有坎离震兑之宝，包罗万象之珍——往下一丢，命黄巾力士："将李靖拿进洞府来！"黄巾力士平空把李靖拿去，至白骨洞放下。

哪吒看见洞里一人出来，自想："打人不过先下手。此间是他巢穴，反为不便。"拎起乾坤圈，一下打将来。彩云童儿不曾提防，夹颈一圈，"呵呀"一声，跌倒在地，彩云童儿彼时一命将危。娘娘听得洞外跌得人响，急出洞来，彩云童儿已在地下挣命。娘娘曰："好孽障！还敢行凶，又伤我徒弟！"哪吒见石矶娘娘戴鱼尾金冠，穿大红八卦衣，麻履丝绦，手提太阿剑赶来。哪吒收回圈，复打一圈来。娘娘看是太乙真人的乾坤圈，"呀！原来是你！"娘娘用手接住乾坤圈。哪吒大惊，忙将七尺混天绫来裹娘娘。娘娘大笑，把袍袖望上一迎，只见混天绫轻轻地落在娘娘袖里。娘娘叫："哪吒，再把你师父的宝贝用几件来，看我道术如何？"哪吒手无寸铁，将何物支持，只得转身就跑。娘娘叫："李靖，不干你事，你回去罢。"

不言李靖回关，且说石矶娘娘赶哪吒，飞云掣电，雨骤风驰，赶彀多时，哪吒只得往乾元山来。到了金光洞，慌忙走进洞门，望师父下拜。真人问曰："哪吒，为何这等慌张？"哪吒曰："石矶娘娘赖弟子射死他的徒弟，提宝剑前来杀我，把师父的乾坤圈、混天绫都收去了。如今赶弟子不放，现在洞外。弟子没奈何，只得求见师父，望乞救命！"太乙真人曰："你这孽障，且在后桃园内，待我出去看。"真人出来，身倚洞门，只见石矶满面怒色，手提宝剑，恶狠狠赶来，见太乙真人，打稽首："道兄请了！"太乙真人答礼。石矶曰："你的门人仗你道术，射死贫道的碧云童儿，打坏了彩云童子，还将乾坤圈、混天绫来伤我。道兄，好好把哪吒叫他出来见我，还是好面相看，万事俱息；若道兄隐护，只恐明珠弹雀，反为不美。"真人曰："哪吒在我洞里，要他出来不难，你只到玉虚宫见吾掌教老师，他教与你，我就与你。哪吒奉御敕钦命出世，辅保明君，非我一己之私。"

石矶娘娘大怒，手执宝剑望真人劈面砍来。太乙真人让过，抽身复入洞中，取剑挂在手上，暗袋一物，望东昆仑山下拜："弟子今在此山开了杀戒。"拜罢出洞，指石矶曰："你根源浅薄，道行难坚，怎敢在我乾元山自恃凶暴！"石矶又一剑砍来。太乙真人用剑架住，口称："善哉！"石矶乃一顽石成精，采天地灵气，受日月精华，得道数千年，尚未成正果；今逢大劫，本像难存，故到此山。一则石矶数尽，二则哪吒该在此处出身。天数已定，怎能避躲？石矶娘娘与太乙真人往来冲突，翻腾数转，二剑交架，未及数合，只见云彩辉辉，石矶娘娘将八卦龙须帕丢起空中，欲伤真人。真人笑曰："万邪岂能侵正！"真人口中念念有词，用手一指，"此物不落，更待何时？"八卦帕落将下来。石矶大怒，脸变桃花，剑如雪片。太乙真人曰："事到其间，不得不行。"真人将身一跃，跳出圈子外来，将九龙神火罩抛起空中。石矶见罩，欲避不出，已罩在里面。

且说太乙真人罩了石矶，石矶在罩内不知东西南北。真人用两手一拍，那罩内腾腾焰起，烈烈光生，九条火龙盘绕，此乃三昧神火烧炼石矶。一声雷响，把娘娘真形炼出，乃是一块顽石。此石生于天地玄黄之外，经过地水火风，炼成精灵；今日天数已定，合于此地而死，故现其真形。此是太乙真人该开杀戒。真人收了神火罩，又收乾坤圈、混天绫进洞。不表。

哪吒生性顽劣，失手杀了龙王公子，四海龙王敖广、敖顺、敖明、敖吉找来，要拿李靖夫妇问罪。哪吒对敖广说："我今日剖腹、剔骨肉，还于父母，不累双亲。你们意下如何？如若不肯，我同你齐到凌霄殿见天王，我自有话说。"敖光听见此言说："也罢，你既如此，救你父母，也有孝名。"四龙王便放了李靖夫妇。哪吒便右手提剑，先去一臂膊，后自剖其腹，剜肠剔骨，散了七魄三魂，一命归泉。四龙王据哪吒之言回旨。不表。

殷夫人见哪吒尸骸，用棺木盛了埋葬。不表。

且说哪吒魂无所依，魄无所倚，他元是宝贝化现，借了精血，故有魂魄。哪吒飘飘荡荡，随风而至，径到乾元山来。不知后事如何，且听下回分解。

第十四回　哪吒现莲花化身

且说金霞童儿进洞来，启太乙真人曰："师兄杳杳冥冥，飘飘荡荡，随风定止，不知何故？"真人听说，早解其意，忙出洞来。真人吩咐哪吒："此处非汝安身之所。你回到陈塘关，托一梦与你母亲，离关四十里有一翠屏山，山上有一空地，令你母亲造一座哪吒行宫，你受香烟三载，又可立于人间，辅佐真主。可速去，不得迟误！"哪吒听说，离了乾元山往陈塘关来。正值三更时分，哪吒来到香房，叫："母亲，孩儿乃哪吒也！如今我魂魄无栖，望母亲念为儿死得好苦，离此四十里，有一翠屏山上，与孩儿建立行宫，使我受些香烟，好去托生天界。孩儿感母亲之慈德甚于天渊。"夫人醒来，却是一梦。夫人大哭，李靖问曰："夫人为何啼哭？"夫人把梦中事说了一遍。李靖大怒曰："你还哭他！他害我们不浅。常言'梦随心生'，只因你思想他，便有许多梦魂颠倒，不必疑惑。"夫人不言。

且说次日又来托梦，三日又来。夫人合上眼，殿下就站立面前。不觉五七日之后，哪吒他生前性格勇猛，死后魂魄也是骁雄，遂对母亲曰："我求你数日，你全不念孩儿苦死，不肯造行宫与我，我便吵你个六宅不安！"夫人醒来，不敢对李靖说。夫人暗着心腹人，与些银两，往翠屏山兴工破土，起建行宫，造哪吒神像一座，旬月功完。哪吒在此翠屏山显圣，感动万民，千请千灵，万请万应，因此庙宇轩昂，十分齐整。

哪吒在翠屏山显圣，四方远近居民，俱来进香，纷纷如蚁，日盛一日，往往不断。祈福禳灾，无不感应。不觉乌飞兔走，似箭光阴，半载有余。

李靖在野马岭操演三军，紧守关隘。一日回兵往翠屏山过，李靖在马上看见往往来来，扶老携幼，进香男女，纷纷似蚁，人烟凑集。李靖在马上问曰："这山乃翠屏山，为何男女纷纷，络绎不绝？"军政官对曰："半年前，有一神道在此感应显圣，千请千灵，万请万应，祈福福至，禳患患除，故此惊动四方男女进香。”李靖听罢，想起来，问中军官：“此神何姓何名？”中军回曰：“是哪吒行宫。”李靖大怒，传令：“安营！待我上山进香。”人马站立，李靖纵马往山上来进香，男女闪开。李靖纵马径至庙前，只见庙门高悬一匾，书“哪吒行宫”四字。进得庙来，见哪吒形相如生，左右站立鬼判。李靖指而骂曰：“畜生！你生前扰害父母，死后愚弄百姓！”骂罢，提六陈鞭，一鞭把哪吒金身打得粉碎。李靖怒发，复一脚蹬倒鬼判。传令：“放火烧了庙宇！”吩咐进香万民曰：“此非神也，不许进香！”吓得众人忙忙下山。李靖上马，怒气不息。

哪吒受了半年香烟，已觉有些形声，一时到了高山，至于洞府。金霞童儿引哪吒见太乙真人。真人曰：“你不在行宫接受香火，你又来这里做甚么？”哪吒跪诉前情：“被父亲将泥身打碎，烧毁行宫。弟子无所依倚，只得来见师父，望祈怜救。”真人曰：“这就是李靖的不是。他既还了父母骨肉，他在翠屏山上与你无干。今使他不受香火，如何成得身体？况姜子牙已快下山。也罢，既为你，就与你做件好事。”叫金霞童儿：“把五莲池中莲花摘二枝，荷叶摘三个来。”童子忙忙取了荷叶、莲花放于地下。真人将花勒下瓣儿，铺成三才，又将荷叶梗儿折成三百骨节，三个荷叶，按上、中、下，按天、地、人。真人将一粒金丹放于居中，法用先天，气运九转，分离龙、坎虎，绰住哪吒魂魄，望荷莲里一推，喝声：“哪吒不成人形，更待何时！”只听得响一声，跳起一个人来，面如傅粉，唇似涂朱，眼运精光，身长一丈六尺，此乃哪吒莲花化身，见师父拜倒在地。真人传哪吒火尖枪，不一时已自精熟，又赐脚踏风火二轮，另授灵符秘诀。

第十五回　昆仑山子牙下山

一日，元始天尊坐八宝云光座上，命白鹤童子：“请你师叔姜尚来。”白鹤童子往桃园中来请子牙，口称：“师叔，老爷有请。”子牙忙至宝殿座前行礼曰：“弟子姜尚拜见。”天尊曰：“你上昆仑几载了？”子牙曰：“弟子三十二岁上山，如今虚度七十二岁了。”天尊曰：“你生来命薄，仙道难成，只可受人间之福。成汤数尽，周室将兴。你与我代劳，封神下山，扶助明主，身为将相，也不枉你上山修行四十年之功。此处亦非汝久居之地，可早早收拾下山。”子牙哀告曰：“弟子乃真心出家，苦熬岁月，今亦有年。修行虽是滚芥投针，望老爷大发慈悲，指迷归觉，弟子情愿在山苦行，必不敢贪恋红尘富贵，望尊师收录。”天尊曰：“你命缘如此，必听于天，岂得违拗？”子牙恋恋难舍。有南极仙翁上前言曰：“子牙，机会难逢，时不可失，况天数已定，自难逃躲。你虽是下山，待你功成之时，自有上山之日。”子牙只得下山。有南极仙翁送子牙，在麒麟崖吩咐曰：“子牙前途保重！”子牙别了南极仙翁，自己暗思：“我上无叔伯、兄嫂，下无弟妹、子侄，叫我往那里去？我似失林飞鸟，无一枝可栖。”忽然想起：“朝歌有一结义仁兄宋异人，不若去投他罢。”子牙借土遁前来，早至朝歌。离南门三十五里，至宋家庄。子牙看门庭依旧，绿柳长存。子牙叹曰：“我离此四十载，不觉风光依旧，人面不同。”子牙到门前，对看门的问曰：“你员外在家否？”管门人问曰：“你是谁？”子牙曰：“你只说故人姜子牙相访。”庄童来报员外：“外边有一故人姜子牙相访。”宋异人正算账，听见子牙来，忙忙迎出庄来，口称：“贤弟，如何数十载不通音问？”子牙连应曰：“不才弟有。”二人携手相搀，至于草堂，各施礼坐下。异人曰：“常时渴慕，今日重逢，幸甚，幸甚！”子牙曰：“自别仁兄，实指望出世超凡，奈何缘浅分薄，未遂其志。今到高庄得会仁兄，乃尚之幸！”异人忙吩咐收拾饭食，又问曰：“是斋？是荤？”子牙曰：“既出家，岂有饮酒吃荤之理？弟是吃斋。”宋异人曰：“酒乃瑶池玉液，洞府琼浆，就是神仙也赴蟠桃会，酒吃些儿无妨。”子牙曰：“仁兄见教，小弟领命。”二人欢饮。异人曰：“贤弟上昆仑多少年了？”子牙曰：“不觉四十载。”异人叹曰：“好快！贤弟在山可曾学些甚么？”子牙曰：“怎么不学？不然所作何事？”异人曰：“学些甚么道术？”子牙曰：“挑水，浇松，种桃，烧火，扇炉，炼丹。”异人笑曰：“此乃仆佣之役，何足挂齿？今贤弟既回来，不若寻些事业，何必出家！就在我家同住，不必又往别处去。我与你相知，非比别人。”子牙曰：“正是。”异人曰：“古云，‘不孝有三，无后为大。’贤弟，也是我与你相处一场，明日与你议一门亲，生下一男半女，也不失姜姓之后。”子牙摇手曰：“仁兄，此事且再议。”二人谈讲至晚，子牙就在宋家庄住下。

话说宋异人二日早起，骑了驴儿往马家庄上来议亲。异人到庄，有庄童报与马员外曰：“有宋员外来拜。”马员外大喜，迎出门来，便问：“员外是那阵风儿刮将来？”异人曰：“小侄特来与令爱议亲。”马员外大悦，施礼坐下。茶罢，员外问曰：“贤契，将小女说与何人？”异人曰：“此人乃东海许州人氏，姓姜名尚，字子牙，别号飞熊，与小侄契交通家，因此上这一门亲正好。”马员外曰：“贤契主亲，并无差池。”宋异人取白金四锭以为聘资，马员外收了，忙设酒席款待异人，抵暮而散。

且说子牙起来，一日不见宋异人，问庄童曰：“你员外那里去了？”庄童曰：“早晨出门，想必讨账去了。”不一时，异人下了牲口。子牙看见，迎门接曰：“兄长哪里回来？”异人曰：“恭喜贤弟！”子牙问曰：“小弟喜从何至？”异人曰：“今日与你议亲，正是相逢千里，会合姻缘。”子牙曰：“今日时辰不好。”异人曰：“阴阳无忌，吉人天相。”子牙曰：“是哪家女子？”异人曰：“马洪之女才貌两全，正好配贤弟。还是我妹子，人家六十八岁黄花女儿。”异人置酒与子牙贺喜。二人饮罢，异人曰：“可择一良辰娶亲。”子牙谢曰：“承兄看顾，此德怎忘！”乃择选良时吉日，迎娶马氏。宋异人又排设酒席，邀庄前庄后邻舍、四门亲友，庆贺迎亲。其日马氏过门，洞房花烛，成就夫妻。正是天缘遇合，不是偶然。

第十六回　子牙火烧琵琶精

且说南门外轩辕坟中，有个玉石琵琶精，往朝歌城来看妲己，便在宫中夜食宫人。御花园太湖石下，白骨现天。琵琶精看罢出宫，欲回巢穴，驾着妖光径往南门过，只听得哄哄人语，扰攘之声。妖精拨开妖光看时，却是姜子牙算命。妖精曰："待我与他推算，看他如何？"妖精一化，变作一个妇人，身穿重孝，扭捏腰肢而言曰："列位君子让一让，妾身算一命。"子牙正看命，见一妇人来的蹊跷。子牙定睛观看，认得是个妖精，暗思："好孽畜！也来试我眼色。今日不除妖怪，等待何时！"子牙手中无物，只有一紫石砚台，用手抓起石砚照妖精顶上响一声，打得脑浆喷出，血染衣襟。子牙不放手，还揝住了脉门，使妖精不能变化。两边人大叫："莫等他走了！"众人齐喊："算命的打死了人！"重重叠叠围住了子牙命馆。

不一时，打路的来，乃是亚相比干乘马来到，问左右："为何众人喧嚷？"众人齐说："丞相驾临，拿姜尚去见丞相爷！"比干勒住马，问："甚么事？"内中有抱不平的人跪下："启老爷，此间有一人算命，叫作姜尚。适间有一个女子来算命，他见女子姿色，便欲欺骗。女子贞洁不从，姜尚陡起凶心，提起石砚照顶上一下打死，可怜血溅满身，死于非命。"比干听众口一词，大怒，唤左右："拿来！"子牙一只手拖住妖精，拖到马前跪下。比干曰："看你皓头白须，如何不知国法，白日欺奸女子！良妇不从，为何执砚打死！人命关天，岂容恶党！勘问明白，以正大法。"子牙曰："老爷在上，容姜尚禀明，姜尚自幼读书守礼，岂敢违法？但此女非人，乃是妖精。近日只见妖气贯于宫中，灾星历遍天下，小人既在辇毂之下，感当今皇上水土之恩，除妖灭怪，荡魔驱邪，以尽子民之志。此女实是妖怪，怎敢为非？望老爷细察，小民方得生路。"

旁边众人，齐齐跪下："老爷，此等江湖术士，利口巧言，遮掩狡诈，蔽惑老爷。众人经目，明明欺骗不从，逞凶打死。老爷若听他言，可怜女子衔冤。百姓负屈！"比干见众口难调，又见子牙拿住妇人手不放，比干问曰："那姜尚，妇人已死，为何不放他手，这是何说？"子牙答曰："小人若放他手，妖精去了，何以为证？"比干闻言，吩咐众民："此处不可辨明。待吾启奏天子，便知清白。"众民围住子牙，子牙拖着妖精，往午门来。

比干至摘星楼候旨。纣王宣比干见。比干进内，俯伏启奏。王曰："朕无旨意，卿有何奏章？"比干奏曰："臣过南门，有一术士算命，只见一女子算命，术士看女子是妖精不是人，便用砚石打死。众民不服，齐言术士爱女子姿色，强奸不从，逞凶将女子打死。臣据术士之言，亦似有理。然众民之言，又是经目可证。臣请陛下旨意定夺。"妲己在后听见比干奏此事，暗暗叫苦："妹妹，你回巢穴去便罢了，算甚么命！今遇恶人打死，我必定与你报仇！"妲己出见纣王："妾身奏闻陛下，亚相所奏，真假难辨。主上可传旨，将术士连女子拖至摘星楼下，妾身一观，便知端的。"纣王曰："御妻之言是也。"传旨："命术士将女子拖于摘星楼见驾。"旨意一出，子牙将妖精拖至摘星楼。子牙俯伏阶下，右手搯住妖精不放。纣王在九曲雕栏之外，王曰："阶下俯伏何人？"子牙曰："小民东海许州人氏，姓姜名尚。幼访名师，秘授阴阳，善识妖魅。因尚住居都城，南门求食，不意妖氛作怪，来惑小民。尚看破天机，剿妖精于朝野，灭怪静其宫阙。姜尚一则感皇王都城戴载之恩，报师傅秘授不虚之德。"王曰："朕观此女，乃是人像，并非妖邪，何无破绽？"子牙曰："陛下若要妖精现形，可取柴数担，炼此妖精，原形自现。"天子传旨："搬运柴薪至于楼下"。子牙将妖精顶上用符印镇住原形，子牙方放了手，把女子衣裳解开，前心用符，后心用印，镇住妖精四肢，拖在柴上，放起火来。好火！

子牙用火炼妖精，烧炼两个时辰，上下浑身不曾烧枯了些儿。纣王问亚相比干曰："朕观烈火焚烧两个时辰，浑身也不焦烂，真乃妖怪！"比干奏曰："若看此事，姜尚亦是奇人。但不知此妖终是何物作怪？"王曰："卿问姜尚，此妖果是何物成精？"比干下楼，问子牙。子牙答曰："要此妖现真形，这也不难"。子牙用三昧真火烧此妖精。不知妖精性命如何，且听下回分解。

第十七回　纣王无道造虿盆

话说子牙用三昧真火烧这妖精。此火非同凡火，从眼、鼻、口中喷将出来，乃是精、气、神炼成三昧，养就离精，与凡火共成一处，此妖精怎么经得起？妖精在火光中，扒将起来，大叫曰："姜子牙，我与你无冤无仇，怎将三昧真火烧我？"纣王听见火里妖精说话，吓的汗流浃背，目瞪痴呆。子牙曰："陛下，请驾进楼，雷来了。"子牙双手齐放，只见霹雳交加，一声响亮，火灭烟消，现出一面玉石琵琶来。纣王与妲己曰："此妖已现真形。"妲己听言，心如刀绞，意似油煎，暗暗叫苦："你来看我，回去便罢了，又算甚么命！今遇恶人，将你原形烧出，使我肉身何安？我不杀姜尚，誓不与匹夫俱生！"妲己只得勉作笑容，启奏曰："陛下命左右将玉石琵琶取上楼来，待妾上了丝弦，早晚与陛下进御取乐。妾观姜尚才术两全，何不封彼在朝保驾？"王曰："御妻之言甚善。"天子传旨："且将玉石琵琶取上楼来。姜尚听朕封官：官拜下大夫，特授司天监职，随朝侍用。"子牙谢恩，出午门外，冠带回来异人庄上。异人设席款待，亲友俱来恭贺。饮酒数日，子牙复往都城随朝。不表。

且说妲己把玉石琵琶放于摘星楼上，采天地之灵气，受日月之精华，以后五年，返本还元，断送成汤天下。

一日，纣王在摘星楼与妲己饮宴，酒至半酣，妲己歌舞一回，与纣王作乐。三宫嫔妃，六院宫人，齐声喝彩。内有七十余名宫人，俱不喝彩，眼下且有泪痕。妲己看见，停住歌舞，查问那七十余名宫人，原是哪一宫的。内有奉御官查得：原是中宫姜娘娘侍御宫人。妲己怒曰："你主母谋逆赐死，你们反怀愤怒，久后必成宫闱之患！"奏与纣王，纣王大怒，传旨："拿下楼，俱用金瓜打死！"妲己奏曰："陛下，且不必将这起逆党击顶，暂且送下冷宫。妾有一计，可除宫中大弊。"奉御官即将宫女送下冷宫。

且说妲己奏纣王曰："将摘星楼下，方圆开二十四丈阔，深五丈。陛下传旨，命都城万民，每一户纳蛇四条，都放于此坑之内。将作弊宫人跣剥干净，送下坑中，喂此毒蛇。此刑名曰'虿盆'。"纣王曰："御妻之奇法，真可剔除宫中大弊。"天子随传旨意，张挂各门。国法森严，万民遭累，勒令限期，往龙德殿交蛇。众民日日进于朝中，并无内外，法纪全消。朝廷失政，不止一日。众民纳蛇，都城哪里有这些蛇，俱到外县买蛇交纳。

文书房胶鬲，官居上大夫，泣而奏曰："臣不为别事，因见陛下横刑惨酷，民遭荼毒，君臣暌隔，上下不相交接，宇宙已成否塞之象。今陛下又用这等非刑，宫人得其何罪！昨日臣见万民交纳蛇蝎，人人俱有怨言。今旱潦频仍，况且买蛇百里之外，民不安生。臣闻民贫则为盗，盗聚则生乱。况且海外烽烟，诸侯离叛；东南二处，刻无宁宇；民日思乱，刀兵四起。陛下不修仁政，日行暴虐，自从盘古至今，并不曾见。"纣王大怒曰："好匹夫！怎敢无知侮谤圣君，罪在不赦！"叫左右："即将此匹夫剥净，送入虿盆，以正国法！"众人方欲来拿，被胶鬲大喝曰："昏君无道，杀戮谏臣，此国家大患，吾不忍见成汤数百年天下，一旦付与他人。虽死，我不瞑目！况吾官居谏议，怎入虿盆！"手指纣王大骂："昏君！这等横暴，终应西伯之言！"大夫言罢，望摘星楼下一跳，撞将下来，跌了个脑浆迸流，死于非命。

话说胶鬲坠楼，粉骨碎身。纣王看见，更觉大怒，传旨："将宫女推下虿盆，连胶鬲一齐喂了蛇蝎！"可怜七十二名宫人，齐声高叫："皇天后土，我等又未为非，遭此惨刑！妲己贱人，我等生不能食汝之肉，死后定啖汝阴魂！"纣王见宫人落于坑内，饿蛇将宫人盘绕，吞咬皮肤，钻入腹内，苦痛非常。妲己曰："若无此刑，焉得除宫中大患！"纣王以手拂妲己之背曰："喜你这等奇法，妙不可言！"两边宫人，心酸胆碎。

话说纣王将宫人入于坑内，以为美刑。妲己又奏曰："陛下可再传旨，将虿盆左边掘一池，右边挖一沼。池中以糟丘为山，右边以酒为池。糟丘山上用树枝插满，把肉披成薄片，挂在树枝之上，名曰'肉林'。右边将酒灌满，名曰'酒池'。天子富有四海，原该享无穷富贵，此肉林、酒池，非天子之尊，不得妄自尊享也。"纣王曰："御妻异制奇观，真堪玩赏；

非奇思妙想，不能有此。”随传旨，依法制造。

话说纣王听信妲己，造酒池、肉林，一无忌惮，朝纲不整，任意荒淫。一日，妲己忽然想起玉石琵琶精之恨，设一计要害子牙，作一图画。那日在摘星楼与纣王饮宴，酒至半酣，妲己曰：“妾有一图画，献与陛下一观。”王曰：“取来朕看。”妲己命宫人将画叉挑着。纣王曰：“此画又非翎毛，又非走兽，又非山景，又非人物。”上画一台，高四丈九尺，殿阁巍峨，琼楼玉宇，玛瑙砌就栏杆，明珠妆成梁栋，夜现光华，照耀瑞彩，名曰“鹿台”。妲己奏曰：“陛下万圣至尊，贵为天子，富有四海，若不造此台，不足以壮观瞻。此台真是瑶池玉阙，阆苑蓬莱。陛下早晚宴于台上，自有仙人、仙女下降。陛下得与真仙遨游，延年益寿，禄算无穷。陛下与妾共叨福庇，永享人间富贵也。”王曰：“此台工程浩大，命何官督造？”妲己奏曰：“此工须得才艺精巧、聪明睿智、深识阴阴、洞晓生克。以妾观之，非下大夫姜尚不可。”纣王闻言，即传旨：“宣下大夫姜尚。”使臣往比干府宣召姜尚，比干慌忙接旨。使臣曰：“旨意乃是宣下大夫姜尚。”子牙即忙接旨，谢恩曰：“天使大人可先到午门，卑职就至。”使臣去了。

子牙暗起一课，早知今日之危。子牙对比干谢曰：“姜尚荷蒙大德提携，并早晚指教之恩，不期今日相别。此恩此德，不知何时可报！”比干曰：“先生何故出此言？”子牙曰：“尚占运命，主今日不好，有害无利，有凶无吉。”比干曰：“先生又非谏官在位，况且不久面君，以顺为是，何害之有？”子牙曰：“尚有一柬帖，压在书房砚台之下，但丞相有大难临身，无处解释，可观此柬，庶几可脱其危，乃卑职报丞相涓涯之万一耳。从今一别，不知何日能再睹尊颜！”子牙作辞，比干着实不忍：“先生果有灾迍，待吾进朝面君，可保先生无虞。”子牙曰：“数已如此，不必动劳，反累其事。”比干相送。子牙出相府，上马来到午门，径至摘星楼候旨。奉御官宣上摘星楼，见驾毕。王曰：“卿与朕代劳，起造鹿台，俟功成之日，加禄增官，朕决不食言。图样在此。”子牙一看，高四丈九尺，上造琼楼玉宇，殿阁重檐，玛瑙砌就栏杆，宝石妆成梁栋。子牙看罢，暗想：“朝歌非吾久居之地，且将言语感悟这昏君，昏君必定不听、发怒。我就此脱身隐了，何为不可！”毕竟子牙凶吉如何，且听下回分解。

第十八回　子牙谏主隐磻溪

话说子牙看罢图样，王曰："此台多少日期方可完得此工？"尚奏曰："此台高四丈九尺，造琼楼玉宇、碧槛雕栏，工程浩大。若完台工，非三十五年不得完成。"纣王闻奏，对妲己曰："御妻，姜尚奏朕，台工要三十五年方成。朕想光阴瞬息，岁月如流，年少可以行乐，若是如此，人生几何，安能长在！造此台实为无益。"妲己奏曰："姜尚乃方外术士，总以一派诬言。那有三十五年完工之理！狂悖欺主，罪当炮烙！"纣王曰："御妻之言是也。传奉官，可与朕拿姜尚炮烙，以正国法。"子牙抽身望楼下飞跑。按着九龙桥栏杆，望下一撺，把水打了一个窟笼。众官急上桥看，水星儿也不冒一下，不知子牙借水遁去了。

话说子牙借水遁逃走，此时朝歌民众忍受不了纣王暴政，纷纷逃离。子牙与民众一齐逃至西岐城。众民进城，观看景物：民丰物阜，行人让路，老幼不欺，市井谦和，真乃尧天舜日，别是一番风景。众民作一手本，投递上大夫府，散宜生接看手本。翌日伯邑考传命："既朝歌逃民，因纣王失政来归吾土，无妻者给银与他娶妻。又与银子，令众人僦居安处。鳏寡孤独者在三济仓造名，自领口粮。"宜生领命。邑考曰："父王囚羑里七年，孤欲自往朝歌，代父赎罪。卿等意下如何？"散宜生奏曰："臣启公子：主公临别之言，'七年之厄已满，灾完难足，自然归国。'不得造次，有违主公临别之言。如公子于心不安，可差一士卒前去问安，亦不失为子之道。何必自驰鞍马，身临险地哉？"伯邑考叹曰："父王有难，七载禁于异乡，举目无亲，为人子者于心何忍？所谓立国立家，徒为虚设，要我等九十九子何用！我自带祖遗三件宝贝，往朝歌进贡，以赎父罪。"伯邑考此去，不知吉凶如何，且听下回分解。

第十九回　伯邑考进贡赎罪

话说伯邑考要往朝歌为父赎罪，时有上大夫散宜生阻谏，公子立意不允，随进宫辞母太姬，要往朝歌赎罪。太姬曰："汝父被羁羑里，西岐内外事托付何人？"考曰："内事托与兄弟姬发，外事托付与散宜生，军务托付南宫适。孩儿亲往朝歌面君，以进贡为名，请赎父罪。"母亲见伯邑考坚持要去，只得依允，吩咐曰："孩儿此去，须要小心！"邑考进关，一路无辞。行过五关，来到渑池县，渡黄河至孟津，进了朝歌城。

纣王见邑考悲惨，为父陈冤，极其恳至，知是忠臣孝子之言，不胜感动，乃赐邑考平身。邑考谢恩，立于栏杆之外。

妲己在帘内，见邑考丰姿都雅，目秀眉清，唇红齿白，言语温柔。妲己传旨："卷去珠帘。"左右宫人将珠帘高卷，搭上金钩。纣王见妲己出来，即称："御妻，今有西伯侯之子伯邑考纳贡，代父赎罪，情实可矜。"妲己奏曰："妾闻西岐伯邑考善能鼓琴，真世上无双，人间绝少。"纣王曰："御妻何以知之？"妲己曰："妾虽女流，幼在深闺闻父母传说，邑考博通音律，鼓琴更精，深知大雅遗音，妾所以得知。陛下可着邑考抚弹一曲，便知深浅。"纣王乃酒色之徒，久被妖氛所惑，一听其言，便命伯邑考叩见妲己。

妲己设计欲留邑考，随即奏曰："陛下当赦西伯父子归国，固是陛下浩荡之恩。但邑考琴为天下绝调，今赦之归国，朝歌竟为绝响，深为可惜。"纣王曰："如之奈何？"妲己奏曰："妾有一法，可全二事。"纣王曰："卿有何妙策可以两全？"妲己曰："陛下可留邑考在此，传妾之琴。俟妾学精熟，早晚侍陛下左右，以助皇上清暇一乐。一则西伯父子感陛下赦宥之恩，二则朝歌不致绝瑶琴之乐，庶几可以两全。"纣王闻言，以手拍妲己之背曰："贤哉爱卿！真是聪慧贤明，深得一举两全之道。"随传旨："留邑考在此楼传琴。”

且说妲己原非为传琴之故，实为贪邑考之姿容；挑逗邑考，欲效于飞，纵淫败度，何尝留心于琴。邑考正色奏曰：“娘娘乃万姓之国母，受天下诸侯之贡贺，享椒房至尊之贵，掌六宫金阙之权。今为传琴一事，亵尊一至于此，深属儿戏，成何体统！使此事一闻于外，虽娘娘冰清玉洁，而天下万世又何信哉？娘娘请无性急，使傍观若有辱于至尊也。”就把妲己羞得彻耳通红，无言可对。随传旨，命伯邑考暂退。邑考下楼，回馆驿，不题。

且说妲己深恨：“这等匹夫，轻人如此！‘我本将心托明月，谁知明月照沟渠！’反被他羞辱一场。管教你粉骨碎身，方消吾恨！”

纣王曰：“今日命邑考进上楼来，以试一曲，如何？”

邑考抚罢，纣王不明其音。妲己妖魅，听得琴中之音有毁谤君上之言。妲己以手指邑考骂曰：“大胆匹夫！敢于琴中暗寓毁谤之言，辱君骂主，情殊可恨！真是刁恶之徒，罪不容诛！”

邑考作歌已毕，回首将琴隔侍席打来，只打得盘碟纷飞。妲己将身一闪，跌倒在地。纣王大怒曰：“好匹夫！猿猴行刺，被你巧言说过。你将琴击皇后，分明弑逆，罪不容诛！”喝左右侍驾官：“将邑考拿下摘星楼，送入虿盆！”众宫人扶起，妲己奏曰：“陛下且将邑考拿下楼去，妾身自有处治。”纣王随听妲己之言，把邑考拿下楼。妲己命左右取钉四根，将邑考手足钉了，用刀碎剁。可怜一身拿下，钉了手足。邑考大叫，骂不绝口：“贱人！你将成汤锦绣江山化为乌有！我死不足惜，忠名常在，孝节永存。贱人！我生不能啖汝之肉，死后定为厉鬼，食汝之魂！”可怜孝子为父朝商，竟遭万刃剁尸！不一时，将邑考剁成肉酱。纣王命付于虿盆，喂了蛇蝎。妲己曰：“不可！妾常闻姬昌号为圣人，说他能明祸福，善识阴阳。妾闻圣人不食子肉，今将邑考之肉着厨役，用作料做成肉饼，赐予姬昌。若昌竟食此肉，乃是妄诞虚名，祸福阴阳，俱是谬说，竟可赦宥，以表皇上不杀之仁；如果不食，当速杀姬昌，恐遗后患。”纣王曰：“御妻之言正合朕意。速命厨役，将邑考肉作饼，差官押送羑里，赐予姬昌。”不知西伯性命如何，且听下回分解。

第二十回　散宜生私通费尤

且言西伯侯囚于羑里城，即今河北相州汤阴县是也，每日闭门待罪，将伏羲八卦变为八八六十四卦，重为三百八十四爻，内按阴阳消息之机，周天划度之妙，后为《周易》。姬伯闲暇无事，闷抚瑶琴一曲，猛然琴中大弦忽有杀声，西伯惊曰："此杀声主何怪事？"忙止琴声，慌取金钱占一课，便知分晓。姬伯不觉流泪曰："我儿不听父言，遭此碎身之祸！今日如不食子肉，难逃杀身之祸；如食子肉，其心何忍！使我心如刀绞，不敢悲啼。如泄此机，我身亦自难保。"姬伯只得含悲忍泪，不敢出声。

话未了时，使命官到，有旨意下。姬伯缟素接旨，口称："犯臣死罪。"姬昌接旨，开读毕，使命官将龙凤膳盒摆在右面。使命曰："主上见贤侯在羑里久羁，圣心不忍。昨日圣驾幸猎打得鹿獐之物，做成肉饼，特赐贤侯，故有是命。"姬昌跪在案前，揭开膳盒，言曰："圣上受鞍马之劳，反赐犯臣鹿饼之享，愿陛下万岁！"谢恩毕，连食三饼，将盒盖了。使命见姬昌食了子肉，暗暗叹曰："人言姬伯能知先天神数，善晓吉凶，今日见子肉而不知，速食而甘美，所谓阴阳吉凶，皆是虚语！"

且说姬昌明知子肉，含忍苦痛，不敢悲伤，勉强精神，对使命言曰："钦差大人，犯臣不能躬谢天恩，敢烦大人与昌转达，昌就此谢恩便了。"姬伯倒身下拜，"蒙圣上之恩光，又普照于羑里！"使命官回朝歌，不题。

且说邑考的从人已知纣王将公子醢为肉酱，星夜逃回，进西岐来见二公子姬发。姬发一日升殿，端门官来报："有跟随公子往朝歌家将候旨。"姬发听报，传令旨，宣众人到殿前。众人哭拜在地，姬发慌问其故。来人启曰："公子往朝歌进贡，不曾到羑里见老爷，先见纣王。不知何事，将殿下醢为肉酱。"姬发听言，大哭于殿廷，几乎气绝。

只见散宜生厉声言曰："公子休乱，臣有事奉启！"发曰："上大夫今有何言？"

宜生曰："今纣王宠信费、尤二贼，为今之计，不若先差官一员，用重赂私通费、尤，使内外相应，待臣修书，恳切哀求。若奸臣受贿，必在纣王面前以好言解释，老大王自然还国。那时修德行仁，俟纣恶贯盈，再会天下诸侯共伐无道。兴吊民伐罪之师，天下自然响应，废去昏庸，再立有道，人心悦服。不然，徒取败亡，遗臭后世，为天下笑耳。"

姬发曰："先生之教甚善，使发顿开茅塞，真金玉之论也。不知先用何等礼物？所用何官？先生当明以告我。"宜生曰："不过用明珠、白璧、彩缎表里、黄金、玉带，共礼二份：一份差太颠送费仲，一份差闳夭送尤浑。使二将星夜进五关，扮做商贾暗进朝歌。费、尤二人若受此礼，大王不日归国，自然无事。"公子大喜，即忙收拾礼物。宜生修书，差二将往朝歌来。

且说太颠、闳夭扮做经商，暗带礼物，星夜往汜水关来。关上查明，二将进关。一路上无辞。过了界牌关八十里，进了穿云关，又进潼关，一百二十里又至临潼关，过渑池县，渡黄河，到孟津，至朝歌。二将不敢在馆驿安住，投客店歇下，暗暗收拾礼物。太颠往费仲府下书，闳夭往尤浑府下书。

费仲看了书共礼单，自思："此礼价值万金，如今怎能行事？"沉思半晌，乃吩咐太颠曰："你且回去，多拜上散大夫，我也不便修回书。等我早晚取便，自然令你主公归国，决不有负你大夫相托之情。"太颠拜谢告辞，自回下处。不一时闳夭也往尤浑处送礼回至，二人相谈，俱是一样之言。二将大喜，忙忙收拾回西岐去讫，不表。

自费仲受了散宜生礼物，也不问尤浑，尤浑也不问费仲，二人各推不知。一日，纣王在摘星楼与二臣下棋。纣王连胜了二盘，纣王大喜，传旨摆宴。费、尤侍于左右，换盏传杯，趁机替姬昌说好话，适逢各地造反，劝纣王特赦姬昌，命其征讨各地造反者。纣王同意。使臣传旨，赦书已到。西伯接赦礼毕，使臣曰："奉圣旨，单赦姬伯老大人。"姬伯望北谢恩，随出羑里。

第二十一回　文王夸官逃五关

话说文王姬昌离了朝歌，连夜过了孟津，渡了黄河，过了渑池，前往临潼关而来。不题。

尤浑奏曰：“自古人心难测，面从背违，知外而不知内，知内而不知心，正所谓‘海枯终见底，人死不知心’。姬昌此去不远，陛下传旨，命殷破败、雷开点三千飞骑赶去拿来，以正逃官之法。”纣王准奏，“速遣殷、雷二将，点兵追赶。”使命传旨，神武大将军殷破败、雷开领旨，往武成王府来调三千飞骑，出朝歌西门，一路上赶来。

且说终南山云中子在玉柱洞中碧游床运其元神，守离龙，纳坎虎，猛的心血潮来。道人觉而有警，掐指一算，早知凶吉：“呀！原来西伯灾厄已满，目下逢危。今日正当他父子重逢，贫道不失燕山之语。”叫：“金霞童儿在哪里？你与我后桃园中请你师兄来。”金霞童儿领命，往桃园中来，见了师兄道：“师父有请。”雷震子答曰：“师弟先行，我随即就来。”雷震子见了云中子下拜：“不知师父有何吩咐？”云中子曰：“徒弟，汝父有难，你可前去救拔。”雷震子曰：“弟子父是何人？”道人曰：“汝父乃是西伯侯姬昌，有难在临潼关。”

雷震子出了洞府，二翅飞起，霎时间飞至临潼关。见一山冈，雷震子落将下来，立在山冈之上看了一会，不见形迹。雷震子自思：“呀！我失于打点，不曾问吾师父，西伯侯文王不知怎么个模样，教我如何相见？”一言未了，只见那壁厢一人，粉青毡笠，穿一件皂服号衫，乘一骑白马飞奔而来。雷震子曰：“此人莫非是吾父也？”大叫一声曰：“山下的可是西伯侯姬老爷吗？”文王听得有人叫他，勒马抬头看时，又不见人，只听得声音。文王叹曰：“吾命合休！为何闻声不见人形，此必鬼神相戏。”

原来雷震子面蓝，身上又是水合色，故此与山色交加，文王不曾看得明白，故有此疑。雷震子见文王住马停蹄，看一回，不言而又行，又叫曰：“此位可是西伯侯姬千岁否？”文王抬头猛见一人，面如蓝靛，发似硃砂，巨口撩牙，眼似铜铃，光华闪的，吓的魂不附体。文王自忖：“若是鬼魅，必无人声，我既到此，也避不得了。他既叫我，我且上山，看他如何。”文王打马上山，叫曰：“哪位杰士，为何认得我姬昌？”雷震子闻言，倒身下拜，口称：“父王，孩儿来迟，致父王受惊，恕孩儿不孝之罪！”文王曰：“杰士错认了。我姬昌一向无识，为何以父子相称？”雷震子曰：“孩儿乃是燕山收的雷震子。”文王曰：“我儿，你为何生得这个模样？你是终南山云中子带你上山，算将来方今七岁，你为何到此？”雷震子曰：“孩儿奉师法旨，下山来救，父亲出五关，退追兵，故来到此。”文王听罢，吃了一惊，自思：“吾乃逃官，已自得罪朝廷。此子看他面色，也不是个善人，他若去退追兵，兵将都被他打死了，与我更加罪恶。待我且说他一番，以止他凶暴。”文王叫：“雷震子，你不可伤了纣王军将，他奉王命而来。吾乃逃官，不遵王命，弃纣归西，我负当今之大恩。你若伤了朝廷命官，你非为救父，反为害父也。”雷震子答曰：“我师父也曾吩咐孩儿，教我不可伤他军将之命，只救父亲出五关便了。孩儿自劝他回去。”雷震子见那里追兵卷地而来，旗幡招展，锣鼓齐鸣，喊声不息，一派征尘，遮蔽旭日。雷震子看罢，便把胁下双翅一声响，飞起空中，将一根黄金棍拿在手里，就把文王吓了一交，跌在地下。不题。

且说雷震子飞在追兵前面，一声响落在地下，用手把一根金棍柱在掌上，大叫曰：“不要来！”兵卒抬头，看见雷震子面如蓝靛，发似硃砂，巨口獠牙。军卒报与殷破败、雷开曰：“启老爷，前有一恶神阻路，凶势狰狞。”殷、雷二将大声喝退。二将纵马向前，来会雷震子。不知性命如何，且听下回分解。

第二十二回　西伯侯文王吐子

话说殷破败、雷开仗其胆气，厉声言曰："汝是何人，敢拦阻去路？"雷震子答曰："吾乃西伯文王第百子，雷震子是也。吾父王乃仁人君子，贤德丈夫，事君尽忠，事亲尽孝，交友以信，视臣以义，治民以礼，处天下以道，奉公守法，而尽臣节；无故而羁囚羑里，七载守命待时，全无嗔怒。今既放归，为何又来追袭？反复无常，岂是天子之所为！因此奉吾师法旨，下山特来迎接我父王归国，使吾父子重逢。你二人好好回去，不必言勇。吾师曾吩咐，不可伤人间众生，故教汝速退便了。"殷破败大笑曰："好丑匹夫！焉敢口出大言，煽惑三军，欺吾不勇！"乃纵马舞刀来取。雷震子将手中棍架住，曰："不要来！你想必要与我定个雄雌，这也可。只是奈我父王之言，师父之命，不敢有违。我且试一试与你看。"雷震子将胁下翅一声响飞起空中，有风雷之声，脚登天，头望下，看见西边有一山嘴，往外扑着，雷震子说："待我把这山嘴打一棍你看。"一声响亮，山嘴滚下一半。雷震子转身落下来，对二将言曰："你的头可有这山结实？"二将见此凶恶，魂不附体。二将言曰："雷震子，听你之言，我等暂回朝歌见驾，且让你回去。"殷、雷二将见此光景，料不能胜他，只得回去。

文王伏在雷震子背上，把二目紧闭，耳闻风响，不过一刻，已出了五关，来到金鸡岭，落将下来。雷震子曰："父王，已出五关了。"文王睁开二目，已知是本土，大喜曰："今日复见我故乡之地，皆赖孩儿之力！"雷震子曰："父王前途保重！孩儿就此告归。"文王惊问曰："我儿，你为何中途抛下我，这是何说？"雷震子曰："奉师父之命，止救父亲出关，即归山洞。今不敢有违，恐负师言，孩儿有罪。父王先归家国，孩儿学全道术，不久下山，再拜尊颜。”雷震子叩头，与文王洒泪而别。

文王出小龙山口，见两边文武、九十八子相随，独不见长子邑考，因想其醢尸之苦，羑里自啖子肉，不觉心中大痛，泪如雨下。跌下逍遥马来，面如白纸，慌坏世子并文武诸人，急急扶起，拥在怀中，速取茶汤连灌数口。只见文王渐渐从喉咙中发出一声响，吐出一块肉羹。那肉饼就地上一滚，生出四足，长上两耳，往西跑去了。连吐三次，三个兔儿走了。众臣扶起文王，乘銮舆至西岐城，进端门到大殿。公子姬发扶文王入后宫，调理汤药。也非一日，文王其恙已愈。

第二十三回　文王夜梦飞熊兆

文王在灵台看挖沼池，不觉天色渐晚，回驾不及。文王随文武在灵台上设宴，君臣共乐。席散之后，文武在台下安歇，文王台上设绣榻而寝。时至三更，正值梦中，忽见东南一只白额猛虎，胁生双翼，望帐中扑来。文王急叫左右，只听台后一声响亮，火光冲霄，文王惊醒，吓了一身冷汗，听台下已打三更。文王自思："此梦主何凶吉？待到天明，再作商议。"

话说次早文武上台，参谒已毕，文王曰："大夫散宜生何在？"宜生出班见礼曰："有何宣召？"文王曰："孤今夜三鼓，得一异梦，梦见东南有一只白额猛虎，胁生双翼，望帐中扑来，孤急呼左右，只见台后火光冲霄，一声响亮，惊醒，乃是一梦。此兆不知主何吉凶？"散宜生躬身贺曰："此梦乃大王之大吉兆，主大王得栋梁之臣，大贤之客，真不让风后、伊尹之右。"文王曰："卿何以见得如此？"宜生曰："昔商高宗曾有飞熊入梦，得傅说于版筑之间。今主公梦虎生双翼者，乃熊也；又见台后火光，乃火煅物之象。今西方属金，金见火必煅，煅炼寒金，必成大器。此乃兴周之大兆，故此臣特欣贺。"众官听罢，齐声称贺。文王传旨回驾，心欲访贤，以应此兆，不题。

且言姜子牙自从弃却朝歌，隐于磻溪，垂钓渭水。

一樵子近前少憩，问子牙曰："老丈，我常时见你在此执竿钓鱼，我和你像一个故事。"子牙曰："像何故事？"樵子曰："我与你像一个'渔樵问答'。"子牙大喜："好个'渔樵问答'！"樵子曰："你上姓？贵处？缘何到此？"子牙曰："吾乃东海许州人也。姓姜名尚，字子牙，道号飞熊。"樵子听罢，扬笑不止。子牙问樵子曰："你姓甚名谁？"樵子曰："吾姓武名吉，祖贯西岐人氏。"子牙曰："你方才听吾姓名，反加扬笑者，何也？"

武吉曰："你方才言号飞熊，故有此笑。"子牙曰："人各有号，何以为笑？"樵子曰："当时古人、高人、圣人、贤人，胸藏万斛珠玑，腹隐无边锦绣，如风后、老彭、傅说、常桑、伊尹之辈，方称其号。似你也有此号，名不称实，故此笑耳。我常时见你伴绿柳而垂丝，别无营运，守株而待兔，看此清波，无识见高明，为何亦称道号？"武吉言罢，却将溪边钓竿拿起，见线上有一针而无钩。樵子抚掌大笑不止，对子牙点头叹曰："有志不在年高，无志空言百岁。"樵子问子牙："你这钩线何为不曲？古语云：'且将香饵钓金鳌。'我传你一法，将此针用火烧红，打成钩样，上用香饵，线上又用浮子，鱼来吞食，浮子自动，是知鱼至，往上一拎，钩挂鱼鳃，方能得鲤，此是捕鱼之方。似这等钓，莫说三年，便百年也无一鱼到手。可见你智量愚拙，安得妄曰飞熊！"子牙曰："你只知其一，不知其二。老夫在此，名虽垂钓，我自意不在鱼。吾在此不过守青云而得路，拨阴翳而腾霄，岂可曲中而取鱼乎？非丈夫之所为也。吾宁在直中取，不向曲中求，不为锦鳞设，只钓王与侯。

第二十四　回渭水文王聘子牙

正是捻指光阴似箭，果然岁月如流。文王一日与文武闲居无事，见春和景媚，柳舒花放，桃李争妍，韶光正茂。文王曰："三春景色繁华，万物发舒，襟怀爽畅，孤同诸子、众卿，往南郊寻青踏翠，共乐山水之欢，以效寻芳之乐。"散宜生近前启曰："主公，昔日造灵台，夜兆飞熊，主西岐得栋梁之才，主君有贤辅之佐。况今春光晴爽，花柳争妍，一则围幸于南郊，二则访遗贤于山泽。臣等随使，南宫适、辛甲保驾，正尧舜与民同乐之意。"文王大悦，随传旨："次早南郊围幸行乐。"

次日，南宫适领五百家将出南郊，步一围场。众武士披执，同文王出城，行至南郊。君臣正行，见一起樵夫作歌而来。

文王同文武马上听得歌声甚是奇异，内中必有大贤。命辛甲："请贤者相见。"辛甲领命，拍马前来，见一伙樵人，言曰："你们内中可有贤者？请出来与吾大王相见。"众人放下担儿，俱言："内中并无贤者。"不一时文王马至。辛甲回复曰："内无贤士。"文王曰："歌韵清奇，内中岂无贤士？"中有一人曰："此歌非吾所作。前边十里，地名磻溪，其中有一老叟，朝暮垂竿。小民等打柴回来，磻溪少歇，朝夕听唱此歌，众人听得熟了，故此随口唱出。不知大王驾临，有失回避，乃子民之罪也！"王曰："既无贤士，尔等暂退。"众皆去了。

文王带领众文武，径往磻溪而来。行至三十五里，早至林下，文王传旨："士卒暂在林外扎住，不必声扬，恐惊动贤士。"文王下马，同散宜生步行入得林来，只见子牙背坐溪边。文王悄悄的行至跟前，立于子牙之后。子牙明知驾临，故作歌曰：

西风起兮白云飞，岁已暮兮将焉为？

五凤鸣兮真主现，垂竿钓兮知我稀。

子牙作歌毕，文王曰：“贤士快乐否？”子牙回头，看见文王，忙弃竿一傍，俯伏叩地曰：“子民不知驾临，有失迎候，望贤王恕尚之罪！”文王忙扶住，拜言曰：“久慕先生，前顾不虔，昌知不恭，今特斋戒，专诚拜谒，得睹先生尊颜，实昌之幸也！”命宜生：“扶贤士起。”子牙躬身而立。文王笑容携子牙至茅舍之中，子牙再拜，文王同拜。王曰：“久仰高明，未得相见。今幸接丰标，祗聆教诲，昌实三生之幸矣！”子牙拜而言曰：“尚乃老朽非才，不堪顾问，文不足安邦，武不足定国，荷蒙贤王枉顾，实辱銮舆，有辜圣德。”宜生在傍曰：“先生不必过谦。吾君臣沐浴虔诚，特申微忱，专心聘请。今天下纷纷，定而又乱。当今天子，远贤近佞，荒淫酒色，残虐生民，诸侯变乱，民不聊生。吾主昼夜思维，不安枕席。久慕先生大德，侧隐溪岩，特具小聘，先生不弃，供佐明时，吾王幸甚！生民幸甚！先生何苦隐胸中之奇谋，忍生民之涂炭？何不一展绪余，哀此茕独，出水火而置之升平？此先生覆载之德，不世之仁也！”宜生将聘礼摆开，子牙看了，速命童儿收讫。宜生将銮舆推过，请子牙登舆，子牙跪而告曰：“老臣荷蒙洪恩，以礼相聘，尚已感激非浅，怎敢乘坐銮舆，越名僭分？这个断然不敢！”文王曰：“孤预先相设，特迓先生，必然乘坐，不负素心。”子牙再三不敢，推阻数次，决不敢坐。宜生见子牙坚意不从，乃对文王曰：“贤人既不乘舆，望主公从贤者之请，可将大王逍遥马请乘，主公乘舆。”王曰：“若是如此，有失孤数日之虔敬也。”彼此又推让数番，文王方乘舆，子牙乘马。欢声载道，士马轩昂。时值喜吉之辰，子牙时来，年近八十。

话说文王聘子牙，进了西岐，万民争看，无不忻悦。子牙至朝门下马。文王升殿，子牙朝贺毕。文王封子牙为右灵台丞相，子牙谢恩，偏殿设宴，百官相贺对饮。其时君臣有辅，龙虎有依；子牙治国有方，安民有法，件件有条，行行有款。西岐起造相府。此时有报传进五关，汜水关首将韩荣具疏往朝歌，言姜尚相周。不知子牙后事如何，且听下回分解。

第二十五回　苏妲己请妖赴宴

君臣正论国事，只见当驾官奏曰："北伯侯崇侯虎候旨。"命传旨："宣侯虎上楼。"王曰："卿有何奏章？"侯虎奏曰："奉旨监造鹿台，整造二年零四个月，今已完工，特来复命。"纣王大喜："此台非卿之力，终不能如是之速。"

且说妲己与纣王酣饮，王曰："爱卿曾言鹿台造完，自有神仙、仙子、仙姬俱来行乐。今台已造完成，不识神仙、仙子，可一日一至乎？"这一句话原是当时妲己要与玉石琵琶精报仇，将此鹿台图献与纣王，要害子牙，故将邪言惑诱纣王。岂知作耍成真，不期今日工完，纣王欲想神仙，故问妲己。妲己只得蒙眬应曰："神仙、仙子，乃清虚有道之士，须待月色圆满，光华皎洁，碧天无翳，方肯至此。"纣王曰："今乃初十日，料定十四五夜，月华圆满，必定光辉，使朕会一会神仙、仙子，何如？"妲己不敢强辩，随口应承。

其日乃是九月十三日三更时分，妲己候纣王睡熟，将原形出窍，一阵风声，来至朝歌南门外，离城三十五里轩辕坟内。妲己原形至此，众狐狸齐来迎接。又见九头雉鸡精出来相见，雉鸡精道："姐姐为何到此？你在深院皇宫受享无穷之福，何尝思念我等在此凄凉！"妲己道："妹妹，我虽偏你们，朝朝侍天子，夜夜伴君王，未尝不思念你等。如今天子造完鹿台，要会仙姬、仙子。我思一计，想起妹妹与众孩儿们，有会变者，或变神仙，或变仙子、仙姬，去鹿台受享天子九龙宴席；不会变者，自安其命，在家看守。俟其日，妹妹同众孩儿们来。"雉鸡精答道："我有些需事，不能领席，算将来只得三十九名会变的。"妲己吩咐停当，风声响处，依旧回宫，入还本窍。

且说纣王次日传旨："打点筵宴，安排台上，三十九席俱朝上摆列，十三席一层，摆列三层。"纣王吩咐，布列停妥。将近一更时分，只听得四下里风响。

这些在轩辕坟内的狐狸，采天地之灵气，受日月之精华，或一二百年者，或三五百年者，今并化作仙子、仙姬、神仙体象而来。那些妖气，霎时间把一轮明月雾了。风声大作，犹如虎吼一般，只听得台上飘飘地落下人来。那月光渐渐地现出，妲己悄悄启曰："仙子来了。"只听有一仙人言曰："众位道友，稽首了。"众仙答礼曰："今蒙纣王设席，宴吾辈于鹿台，诚为厚赐。但愿国祚千年胜，皇基万万秋！"妲己在里面传旨："宣陪宴官上台。"比干上台依次奉三十九席，每席奉一杯，陪一杯。妲己不知好歹，只是要他的子孙吃酒，但不知此酒发作起来，禁持不住，都要现出原形来。比干奉第二次酒，头一次都挂下尾巴，都是狐狸尾。此时月照正中，比干着实留神，看得明白，已是追悔不及，暗暗叫苦，想："我身居相位，反见妖怪叩头，羞杀我也！"比干闻狐骚臭难当，暗暗切齿。

比干告诉黄飞虎妖精之事。黄飞虎命黄明、周纪、龙环、吴谦："你四人各带二十名健卒，散在东、南、西、北地方，看那些道人出哪一门，务踪其巢穴，定要真实回报。"四将领命去讫。武成王回府。

且说众狐狸酒在腹内，闹将起来，架不得妖风起不得朦雾，勉强架出午门，一个个都落下来，拖拖拽拽，挤挤挨挨，三三五五，拥簇而来出南门。将至五更，南门开了，周纪远远的在黑影之中，明明看见。随后哨探：离城三十五里，轩辕坟旁有一石洞，那些道人、仙子都爬进去了。次日，黄飞虎升殿，四将回令，周纪曰："昨在南门，探得道人有三四十名，俱进轩辕坟石洞内去了。探的是实，请令定夺。"黄飞虎即命周纪："领三百家将，尽带柴薪塞住石洞，将柴架起来烧，到下午来回令。"周纪领令去讫。门官报道："亚相到了。"飞虎迎请到庭上行礼，分宾主坐下。茶罢，黄飞虎将周纪一事说明，比干大喜称谢。二人在此谈论国家事务，武成王置酒，与比干丞相传杯相叙。不觉就至午后，周纪来见："奉令放火，烧到午时，特来回令。"飞虎曰："末将同丞相一往如何？"比干曰："愿随车驾。"二人带领家将同出南门三十五里，来至坟前，烟火未灭。黄将军下骑，命

家将将火灭了，用挠钩挞将出来。众家将领命，不题。

且说这些狐狸吃了酒的死也甘心，还有不会变的，无辜俱死于一穴。

众家将不一时将些狐狸挞将出来，而有焦毛烂肉，臭不可闻。比干对武成王曰："这许多狐狸，还有未焦者，拣选好的，将皮剥下来，造一袍袄献与纣王，以惑妲己之心，使妖魅不安于君前，必至内乱；使天子醒悟，或知贬谪妲己，也见我等忠诚。"二臣共议，大悦，各归府第，欢饮尽醉而散。古语云：不管闲事终无事，只怕你谋里招殃祸及身。不知后来凶吉如何，且听下回分解。

第二十六回　妲己设计害比干

且说比干将狐狸皮硝熟，造成一件袍袄，只候严冬进袍。

纣王与妲己正饮宴赏雪，当驾官启奏：“比干候旨。”王曰：“宣比干上台。”比干行礼毕。王曰：“六花杂出，舞雪纷纭。皇叔不在府第酌酒御寒，有何奏章，冒雪至此？”比干奏曰：“鹿台高接霄汉，风雪严冬，臣忧陛下龙体生寒，特献袍袄与陛下御冷驱寒，少尽臣微悃。”王曰：“皇叔年高，当留自用；今进与孤，足征忠爱！”命：“取来。”比干下台，将朱盘高捧，面是大红，里是毛色。比干亲手抖开，与纣王穿上。帝大悦：“朕为天子，富有四海，实缺此袍御寒。今皇叔之功，世莫大焉！”纣王传旨：“赐酒共乐鹿台。”

话说妲己在绣帘内观见，都是他子孙的皮，不觉一时间刀剜肺腑，火燎肝肠，此苦可对谁言！暗骂：“比干老贼！吾子孙就享了当今酒席，与老贼何干？你明明欺我，把皮毛惑吾之心。我不把你这老贼剜出你的心来，也不算中宫之后！”泪如雨下。

妲己曰：“妾有一结识义妹，姓胡，名曰喜媚，如今在紫霄宫出家。妾之颜色百不及一。”纣王原是爱酒色的，听得如此容貌，其心不觉欣悦。

且说纣王自得喜媚，朝朝云雨，夜夜酣歌，哪里把社稷为重。那日，二妖正在台上用早膳，忽见妲己大叫一声，跌倒在地，把纣王惊骇汗出，吓得面如土色。见妲己口中喷出血水来，闭目不言，面皮俱紫，纣王曰：“御妻自随朕数年，未有此疾，今日如何得这等凶症？”喜媚故意点头叹曰：“姐姐旧疾发了！”帝问：“媚美人为何知御妻有此旧疾？”喜媚奏曰：“昔在冀州时，彼此俱是闺女。姐姐常有心痛之疾，一发即死。冀州有一医士，姓张名元，他用药最妙，有玲珑心一片煎汤吃下，此疾即愈。”

纣王曰："传旨宣冀州医士张元。"

喜媚奏曰："陛下之言差矣！朝歌到冀州有多少路。一去一来至少月余。耽误日期焉能救得？除非朝歌之地，若有玲珑心，取他一片，登时可救；如无，须臾即死。"纣王曰："玲珑心谁人知道？"喜媚曰："妾身曾拜师，善能推算。"纣王大喜，命喜媚速算。这妖精故意掐指，算来算去，奏曰："朝中止有一大臣，官居显爵，位极人臣。只怕此人舍不得，不肯救拔娘娘。"纣王曰："是谁？快说！"喜媚曰："惟亚相比干乃是玲珑七窍之心。"纣王曰："比干乃是皇叔，一宗嫡派，难道不肯借一片玲珑心为御妻起沉疴之疾？速发御札，宣比干！"差官飞往相府。

比干厉声大叫曰："昏君！你是酒色昏迷，糊涂狗彘！心去一片，吾即死矣！比干不犯剜心之罪，如何无辜遭此非殃？"纣王怒曰："君叫臣死，不死不忠。台上毁君，有亏臣节！如不从朕命，武士，拿下去，取了心来！"比干大骂："妲己贱人！我死冥下，见先帝无愧矣！"喝："左右，取剑来与我！"奉御将剑递与比干。比干接剑在手，望太庙大拜八拜，泣曰："成汤先王，岂知殷受断送成汤二十八世天下！非臣之不忠耳！"遂解带现躯，将剑往脐中刺入，将腹剖开，其血不流。比干将手入腹内摘心而出，往下一掷，掩袍不语面似淡金，径下台去了。且说诸大臣在殿前打听比干之事，众臣纷纷，议论朝廷失政，只听得殿后有脚迹之声。黄元帅往后一观，见比干出来，心中大喜。飞虎曰："老殿下，事体如何？"比干不语，百官迎上前来。比干低首速行，面如金纸，径过九龙桥去，出午门。常随见比干出朝，将马伺候，比干上马，往北门去了。不知凶吉如何，且听下回分解。

第二十七回　太师回兵陈十策

话说黄元帅见比干如此不言，径出午门，命黄明、周纪："随看老殿下往何处去。"二将领命去讫。且说比干马走如飞，只闻得风响之声。约走五七里之遥，只听路旁有一妇人手提筐篮，叫卖无心菜。比干忽听得，勒马问曰："怎么是无心菜？"妇人曰："民妇卖的是无心菜。"比干曰："人若是无心，如何？"妇人曰："人若无心，即死。"比干大叫一声，撞下马来，一腔热血溅尘埃。

话说卖菜妇人见比干落马，不知何故，慌的躲了。黄明、周纪二骑马赶出北门，看见比干死于马下，一地鲜血，溅染衣袍，仰面朝天，瞑目无语。那日早朝，聚两班文武，百官朝毕。纣王曰："有奏章出班，无事朝散。"左班中闻太师进礼称臣曰："臣有疏。"将本铺展御案。纣王览表：

> 臣带罪冒犯天颜，条陈开列于后：
> 第一件：拆鹿台，安民不乱；
> 第二件：废炮烙，使谏官尽忠；
> 第三件：填虿盆，宫患自安；
> 第四件：去酒池、肉林，掩诸侯谤议；
> 第五件：贬妲己，别立正宫，使内庭无蛊惑之虞；
> 第六件：勘佞臣，速斩费仲、尤浑而快人心，使不肖者自远；
> 第七件：开仓廪，赈民饥馑；
> 第八件：遣使命招安于东南；
> 第九件：访遗贤于山泽，释天下疑似者之心；
> 第十件：纳忠谏，大开言路，使天下无壅塞之蔽。

闻太师立于龙书案傍，磨墨润毫，将笔递与纣王："请陛下批准施行。"纣王看十款之中，头一件便是拆鹿台。纣王曰："鹿台之工，费无限钱粮，成功不毁。今一旦拆去，实是可惜。此等再议。二件，'炮烙'，准行。三件，‘蚤盆’准行。五件，‘贬苏后’，今妲己德性幽闲，并无失德，如何便加谪贬？也再议。六件，中大夫费、尤二人，素有功而无过，何为谗佞，岂得便加诛戮！除此三件，以下准行。”

第二十八回　子牙兵伐崇侯虎

且言西岐姜子牙在朝，一日闻边报，言纣王荒淫酒色，宠任奸佞，又反了东海平灵王，闻太师前去征剿。又见报，崇侯虎蛊惑圣聪，广兴土木，陷害大臣，荼毒万姓，潜通费、尤，内外交结，把持朝政，朋比为奸，肆行不道，钳制谏官。子牙看到切情之处，怒发冲冠：“此贼若不先除，恐为后患！”子牙次日早朝。文王问曰：“丞相昨阅边报，朝歌可有甚么异事？”子牙出班启曰：“臣昨见边报，纣王剜比干之心，作羹汤疗妲己之疾；崇侯虎紊乱朝政，横恣大臣，簧惑天子，无所不为，害万民而不敢言，行杀戮而不敢怨，恶孽多端，使朝歌生民日不聊生，贪酷无厌。我等应兴仁义之师前去征讨，为民除害。”文王同意。文王发出白旄、黄钺，起人马十万，择吉日祭宝纛幡，以南宫适为先行，辛甲为副将，随行有四贤、八俊。文王与子牙放炮起兵。一路上父老相迎，鸡犬不惊。民闻伐崇，人人大悦，个个欢忻。

话说子牙人马过府、州、县、镇，人人乐业，鸡犬不惊，一路上多少父老迎迓。一日，探马来报中军：“兵至崇城。”子牙传令安营，竖了旗门，结成大寨。子牙升帐，众将参谒。不题。

且说探马报进崇城。此时崇侯不在崇城，正在朝歌随朝。城内是侯虎之子崇应彪，闻报大怒，忙升殿点聚将鼓。

子牙马至阵前，言曰：“崇城守将可来见我。”只听得那阵上一骑飞来。

崇应彪一马当先，见子牙问曰：“汝乃何等人物，敢犯吾疆界？”子牙曰：“吾乃文王驾下首相姜子牙是也。汝父子造恶如渊海，积毒似山岳，贪民财物如饿虎，伤人酷惨似豺狼。惑天子，无忠耿之心；坏忠良，有摧残之意。普天之下，虽三尺之童，恨不能生啖你父子之肉！今日文王起仁义之师，除残暴于崇地，绝恶党以畅人神，不负天子加以节钺得专征伐之意。”应彪闻得此言，大喝姜尚曰：“你不过磻溪一无用老朽，敢出大言！”顾左右曰：“谁为吾擒此逆贼？”言还未了，只见一将出马对阵。文王马上大呼曰：“崇应彪少得行凶，孤来也！”应彪又见文王马至，气冲满怀，手指文王大骂：“姬昌！你不思得罪朝廷，立仁行义，反来侵吾疆界！”文王曰：“你父子罪恶贯盈，不必我言。只是你早早下马，解送西岐，立坛告天，除汝父子凶恶，不必连累崇城良民。”应彪大喝：“谁为我擒此反贼？”一将应声而出，乃陈继贞。这壁厢辛甲纵马摇斧，大叫：“陈继贞慢来！休得冲吾阵脚！”两马相交，枪斧并举，战在一处。二将拨马抡兵，杀有二十回合。应彪见陈继贞战辛甲不下，随命金成、梅德助阵。子牙见对阵有助，子牙令毛公遂、周公旦、召公奭、吕公望、辛免、南宫适六将齐出，冲杀一阵。应彪见大势人马催动，自拨马杀进重围，只杀得惨惨征云，纷纷愁雾，喊声不绝，鼓角齐鸣。混战多时，早有吕公一枪刺梅德于马下，辛免斧劈金成。崇兵大败进城。子牙传令鸣金，众将掌得胜鼓回营。不表。

话说应彪兵败将亡，进城将四门紧闭，在殿上与众将商议退兵之策。众将见西岐士马英雄，势不可挡，并无一筹可展、半策可施。

且说子牙得胜回营，欲传令攻城，文王曰：“崇家父子作恶，与众百姓无干。今丞相欲要攻城，恐城破玉石俱焚，可怜无辜遭枉。况孤此来，不过救民，岂有反加之以不仁哉？切为不可！”子牙见文王以仁义为重，不敢抗违，自思：“主公德同尧、舜，一时如何取得崇城？只得暗修一书，使南宫适往曹州见崇黑虎，庶几崇城可得。”令南宫适接书，径往曹州来。子牙按兵不动，只等回书。不知崇侯虎性命如何，且听下回分解。

第二十九回　斩侯虎文王托孤

侯虎奏曰："逆恶姬昌，不守本土，偶生异端，领兵伐臣，谈扬过恶，望陛下为臣做主。"纣王曰："昌素有大罪，逃官负孤，焉敢凌虐大臣，殊为可恨！卿先回故地，朕再议点将提兵，协同剿捕逆恶。"侯虎领旨先回。

且说崇侯虎领人马三千离了朝歌，一路而来。

且说崇侯虎人马不一日到了崇城。报马来报黑虎，黑虎此时已被姜子牙说服，暗令高定："你领二十名刀斧手，埋伏于城门里，听吾腰下剑声响处，与我把大爷拿下，解送周营，辕门会齐。"又令沈冈："我等出城迎大千岁去，你把大千岁家眷拿到周营，辕门等候。"吩咐已定，方同崇应彪出城迎接，行三里之外。只见侯虎人马已到，有探马报入行营曰："二大王同殿下辕门接见。"崇侯虎马出辕门，笑容言曰："贤弟此来，愚兄不胜欣慰！"又见应彪，三人同行。方进城门，黑虎将腰下剑拔出鞘，一声响，只见两边家将一拥上前，将侯虎父子二人拿下，绑缚其臂。侯虎喊叫曰："好兄弟！反将长兄拿下者，何也？"黑虎曰："长兄，你位极人臣，不修仁德，惑乱朝廷，屠害万姓，重贿酷刑，监造鹿台，恶贯天下。四方诸侯欲同心剿其崇姓。文王书至，为我崇氏分辨贤愚。我敢有负朝廷？宁将长兄拿解周营定罪。我不过只得罪与祖宗犹可，我岂肯得罪于天下，自取灭门之祸？故将兄送解周营，再无他说。"侯虎长叹一声，再不言语。

黑虎随将侯虎父子送解周营。子牙曰："崇侯虎恶贯满盈，今日自犯天诛，有何理说？"文王在旁，有意不忍加诛。子牙下令："速斩首回报！"不一时，推将出去，宝纛幡一展，侯虎父子二人首级斩了，来献中军。文王自不曾见人之首级，猛见献上来，吓得魂不附体，忙将袍袖掩面曰："骇杀孤家！"子牙传令："将首级号令辕门！"

话说文王、子牙辞了黑虎，回兵往西岐来。文王自见斩了崇侯虎的首级，文王神魂不定，身心不安，郁郁不乐。一路上茶饭懒餐，睡卧不宁，合眼朦胧，又见崇侯虎立于面前，惊疑失神。那一日兵至西岐，众文武迎接文王入宫。彼时路上有疾，用医调治，服药不愈。按下不表。

且说文王病势日日沉重，有加无减，看看危笃。文武问安，非止一日。文王传旨："宣丞相进宫。"子牙入内殿，姬发也进宫问安。文王见姬发至，便喜曰："我儿此来，正遂孤愿。"姬发行礼毕，文王曰："我死之后，吾儿年幼，恐妄听他人之言，肆行征伐。纵天子不德，亦不得造次妄为，以成臣弑君之名。你过来，拜子牙为亚父，早晚听训指教。今听丞相，即听孤也。可请丞相坐而拜之。"姬发请子牙转上，即拜为亚父。子牙叩头榻前，泣曰："臣受大王重恩，虽肝脑涂地，碎骨捐躯，不足以酬国恩之万一！大五切莫以臣为虑，当宜保重龙体，不日自愈矣。"文王谓子发曰："商虽无道，吾乃臣子，必当恪守其职，毋得僭越，遗讥后世。睦爱弟兄，悯恤万民，吾死亦不为恨。"又曰："见善不怠，行义勿疑，去非勿处，此三者乃修身之道，治国安民之大略也。"姬发再拜受命。文王曰："孤蒙纣王不世之恩，臣再不能睹天颜直谏，再不能演八卦羑里化民也！"言罢遂薨，亡年九十七岁，后谥为周文王。

文王已死，姜尚立世子姬发为武王。

第三十回　周纪激反武成王

且说武成王黄飞虎的元配夫人贾氏入宫朝贺，二则西宫黄妃是黄飞虎的妹子，一年姑嫂会此一次，必须款洽半日，故贾夫人先往正宫来。

且说妲己来请贾氏，贾氏谢恩告出。妲己曰："一年一会，今与姐姐往摘星楼看景一会，何如？"贾氏不敢违命，只得相随往摘星楼来。

且说西宫黄妃差官打听，贾夫人入宫朝贺，姑嫂骨肉只此一年一会。黄妃倚宫门而候。差官回复曰："贾夫人随苏娘娘上摘星楼去了。"黄妃大惊："妲己乃妒忌之妇，嫂嫂为何随此贱人？"忙差官往楼下打听。

话说妲己、贾氏正饮酒时，宫人来报："驾到！"贾氏着忙。妲己曰："姐姐莫慌，请立于栏杆外边，等驾见毕，姐姐下楼，何必着忙？"果然贾氏立在栏外边。纣王上楼，妲己礼毕。纣王坐下，故问曰："栏杆外立者何人？"妲己曰："武成王夫人贾氏。"贾氏出笏见礼，妲己曰："赐卿平身。"贾氏立于一旁。纣王偷睛观看贾氏姿色，果然生成端正，长就娇容。昏君传旨："赐坐。"贾氏奏曰："陛下、国母，乃天下之主，臣妾焉敢坐？臣妾该万死！"妲己曰："姐姐坐下何妨。"纣王曰："御妻为何称贾氏为姐姐？"妲己曰："贾夫人与妾一拜姊妹，故称姐姐，乃是皇姨，便坐下何妨。"贾氏自思："今日入了苏妲己圈套。"贾氏俯伏奏曰："臣妾进宫朝贺，乃是恭上，陛下亦合礼下。自古道：'君不见臣妻，礼也。'愿陛下赐臣妾下楼，感圣恩于无极矣！"纣王曰："皇姨谦而不坐，朕立奉一杯，如何？"贾氏面红赤紫，怒发冲霄，自思："我的丈夫何等之人，我怎肯今日受辱？"贾氏料今日不能全生。纣王执一杯酒，笑容可掬来奉贾氏。贾氏已无退处，用手抓杯望纣王劈面打来，大骂："昏君！我丈夫与你挣江山，立奇功三十余场，不思酬功。今日信苏妲己之言，欺辱臣妻。昏君！你与妲己贱人不知死于何地！”纣王大怒，命左右：“拿了！”贾氏大喝曰：“谁敢拿我！”转身一步，走近栏杆前，大叫曰：“黄将军！妾身与你全其名节！只可怜我三个孩儿，无人看管！”这夫人将身一跳，撞下楼台，粉骨碎身。

话说纣王见贾氏坠楼而死，好懊恼，平地风波，悔之不及。

且说黄妃的差官打听信息，忙报西宫：“启娘娘：其祸不浅！”黄妃曰：“有甚么祸事？”差官报道：“贾夫人坠了摘星楼，不知何故。”黄妃大哭曰：“妲己泼贱！与吾兄有隙，今将吾嫂嫂陷害无辜……”黄妃步行往摘星楼下，径上楼，指定纣王骂曰：“昏君！你成汤社稷亏谁？我兄与你东拒海寇，南战蛮夷。掌兵权一点丹心，助国家，未敢安枕。我父黄滚镇守界牌关，训练士卒，日夕劳苦。一门忠烈，报国忧民。今元旦，遵守朝廷国礼，进宫朝贺，乃敬上守法之臣。任信泼贱，诓彼上楼。昏君！你爱色不分纲常，绝灭彝伦！你有辱先王，污名简册！”黄妃把纣王骂得默默无言。又见妲己侧坐，黄妃指妲己骂曰：“贱人！你淫乱深宫，蛊惑天子。我嫂嫂被你陷身坠楼，痛伤骨髓！”赶上前，一把抓住妲己，黄妃原有气力，乃将门之女。把妲己拖翻在地，捺在尘埃，手起拳落，打了二三十下。妲己虽然是妖怪，见纣王坐在上面，有本事也不敢用出，只叫：“陛下救命！”纣王看着黄妃打妲己，心有偏向，上前劝解。纣王曰：“不管妲己事。你嫂嫂触朕自愧，故投楼下，与妲己无干。”黄妃急攘之间，不暇检点，回手一拳，误打着纣王脸上：“好昏君！你还来替贱人遮掩！打死了妲己，与嫂嫂偿命！”纣王大怒：“这贱人反将朕打一拳！”一把抓住黄妃后鬓，一把抓住宫衣，拎起来，纣王力大，望摘星楼下一摔，可怜：

香消玉碎佳人绝，粉骨残躯血染衣！

纣王摔了黄妃下楼，独坐无言，心下甚是懊恼，只是不好埋怨妲己。

武成王在内殿同弟黄飞彪、飞豹，结义兄弟黄明、周纪、龙环、吴谦，黄天禄、天爵、天祥三子，元旦良辰欢饮。只见侍儿慌张来报：“千岁爷，祸事不小！”飞虎曰：“有甚么事，报得这等凶？”侍儿跪禀曰：“夫人进宫，不知何故，坠了摘星楼；黄娘娘被纣王摔下楼来跌死了！”黄天禄十四岁，天爵十二岁，天祥七岁，听得母亲坠楼而亡，放声大哭。

周纪曰：“兄长，你只知官居首领，显耀爵禄，身挂蟒袍。知者说仗你平生胸襟，位至尊大；不知者，只说你倚嫂嫂姿色，和悦君王，得其富贵。”周纪道罢，黄飞虎大叫一声：“气杀我也！”传家将：“收拾行囊，打点反出朝歌！”黄飞彪见兄反了，点一千名家将，将车辆四百，把细软、金银珠宝装载停当。飞虎同三子、二弟、四友临行曰：“我们如今投那方去？”黄明曰：“兄长岂不闻‘贤臣择主而仕’？西岐武王，三分天下，周土已得二分，共享安康之福，岂不为美？”

第三十一回　闻太师驱兵追袭

且说黄家父子、兄弟过了孟津，渡了黄河，行至渑池县。县中镇守主将张奎。黄飞虎知张奎厉害，不敢穿城而走，从城外过了渑池，径往临潼关来。家将徐徐行至白莺林，只听得后面喊声大作，滚滚尘起。飞虎回头一看，却似闻太师的旗号随后赶来。飞虎俯鞍叹曰："闻太师兵来，如何抵敌！吾等束手待毙而已。"飞虎见三子天祥年方七岁，坐在马上。飞虎暗暗嗟叹："此子幼稚无知，你得何罪，也逢此难！"黄飞虎率人马急行，摆脱追赶，行至潼关。潼关守将陈桐有探马报到："黄飞虎同家将至关，扎住了行营。"陈桐笑曰："黄飞虎，你指望成汤王位坐守千年，一般也有今日！"传令："将人马排开，鹿角阻住咽喉。"陈桐全身披挂，结束整齐，打点擒拿飞虎。

话说二将拨马，往来冲突，二十回合。陈桐非飞虎敌手，料不能胜，掩一戟拨马就走。飞虎怒气冲空，大喝一声："决拿此贼以泄吾恨！"往前赶来。陈桐闻脑后鸾铃响处，料是飞虎赶来，挂下画戟，取火龙标拿在手中——此标乃异人秘授，出手烟生，百中百发，一标打来，飞虎叫声："不好！"躲不及，一标从胁下打来。可怜：万丈神光从此灭，将军撞下战驹来。

黄飞虎被火龙标打下五色神牛，黄明、周纪见主将落骑，催马向前，大喝曰："勿伤吾主，待吾来也！"两骑马、两柄斧飞来直取，陈桐将画戟急架相还。飞彪将飞虎救回时，已是死了。二将战陈桐，恨不得将陈桐碎尸万段。陈桐掩一戟就走。二将为飞虎报仇，催马赶来。陈桐又发标打来，把周纪一标，将颈子打通，落马。陈桐勒回马欲取首级，早被黄明马到，力战陈桐。陈桐见已胜二人，便回军掌鼓进营去了。

且说飞彪把飞虎尸骸救回。三子见父死大哭。黄明将周纪也停在荒郊草地。众家将无不伤感。众将见死了二人，心下无谋，前无所往，退无所归，羊触藩篱，进退两离。正在慌乱之间。不表。

话说青峰山紫阳洞清虚道德真君正在碧云床运元神，忽心下一惊，道人袖里捏指一算，早知黄飞虎有厄，道人忙命白云童儿："请你师兄来。"白云童儿实时请出一位道童，生得身高九尺，面似羊脂，眼光暴露，虎形豹走；头挽抓髻，腰束麻绦，脚登草履，至云榻前下拜，口称："师父，唤弟子那壁使用？"真君曰："你父亲有难，你可下山走一遭。"黄天化答曰："师父，弟子父亲是谁？"真君曰："你父乃武成王黄飞虎是也；今在潼关，被火龙标打死，着你下山，一则救父；二则你子父相逢，久后仕周，共扶王业。"天化听罢问曰："弟子因何到此？"真君曰："那一年，我往昆仑山来，脚踏祥云，被你顶上杀气冲入云霄，阻我云路。我看时，你才三岁。见你相貌清奇，后有大贵，故此带你上山；今已十三载了。你父亲今日有难，该我救他。我故教你前去。"真君先把花篮儿与天化拏了，又将一口剑付与，吩咐："速去救父。"天化方欲问故，真君曰："若会陈桐，须得……如此如此，方可保你父出潼关。不许你同往西岐，可速回来，终有日相会。"天化领师父严命，叩头下山。出了紫阳洞，捏了一撮土，望空中一撒，借土遁往潼关来；迅速如风。父子相逢，潼关大战。

不知后事如何，且听下回分解。

第三十二回　黄天化潼关会父

话说黄天化借土遁倏尔来至潼关，落下埃尘，时方五更。只见一簇人马围绕，一盏灯高挑空中，又听得悲悲切切哭泣之声。天化走至一簇人前，黑影内有人问曰：“你是何人，来此探听军情？”天化答曰：“贫道乃青峰山紫阳洞炼气士是也，知你大王有难，特来相救。快去通报。”家将闻言，报知二爷。飞彪急出营门，灯下观看，见一道童，着实齐。

话说黄飞彪出来迎请道童，一见举止色相，恍如飞虎。飞彪忙请里面相见。那道童进得营中，与众将见毕，飞彪问曰：“道者此来若救得家兄，实乃再生父母！”道童曰：“黄大王在哪里？”飞彪引道童来看。

走至后营，见飞虎卧在毡毯上，以面朝天，形如白纸，闭目无言。黄天化看见脸黄，暗暗叹曰：“父亲，你名在何方？利在何处？身居王位，一品当朝，为甚来由这等狼狈！”天化见还有一个睡在旁边，天化问曰：“那一位是谁？”飞彪曰：“是吾结义兄弟，也被陈桐飞标打死的。”天化命：“涧下取水来。”不一时，水到。天化在花篮中取出仙药，用水研开，把剑撬开上下牙关，灌入口内，送入中黄，走三关，透四肢，须臾转八万四千毛窍，又用药搽在伤眼上。

有一个时辰，只见黄飞虎大叫一声：“疼杀吾也！”睁开双目，只见一个道童坐在草茵之上。飞虎曰：“莫非冥中相会？如何有此仙童？”飞彪曰：“若非道者，长兄不能回生。”飞虎听罢，随起身拜谢曰：“飞虎何幸，今得道长怜悯，垂救回生！”黄天化垂泪，跪在地上曰：“父亲，吾非别人，是你三岁在后花园不见的黄天化！”忽报：“陈桐在外请战。”飞虎听报，面如土色。天化见父慌张，忙止泪答曰：“父亲出去，有孩儿在此，不妨。”

飞虎只得上了五色神牛，金装铠甲，出得营来，叫曰："陈桐，还吾夜来一标之仇！"陈桐见飞虎宛然无恙，心下大疑，又不敢问，只得大叫曰："反臣慢来！"飞虎曰："匹夫！你将标打我，岂知天不绝吾！"纵牛摇枪，直取陈桐。陈桐将戟急架相还。二骑相交，大战十五回合。陈桐拨马便走，飞虎不赶。天化叫曰："父亲，赶这匹夫，有儿在此，何惧之有！"飞虎只得赶将下来。陈桐见飞虎追赶，发标打来。天化暗将花篮对着火龙标，那标尽投花篮内收将去了。陈桐见收了火龙标，大怒，勒回马，复来战飞虎。后一人大叫曰："陈桐匹夫！我来了！"陈桐见一道童助战，"呀！原来是你收我神标！破吾道术，怎肯干休！"纵马摇戟来挑天化。天化忙将背上宝剑执在手中，照陈桐只一指。只见剑尖上一道星光，有盏口大小，飞至陈桐面上，陈桐首级已落于马下。

话说天化此剑，乃清虚道德真君镇山之宝，名曰"莫耶宝剑"。光华闪出，人头即落，故陈桐逢此剑自绝。陈桐已死，黄明、周纪众将呐喊一声，斩拴落锁，杀散军兵，出了潼关。黄天化辞父归山，拜曰："父亲同兄弟慢行，前途保重！"飞虎曰："我儿，你为何不与我同行？"天化曰："师命不敢有违。"必欲回山。飞虎不忍别子，叹曰："相逢何太迟，别离须恁早！此一别何时再会？"天化曰："不久往西岐相会。"父子兄弟洒泪而别。

却说界牌关黄滚乃是黄飞虎父亲，镇守此关，闻报长子飞虎反了朝歌，一路上杀了守关总兵，黄滚心下懊恼。探事军报来："大老爷同二爷、三爷来了。"黄滚急传令："把人马发三千，布成阵势。将囚车十辆，把这反贼总拿解朝歌！"不知黄家众将性命如何，且听下回分解。

第三十三回　黄飞虎泗水大战

话说黄滚布开人马，等候儿子来。黄明曰："老将军，实对你讲，纣王无道，武王乃仁明圣德之君，我们此去借兵报仇。你去就去，你不去便是催督不完，到了朝歌，难逃一死。总不如一同归武王，此为上策。"黄滚沉吟长吁曰："臣非纵子不忠，奈众口难调。老臣七世忠良，今为叛亡之士！"望朝歌大拜八拜，将五十六两帅印挂在银安殿，老将军点兵三千，共家将人等合有四千余人，救灭火光，离了高关。

话说黄滚同众人并马而行。黄滚曰："黄明，我见你为吾子，不是为他，是害了我一门忠义。界牌关外便是西岐，那个不妨；只此八十里至汜水关，守关者乃韩荣，麾下一将余化，此人乃左道，人称他'七首将军'，此人道法通玄，旗开拱手，马到成功。坐下火眼金睛兽，用方天戟，我们一到，料是个个被擒，决难逃脱。我若解你往朝歌，尚留我老身一命；今日一同至此，真是荆山失火，石玉俱焚。此正天数难逃，吾命所该。"又见七岁孙儿在马上啼哭，又添惨切。不觉失声叹曰："我等遭此缧绁；你得何罪于天地，也逢此诛身之厄！"黄滚一路上不绝口叹息，不觉行至汜水关，安下人马，扎了辕门。

且说次日余化领命，布开人马，到军前搦战。营门官报入，黄滚问："你们谁去走走？"只见黄飞虎曰："孩儿前去。"上了五色神牛，催骑向前。

话说余化一马向前，飞虎展放钢枪，使得性发，似一条银蟒，裹住余化。只杀得他马仰人翻，余化掩一戟就走。飞虎赶来追至两箭之地，余化挂住画戟，揭起战袍，囊中取出一旛，望空中一举，数道黑气，把飞虎罩住，擒去了。

第三十四回　飞虎归周见子牙

韩荣命余化把黄姓犯官共计十一员，解往朝歌。众官置酒与余化饯别。饮罢酒，一声炮响，起兵往前进发。行八十里至界牌关。黄滚在陷车中，看见帅府厅堂依旧，谁知今作犯官。睹物伤情，不由泪落。关内军民一齐来看，无不叹息流泪。

不说黄家父子在路上，且言乾元山金光洞有太乙真人闲坐碧游床，正运元神，忽心血来潮。但凡神仙，烦恼、嗔怒、爱欲三事永忘，其心如石，再不动摇；心血来潮者，心中忽动耳。真人袖里一掐，早知此事："呀！黄家父子有厄，贫道理当救之。"唤金霞童儿："请你师兄来。"童儿至桃园，见哪吒使枪。童子曰："师父有请。"哪吒收枪，来至碧游床下，倒身下拜："弟子哪吒在，不知师父唤弟子有何使用？"真人曰："黄飞虎父子有难，你下山救他一番，送出汜水关，你可速回，不得有误。久后你与他俱是一殿之臣。"哪吒原是好动的，心中大悦，慌忙收拾，打点下山，脚登风火二轮，提火尖枪，离了乾元山，往穿云关来。好快！

哪吒想："奉师命下山来救黄家父子，恐余化泄了机，杀了黄家父子，反为不美。"左手提枪挡架余化方天戟，右手取金砖一块丢起空中，喝声："疾！"只见五彩瑞临天地暗，乾元山上宝生光，那砖落将下来，把余化顶护上打了一砖，打得俯伏鞍鞒，窍中喷血，倒拖画戟败走。哪吒赶了一程，自思："吾奉师命，来援黄家父子，若贪追袭，可不误了大事？"随登转双轮，发一块金砖，打得众兵星飞云散，瓦解冰消，各顾性命奔走。哪吒只见陷车中垢面蓬头，厉声大呼曰："谁是黄将军？"飞虎曰："登轮者是谁？"哪吒答曰："吾乃乾元山金光洞太乙真人门下，姓李，双名哪吒。知将军今有小厄，命吾下山相援。"武成王大喜。哪吒将金砖磕开陷车，将众将放出，飞虎倒身拜谢。哪吒曰：“列位将军慢行。我如今先与你把汜水关取了，等将军们出关。”众人称谢：“多感盛德，立救残喘，尚容叩谢！”各人将短器械执在手中，切齿咬牙，怒冲牛斗，随后而行。

哪吒取汜水关。黄明等六将只杀得关内三军乱窜，任意剿除。次日，黄滚同飞虎等齐至，把韩荣府内之物全装在车辆上，载出汜水关，至西岐地界。哪吒送至金鸡岭作别。

黄飞虎行至小金桥，到了相府，对堂候官曰：“借重你禀丞相一声，说朝歌黄飞虎求见。”堂候官击云板，请丞相升殿。子牙出银安殿。堂候官将手本呈上。子牙看罢，“朝歌黄飞虎乃武成王也。今日至此，有甚么事？”忙传：“请见。”子牙官服，迎至仪门拱候。黄飞虎至滴水檐前下拜。子牙顶礼相还，口称：“大王驾临，姜尚不曾远接，有失迎迓，望乞勿罪。”飞虎曰：“末将黄飞虎乃是难臣，今弃商归周，如失林飞鸟，聊借一枝。倘蒙见纳，飞虎感恩不浅！”子牙忙扶起，分宾主序坐。飞虎曰：“末将乃商之叛臣，怎敢列坐丞相之傍？”子牙曰：“大王言之太重！尚虽忝列相位，昔曾在大王治下，今日何故太谦？”飞虎方才告坐。子牙躬身请问曰：“大王何事弃商？”武成王曰：“纣王荒淫，权臣当道，不纳忠良，专近小人。贪色不分昼夜，不以社稷为重，残杀忠良，全无忌惮，施土木陷害万民。今元旦，末将元配朝贺中宫，妲己设计，诬陷末将元配，以致坠楼而死。末将妹子在西宫，得知此情，上摘星楼明正其非，纣王偏向，又将吾妹采宫衣，揪后鬓，摔下摘星楼，跌为齑粉。末将自揣：‘君不正，臣投外国。’此亦理之当然。故此反了朝歌，杀出五关，特来相投，愿效犬马。若肯纳吾父子，乃丞相莫大之恩。”子牙大喜：“大王既肯相投，竭力扶持社稷。武王不胜幸甚！岂有不容纳之理？”西岐自得黄飞虎，遍地干戈起，纷纷士马兴。不知后事如何，且听下回分解。

第三十五回　晁田兵探西岐事

晁田、晁雷率人马奉命出朝歌伐周，渡黄河，出五关，晓行夜住，非止一日。哨探马报："人马至西岐。"晁田传令："安营。"点炮静营，三军呐喊，兵扎西门。

且说子牙在相府闲坐，忽听得有喊声震地，子牙传出府来："为何有喊杀之声？"不时有报马至府前："启老爷：朝歌人马住扎西门，不知何事。"子牙默思："成汤何事起兵来侵？"传令："擂鼓聚将。"不一时，众将上殿参谒。子牙曰："成汤人马来侵，不知何故？"众将佥曰："不知。"

且说晁田安营，与弟共议："今奉太师命，来探西岐虚实，原来也无准备。今日往西岐见阵，如何？"晁雷曰："长兄言之有理。"晁雷上马提刀，往城下请战。子牙正议，探马报称："有将搦战。"子牙问曰："谁去问虚实走一遭？"言未毕，大将南宫适应声出曰："末将愿往。"子牙许之。南宫适领一支人马出城，排开阵势，立马旗门，看时，乃是晁雷。南宫适曰："晁将军慢来！今天子无故以兵加西土，却是为何？"晁雷答曰："吾奉天子敕命，闻太师军令，问不道姬发，自立武王，不遵天子之谕，收叛臣黄飞虎，情殊可恨！汝可速进城，禀你主公，早早把反臣献出，解往朝歌，免你一郡之殃。若待迟延，侮之何及！"南宫适笑曰："晁雷，纣王罪恶深重，醢大臣，不思功绩；斩元铣，有失司天；造炮烙，不容谏言；治虿盆，难及深宫；杀叔父，剖心疗疾；起鹿台，万姓遭殃；君欺臣妻，五伦尽灭；宠小人，大坏纲常。吾主坐守西岐，奉法守仁，君尊臣敬，子孝父慈，三分天下，二分归西，民乐安康，军心顺悦。你今日敢将人马侵犯西岐，乃自取辱身之祸。"晁雷大怒，纵马舞刀来取南宫适。南宫适举刀赴面相迎。两马相交，双刀并举，一场大战。南宫适与晁雷战有三十回合，把晁雷只杀得力尽筋舒，哪里是南宫适敌手！被南宫适卖一个破绽，生擒过马，望下一摔，绳缚二背。得胜鼓响，推进西岐。

南宫适至相府听令。左右报于子牙，命："令来。"南宫适进殿，子牙问："出战胜负？"南宫适曰："晁雷来伐西岐，末将生擒，听令指挥。"子牙传令："推来！"左右把晁雷推至滴水檐前。晁雷立而不跪。子牙曰："晁雷既被吾将擒来，为何不屈膝求生？"晁雷竖目大喝曰："汝不过编篱卖面一小人！吾乃天朝上国命臣，不幸被擒，有死而已，岂肯屈膝！"子牙命："推出斩首！"众人将晁雷推出去了。两边大小众将听晁雷骂子牙之短，众将暗笑子牙出身浅薄。子牙乃何等人物，便知众将之意。子牙谓诸将曰："晁雷说吾编篱卖面，非辱吾也。昔伊尹乃莘野匹夫，后辅成汤，为商股肱，只在遇之迟早耳。"传令："将晁雷斩讫来报！"只见武成王黄飞虎出曰："丞相在上：晁雷只知有纣，不知有周，末将敢说此人归降，后来伐纣，亦可得其一臂之力。"子牙许之。黄飞虎出相府，见晁雷跪候行刑。飞虎曰："晁将军！"

晁雷见武成王至，不语。飞虎曰："你天时不识，地利不知，人和不明。三分天下，周土已得二分。东南西北，俱少属纣。纣虽强胜一时，乃老健春寒耳。纣之罪恶得罪于天下百姓，兵戈自无休息。况东南士马不宁，天下事可知矣。武王文足安邦，武可定国。想吾在纣官拜镇国武成王，到此只改一字开国武成王。天下归心，悦而从周。武王之德，乃尧舜之德，不是过耳。吾今为你，力劝丞相，准将军归降，可保簪缨万世。若是执迷，行刑令下，难保性命，悔之不及。"晁雷被黄飞虎一篇言语，心明意朗，口称："黄将军，方才末将抵触了子牙，恐不肯赦免。"飞虎曰："你有归降之心，吾当力保。"晁雷曰："既蒙将军大恩保全，实是再生之德，末将敢不如命。"且说飞虎复进内见子牙，备言晁雷归降一事。子牙曰："杀降诛服，是为不义。黄将军既言，传令放来。"晁雷至檐下，拜伏在地："末将一时卤莽，冒犯尊颜，理当正法。荷蒙赦宥，感德如山。"子牙曰："将军既真心为国，赤胆佐君，皆是一殿之臣，同是股肱之佐，何罪之有！将军今已归周，城外人马可调进城来。"晁雷曰："城外营中，还有末将的兄晁田现在营里。待末将出城，招来同见丞相。"子牙许之。晁田、晁雷同降子牙。

第三十六回　张桂芳奉诏西征

话说西岐报马报入相府："张桂芳领十万人马，南门安营。"子牙升殿，聚将共议退兵之策。子牙曰："黄将军，张桂芳用兵如何？"飞虎曰："丞相下问，末将不得不以实陈。"子牙曰："将军何故出此言？吾与你皆系大臣，为主心腹，何故说'不得不实陈'者，何也？"飞虎曰："张桂芳乃左道旁门术士，有幻术伤人。"子牙曰："有何幻术？"飞虎曰："此术异常。但凡与人交兵会战，必先通名报姓。如末将叫黄某，正战之间，他就叫：'黄飞虎不下马更待何时！'末将自然下马。故有此术。似难对战。丞相须吩咐众位将军，但遇桂芳交战，切不可通名。如有通名者，无不获去之理。"子牙听罢，面有忧色。旁有诸将不服此言的，道："岂有此理！那有叫名便下马的？若这等，我们百员将官只消叫的百十声，便都拏尽。"众将官俱各含笑而已。

且说张桂芳在马上，又见武成王黄飞虎在子牙宝纛幡脚下，怒纳不住，纵马杀将过来。黄飞虎也把五色神牛催开，大骂："逆贼！怎敢冲吾阵脚？"牛马相交，双枪并举，恶战龙潭。张桂芳仗胸中左道之术，一心要擒飞虎。二将酣战，未及十五合，张桂芳大叫："黄飞虎不下骑，更待何时！"飞虎不由自己撞下鞍鞒。军士方欲上前擒获，只见对阵上一将乃是周纪，飞马冲来，抡斧直取张桂芳。黄飞彪、飞豹二将齐出，把飞虎抢去。周纪大战桂芳，张桂芳掩一枪就走，周纪不知其故，随后赶来。张桂芳知道周纪，大叫一声："周纪不下马，更待何时！"周纪吊下马来，及至众将救时，已被众士卒生擒活捉，拿进辕门。且说风林战南宫适，风林拨马就走，南宫适也赶去，被风林如前，把口一张，黑烟喷出，烟内现碗口大小一粒珠，把南宫适打下马来，生擒去了。张桂芳大获全胜，掌鼓回营。子牙收兵进城，见折了二将，郁郁不乐。

且说张桂芳升帐，把周纪、南宫适推至中军，张桂芳曰："立而不跪者何也？"南宫适大喝："狂诈匹夫！将身许国，岂惜一死！既被妖术所获，但凭汝为，有甚闲说！"桂芳传令："且将二人囚于陷车之内，待破了西岐，解往朝歌，听圣旨发落。"不题。

次日，张桂芳亲往城下搦战。

探马报入丞相府曰："张桂芳搦战。"子牙因他开口叫名字便落马，故不敢传令，且将'免战牌'挂出去。张桂芳笑曰："姜尚被吾一阵便杀得'免战牌'高悬！"故此按兵不动。

且说乾元山金光洞太乙真人坐碧游床运元神，忽然心血来潮，早知其故，命金霞童儿："请你师兄来。"童儿领命，来桃园见哪吒，口称："师兄，老爷有请。"哪吒至蒲团下拜。真人曰："此处不是你久居之所。你速往西岐，去佐你师叔姜子牙，可立你功名事业。如今三十六路兵伐西岐，你可前去辅佐明君，以应上天垂象。"哪吒满心欢喜，即刻辞别下山，上了风火轮，提火尖枪，斜挂豹皮囊，往西岐来。

话说张桂芳大战哪吒三四十回合。哪吒枪乃太乙仙传，使开如飞电绕长空，似风声吼玉树。张桂芳虽是枪法精传，也自雄威，力敌不能久战；随用道术，要擒哪吒。桂芳大呼曰："哪吒不下轮来更待何时！"哪吒也吃一惊，把脚登定二轮，却不得下来。桂芳见叫不下轮来，大惊："老师秘授之吐语捉将，道名拏人，往常响应，今日为何不准！"只得再叫一声。哪吒只是不理。连叫三声，哪吒大骂："失时匹夫！我不下来凭我，难道勉强叫我下来！"张桂芳大怒，努力死战。哪吒把枪紧一紧，似银龙翻海底，如瑞雪满空飞，只杀得张桂芳力尽筋舒，遍身汗流。哪吒把乾坤圈飞起来打张桂芳。不知性命如何，且听下回分解。

第三十七回　姜子牙一上昆仑

话说哪吒一乾坤圈把张桂芳左臂打得筋断骨折，马上晃了三四晃，不曾闪下马来。哪吒得胜进城，探马报入相府。令：“哪吒来见。”子牙问曰：“与张桂芳见阵，胜负如何？”哪吒曰：“被弟子乾坤圈打伤左臂，败进营里去了。”子牙又问：“可曾叫你名字？”哪吒曰：“桂芳连叫三次，弟子不曾理他罢了。”众将不知其故。但凡精血成胎者，有三魂七魄，被桂芳叫一声，魂魄不居一体，散在各方，自然落马。哪吒乃莲花化身，浑身俱是莲花，哪里有三魂七魄，故此不得叫下轮来。

且说张桂芳打伤左臂，先行官风林又被打伤，不能动履，只得差官用告急文书，往朝歌见闻太师求援。不表。

且说子牙在府内自思：“哪吒虽则取胜，恐后面朝歌调动大队人马，有累西土。”子牙沐浴更衣来见武王。朝见毕，武王曰：“相父见孤，有何紧事？”子牙曰：“臣辞主公，往昆仑山去一遭。”武王曰：“兵临城下，将至濠边，国内无人，相父不可逗留高山，使孤盼望。”子牙曰：“臣此去，多则三朝，少则两日，即时就回。”武王许之。子牙出朝回相府，对哪吒曰：“你与武吉好生守城，不必与张桂芳厮杀。待我回来，再作区画。”哪吒领命。子牙吩咐已毕，随借土遁往昆仑山来。

话说子牙从土遁到得麒麟崖，落下土遁，见昆仑光景，嗟叹不已。自想：“一离此山，不觉十年。如今又至，风景又觉一新。”子牙不胜眷恋。

子牙上昆仑，过了麒麟崖，行至玉虚宫，不敢擅入，在宫前等候多时，只见白鹤童子出来。子牙曰：“白鹤童儿，与吾通报。”白鹤童子见是子牙，忙入宫至八卦台下，跪而启曰：“姜尚在外听候玉旨。”元始点首：“正要他来。”童儿出宫，口称：“师叔，老爷有请。”子牙台下倒身拜伏：“弟子姜尚愿老师父圣寿无疆！”元始曰：“你今上山正好。命南极仙翁取‘封神榜’与你。可往岐山造一封神台，台上张挂‘封神榜’，把你的一生事俱完毕了。”子牙跪而告曰：“今有张桂芳以左道旁门之术，征伐西岐。弟子道理微末，不能治伏。望老爷大发慈悲，提拔弟子。”元始曰：“你为人间宰相，受享国禄，称为‘相父’。凡间之事，我贫道怎管得你的尽？西岐乃有德之人坐守，你怕左道旁门？事到危急之处，自有高人相辅。此事不必问我，你去罢。”子牙不敢再问，只得出宫。

第三十八回　四圣西岐会子牙

话说闻太师来至西海九龙岛，见那些海浪滔滔、烟波滚滚。把坐骑落在崖前。只见那洞门外：异花奇草般般秀，桧柏青松色色新。

正看玩时，见一童儿出，太师问曰："你师父在洞否？"此童儿答曰："家师在里面下棋。"太师曰："你可通报：商都闻太师相访。"童儿进洞来，启老师曰："商都闻太师相访。"只见四位道人听得此言，齐出洞来，大笑曰："闻兄，哪一阵风儿吹你到此？"闻太师一见四人出来，满面笑容相迎，竟邀至里面，行礼毕，在蒲团坐下。——此乃是四圣，也是"封神榜"上之数：头一位姓王，名魔；二位姓杨，名森；三位姓高，名友乾；四位姓李，名兴霸；是灵霄殿四将。看官：大抵神道原是神仙做，只因根行浅薄，不能成正果朝元，故成神道。且说王魔曰："间兄先回，俺们随后即至。"闻太师曰："承道兄大德，求即幸临，不可羁滞。"王魔曰："吾把童儿先将坐骑送往岐山，我们即来。"闻太师上了墨麒麟回朝歌。不表。

且说四位道人驾水遁往西岐山来，霎时到了，落下水光，到张桂芳辕门。探马报入："有四位道长至辕门候见。"张桂芳闻报，出营接入中军，张桂芳、风林参谒。王魔见二将欠身不便，问曰："闻太师请俺们来助你。你想必着伤？"风林把臂膊被哪吒打伤之事说了一遍。王魔曰："与吾看一看。呀！原来是乾坤圈打的。"葫芦中取一粒丹，口嚼碎了搽上，即时全愈。桂芳也来求丹，王魔一样治度。又问："西岐姜子牙在那里？"张桂芳曰："此处离西岐七十里，因兵败至此。"王魔曰："快起兵往西岐城去！"彼时张桂芳传令，一声炮响，三军呐喊，杀奔西岐，东门下寨。

子牙带哪吒、龙须虎、武成王，骑四不相出城。王魔一见大怒，把狴犴一磕，执剑来取子牙。旁有哪吒登开风火轮，摇火尖枪大叫：“王魔少待伤吾师叔！”冲杀过来。轮兽相交，枪剑并举，好场大战！

话说二将大战，哪吒使发了那一条枪与王魔力敌。正战间，杨森骑着狻猊，见哪吒枪来得利害，剑乃短家伙，招架不开。杨森在豹皮囊中取出一粒开天珠，劈面打来，正中哪吒，打翻下风火轮去。王魔急来取首级，早有武成王黄飞虎催开五色神牛，把枪一摆，冲将过来，救了哪吒。王魔复战飞虎。杨森二发奇珠，黄飞虎乃是马上将军，怎经得一珠，打下坐骑来。早被龙须虎大叫曰：“莫伤吾大将，我来了！”王魔一见大惊：“是个什么妖精出来！”

话说高友乾骑着花斑豹，见龙须虎凶恶，忙取混元宝珠，劈脸打来，正中龙须虎的脖子。打得扭着头跳。左右救回黄飞虎。王魔、杨森二骑来擒子牙。子牙只得将剑招架，来往冲杀。子牙左右无佐，三将着伤，救回去了。不防李兴霸把劈地珠照子牙打来，正中前心。子牙“嗳呀”一声，几乎坠骑；带四不相往北海上逃走。王魔曰：“待吾去拿了姜尚。”来赶子牙；似飞云风卷，如弩箭离弦。子牙虽是伤了前心，听得后面赶来，把四不相的角一拍，起在空中。王魔笑曰：“总是道门之术！你欺我不会腾云。”把狴犴一拍，也起在空中，随后赶来。

子牙在西岐有七死三灾，此是遇四圣，头一死。王魔见赶不上子牙，复取开天珠望后心一下，把子牙打翻下骑来，骨碌碌滚下山坡，面朝天，打死了。四不相站在一傍。王魔下骑，来取子牙首级。忽然听得半山中作歌而来：

> 野水清风拂柳，池中水面飘花。
> 借问安居何处，白云深处为家。

话说王魔听歌，看时，乃五龙山云霄洞文殊广法天尊。王魔曰：“道兄来此何事？”广法天尊答曰：“王道友，姜子牙害不得！贫道奉玉虚宫符命在此，久等多时。只因五事相凑，故命子牙下山：一则成汤气数已尽；二则西岐真主降临；三则吾阐教犯了杀戒；四则姜子牙该享西地福禄，身膺将相之权；五则与玉虚宫代理封神。道友，你截教中逍遥自在，无拘无束，为甚么恶气纷纷，雄心赳赳。可知道你那碧游宫上有两句说得好：

紧闭洞门，静诵《黄庭》三两卷；
身投西土，封神台上有名人。

你把姜尚打死，虽死还有回生时候。道友，依我，你好生回去，这还是一月未缺；若不听吾言，致生后悔。”王魔曰：“文殊广法天尊，你好大话！我和你一样规矩，怎言月缺难圆。难道你有名师，我无教主？”王魔动了无名之火，持剑在手，睁睛欲来取文殊广法天尊。只见天尊后面有一道童，挽抓髻，穿淡黄服，大叫：“王魔少待行凶，我来了！”广法天尊门徒金吒是也；抡剑直奔王魔。王魔手中剑对面交还，来往盘旋，恶神厮杀。

话说王魔、金吒恶战山下，文殊广法天尊取一物：此宝在玄门为遁龙桩，久后在释门为七宝金莲，上有三个金圈，往上一举，落将下来。王魔急难逃脱，颈子上一圈，腰上一圈，足下一圈，直立地靠定此桩。金吒见宝缚了王魔，手起剑落。不知性命如何，且听下回分解。

第三十九回　姜子牙冰冻岐山

话说金吒一剑把王魔斩了：一道灵魂往封神台来，清福神柏鉴用百灵幡引进去了。广法天尊收了此宝，望昆仑下拜："弟子开了杀戒。"命金吒把子牙背负上山，将丹药用水研开，灌入子牙口内。不一时，子牙醒回，看见广法天尊，曰："道兄，我如何于此处相会？"天尊答曰："原是天意，定该如此，不由人耳。"过了一二时辰，命金吒："你同师叔下山，协助西土。我不久也要来。"遂扶子牙上了四不相，回西岐。广法天尊将土掩了王魔尸骸。不表。

且说西岐城不见姜丞相，众将慌张。武王亲至相府，差探马各处找寻。子牙同金吒至西岐，众将同武王齐出相府，子牙下骑。武王曰："相父败兵何处？孤心甚是不安！"子牙曰："老臣若非金吒师徒，决不能生还矣！"金吒参谒武王，会了哪吒，二人自在一处。子牙进府调理。

且说成汤营里杨森见王魔得胜，追赶子牙，至晚不见回来。杨森疑惑："怎么不见回来？"忙忙袖中一算，大叫一声："罢了！"高友乾、李兴霸齐问原由。杨森怒曰："可惜千年道行，一旦死于五龙山！"三位道人怒发冲冠，一夜不安。次日上骑，城下搦战，只要子牙出来答话。探马报入相府。子牙着伤未愈。只见金吒曰："师叔，既有弟子在此保护，出城定要成功。"子牙从计上骑，开城，见三位道人咬牙大骂曰："好姜尚！杀吾道兄，势不两立！"三骑齐出来战。子牙旁有金吒、哪吒二人。金吒两口宝剑，哪吒登开风火轮，使开火尖枪抵敌。五人交兵，只杀得霭霭红云笼宇宙，腾腾杀气照山河。子牙暗想："吾师所赐打神鞭，何不祭起？"子牙将神鞭丢起，空中只听雷鸣火电，正中高友乾顶上，打得脑浆迸出，死于非命，一魂已入封神台去了。杨森见高道兄已亡，吼一声来奔子牙；

不防哪吒将乾坤圈丢起，杨森方欲收此宝，被金吒将遁龙桩祭起，遁住杨森，早被金吒一剑，挥为两段，一道灵魂也进封神台去了。张桂芳、风林见二位道长身亡，纵马使枪，风林使狼牙棒，冲杀过来。李兴霸骑狰狞，拎方楞锏杀来。金吒步战。哪吒使一根枪，两家混战。只听西岐城里一声炮响，走出一员小将，还是一个光头儿，银冠银甲，白马长枪，此乃黄飞虎第四子黄天祥走马杀到军前，神武扬威，勇贯三军，枪法如骤雨。天祥刺斜里一枪，把风林挑下马来，一魂也进封神台去了。张桂芳料不能取胜，败进行营。李兴霸上帐自思："吾四人前来助你，不料今日失利，丧吾三位道兄。你可修又书，速报闻兄，可求救至此，以泄今日之恨。"张桂芳依言，忙作告急文书，差官星夜进朝歌。不表。

次日，子牙点众将出城，三军呐喊，军威大振，坐名要张桂芳。桂芳听报大怒，"吾自来提兵未曾挫锐，今日反被小人欺侮，气杀我也！"忙上马，布开阵势，到辕门，指子牙大喝曰："反贼！怎敢欺侮天朝元帅？与你立见雌雄。"子牙传令："点鼓。"军中之法：鼓进，金止。周营数十骑，左右抢出，伯达、伯适、仲突、仲忽、叔夜、叔夏、季随、季、毛公遂、周公旦、召公奭、吕公望、南宫适、辛甲、辛免、太颠、闳夭、黄明、周纪等，围裹上来，把张桂芳围在垓心。从清晨杀到午牌时分，张桂芳与李兴霸俱战死。

闻太师命鲁雄征讨西岐。

话说鲁雄人马出五关，一路行来。有探马报与鲁雄曰："张总兵失机阵亡，首级号令在西岐东门，请军令定夺。"鲁雄闻报大惊曰："桂芳已死，吾师不必行，且安营。"问："前面是甚么所在？"探马回报："是西岐山。"鲁雄传令："茂林深处安营。"命军政司修告急文书报太师。不表。

一日，子牙升相府，有报马报入府来："西岐山有一支人马扎营。"子牙已知其详。前日清福神来报，封神台已造完，张挂封神榜，如今正要祭台。传令："命南宫适、武吉点五千人马，往岐山安营，阻塞路口，不放他人马过来。"二将领令，随即点人马出城。一声炮响，七十里望见岐山一支人马，乃成汤号色。南宫适对阵安下营寨。天气炎热，三军站立不住，空中火伞施张。武吉对南宫适曰："吾师令我二人出城，此处安营，难为三军枯渴，又无树木遮盖，恐三军心有怨言。"一宿已过。

话说子牙坐在帐中，令武吉："营后筑一土台，高三尺。速去筑来！"武吉领令。西岐辛免催趱车辆许多饰物，报与子牙。子牙令搬进行营，散饰物。众军看见，痴呆半晌。子牙点名给散，一名一个棉袄，一个斗笠，领将下去。众军笑曰："吾等穿将起来，死的快了！"

且说子牙至晚，武吉回令："土台造完。"子牙上台，披发仗剑，望东昆仑下拜，布罡斗，行玄术，念灵章，发符水。但见：

子牙作法，霎时狂风大作，吼树穿林。只刮的飒飒灰尘，雾迷世界，滑喇喇天摧地塌，骤沥沥海沸山崩，幡幢响如铜鼓振，众将校两眼难睁。一时把金风撤去无踪影，三军正好赌输赢。

且说鲁雄在帐内见狂风大作，热气全无，大喜曰："若闻太师点兵出关，正好厮杀，温和天气。"费仲、尤浑曰："天子洪福齐天，故有凉风相助。"那风一发胜了，如猛虎一般。

话说子牙在岐山布斗，刮三日大风，凛凛似朔风一样。三军叹曰："天时不正，国家不祥，故有此异事！"过了一两个时辰，半空中飘飘荡荡落下雪花来，纣兵怨言："吾等单衣铁甲，怎耐凛冽严威？"正在那里埋怨，不一时，鹅毛片片，乱舞梨花，好大雪！

鲁雄在中军对费、尤曰："七月秋天，降此大雪，世之罕见。"鲁雄年迈，怎禁得这等寒冷。费、尤二人亦无计可施，三军都冻坏了。且说子牙在岐山上，军士人人穿起棉袄，带起斗笠，感丞相恩德，无不称谢。子牙问："雪深几尺？"武吉回话："山顶上深二尺，山脚下风旋下去，深有四五尺。"子牙复上土台披发仗剑，口中念念有词，把空中彤云散去，现出红日当空。一轮火伞，霎时雪都化水，往山下一声响，水去的急，聚在山凹里。

话说子牙见雪消水急，滚涌下山，忙发符印，又刮大风。只见阴云布合，把太阳掩了；风狂凛冽，不亚严冬，霎时间把岐山冻作一块汪洋。子牙出营来，看纣营幡幢尽倒，命南宫适、武吉二将："带二十名刀斧手下山，进纣营把首将拿来！"二将下山，径入营中，见三军冻在冰里，将死者且多，又见鲁雄、费仲、尤浑三将在中军。刀斧手上前擒捉，如同囊中取钞一般，把三人捉上山来见子牙。不知性命如何，且听下回分解。

第四十回　四天王遇炳灵公

武吉将鲁雄、费仲、尤浑推至。子牙传令："斩讫报来！"霎时献三颗首级。

话说鲁雄的残兵败卒走进关，逃回朝歌。闻太师在府，看各处报章，看三山关邓九公报："大败南伯侯。"忽报："汜水关韩荣报到。"令："接上来。"拆开看时，顿足叫曰："不料西岐姜尚这等凶恶！杀死张桂芳，又捉鲁雄号令岐山，大肆猖獗。吾欲亲征，奈东南二处，未息兵戈。"乃问吉立、余庆曰："我如今再遣何人伐西岐？"吉立答曰："太师在上：西岐足智多谋，兵精将勇，张桂芳况且失利，九龙岛四道者亦且不能取胜；如今可发令牌，命佳梦关魔家四将征伐，庶大功可成。"太师听言，喜曰："非此四人不能克此大恶。"忙发令牌，又点左军大将胡升、胡雷交代守关。将令发出，使命领令前行；不觉一日，已至佳梦关，下马报曰："闻太师有紧急公文。"魔家四将接了文书，拆开看罢，大笑曰："太师用兵多年，如今为何颠倒！料西岐不过是姜尚、黄飞虎等，'杀鸡焉用牛刀'？"打发来使先回。弟兄四人点精兵十万，即日兴师；与胡升、胡雷交代府库钱粮，一应完毕。魔家四将辞了胡升，一声炮响，大队人马起行，浩浩荡荡，军声大振，往西岐而来。

且说青峰山紫阳洞清虚道德真君忽然心血来潮，叫金霞童子："请你师兄来。"童儿领命，少时间请师兄至。黄天化至碧游床前，倒身下拜："老师父，叫弟子哪里使用？"真君让他下山，同其父亲共同为周朝效力。黄天化来至子牙营寨。子牙曰："魔家四将乃左道之术也，须紧要提防。"天化曰："师命指明，何足惧哉！"子牙许之。黄天化上了玉麒麟，拎两柄槌，开放城门，至辕门请战。四天王正遇炳灵公。不知胜败如何，且听下回分解。

第四十一回　闻太师兵伐西岐

魔礼青观看一员小将，身坐玉麒麟，到阵前曰:“来者何人？”天化答曰:“吾非别人，乃开国武成王长男黄天化是也，今奉姜丞相将令，特来擒你。”魔礼青大怒，摇枪拽步来取黄天化，天化手中锤赴面交还。步骑交兵，一场大战。

话说魔礼青大战黄天化，麟步相交，枪锤并举，来往未及二十回合，早被魔礼青随手带起白玉金刚镯，一道霞光打将下来，正中后心，只打得金冠倒撞，跌下骑来。

且说黄天化被金刚镯已自打死了。黄飞虎痛哭曰：“岂知才进西岐，未安枕席，竟被打死！”甚是伤情，只得把天化尸骸停在相府门前。子牙亦是不乐。忽有人报进府来：“启丞相：有一道童求见。”子牙传令：“请来。”道童至殿前下拜。子牙问曰：“哪里来的？”童子曰：“弟子是紫阳洞道德真君命弟子来背师兄黄天化回山。”子牙大喜。

白云童子将黄天化背回，至紫阳洞门前放下。道童进洞回覆曰：“师兄已背至了。”真君出洞，看天化面黄不语，闭目无言。真君命童子取水来，将丹药化开，用剑撬开口，将药灌入，随入中黄。不一个时辰，黄天化已是回生，二目睁开，见师父在旁，天化曰:“弟子如何在此相见？”真君曰:“好畜生！下山吃荤，罪之一也；变服忘本，罪之二也。若不看子牙面上，决不救你！”黄天化倒身下拜。真人取出一物递与天化，曰：“你速往西岐，再会魔家四将，可成大功。我不久也要下山。”黄天化辞了师父，借土遁前来，须臾便至西岐，落下遁光，来至相府。门官忙报，子牙命至殿前。黄天化把师父言语说了一遍，飞虎大喜。

次日，黄天化上了玉麒麟出城，坐名要魔家四将。军政司报进行营：“黄天化请战。”魔家四将听报，忙出营，见天化精神赳赳，大叫曰：“今日定见雌雄！”魔礼青摇枪来刺，天化火速来迎，麟步相交，一场大战。未及三五回合，天化便走，魔礼青随后赶来。黄天化回头一看，见魔礼青来赶，挂下双锤，取出一幅锦囊，打开看时，只见长有七寸五分，放出华光，火焰夺目，名曰“钻心钉”。黄天化掌在手中，回手一发，此钉如稀世奇珍，一道金光出掌。

话说黄天化发出钻心钉正中魔礼青前心，不觉穿心而过，只见魔礼青大叫一声跌倒在地。魔礼红见兄长打倒在地，心中大怒，急忙跑出阵来，把方天戟一摆，紧紧赶来。黄天化收回钉，仍复打来，魔礼红躲不及，又中前心，此钉见心才过，响一声，跌在尘埃。魔礼海大呼曰：“小畜生！将何物伤吾二兄？”急出时，早被黄天化连发此钉，又将魔礼海打中。也是该四天王命绝，正遇炳灵公，此乃天数。

只见魔礼寿见三兄死于非命，心中甚是大怒，忙忙走出，用手往豹皮囊里拿花狐貂出来，欲伤黄天化。不知此花狐貂乃是杨戬变化的，隐在豹皮囊里，礼寿伸手来拿此物，不知杨戬把口张着，等魔礼寿的手往花狐貂嘴里来，被花狐貂一口，把魔礼寿的手咬将下来，只得一个骨头，怎熬得这般痛疼！又被黄天化一钉打来，正中胸前。可怜！正是：

治世英雄成何济，封神台上把名标。

话说黄天化打死魔家四将，方才来取首级，忽见豹皮囊中一阵风儿过处，只见花狐貂化为一人，乃是杨戬。黄天化认不得杨戬，天化问曰：“风化人形者是谁？”杨戬答曰：“吾乃杨戬是也。姜师叔有命在此，以为内应。今见兄长连克四将，正应上天之兆。”正说间，只见哪吒登轮赶来，对黄天化、杨戬言曰：“二兄今立大功，不胜喜悦。”三人彼此庆慰，同进城至相府内来，来见子牙。三人将发钉打死四将，杨戬伤手之事，诉说一遍。子牙大喜，命把四将斩首号令城上。

话说闻太师听闻魔家四将被杀，于是亲自提大兵三十万出了朝歌，渡黄河，兵至渑池县。总兵官张奎迎接，至帐前行礼毕。太师问：“往西岐哪一条路近？”张奎答曰：“往青龙关近二百里。”太师传令：“往青龙关去。”人马离了渑池县，往青龙关来。一路上旗幡招展，绣带飘摇，真好人马！

话说大兵离了青龙关，一路崎岖窄小，止容一二骑而行，人马甚是难走，跋涉更觉险峻。闻太师见如是艰难，悔之不及，早知如此，不若还走五关，方便许多，如今反耽误了程途。一日，来到黄花山，只见一座大山。

第四十二回　黄花山收邓辛张陶

此黄花山，有弟兄四人，结义多年，老大姓邓名忠，次名辛环，三名张节，四名陶荣。天下诸侯荒乱，暂借居此山，权且为安身之地。闻太师听罢对他们说：“你等肯随吾征伐西岐，候有功之日，俱是朝廷臣子。何苦为此绿林之事，埋没英雄，辜负生平本事？”辛环曰：“如太师不弃，我等愿随鞭镫。”闻太师曰：“列位既肯出力王室，正是国家有庆。你们可知山上喽啰计有多少？”辛环答曰：“有一万有余。”闻太师曰：“你可晓谕众人：愿随征者，去；不愿随征者，宁释还家，仍给赏财物，也是他跟随你们一场。”辛环领命，传与众人，有愿去的，有不愿去的，俱将历年所积给与诸人，众人无不悦服。除不去的，尚余七千多人马，粮草计有三万。俱打点停当，烧了牛皮宝帐。闻太师即日起兵，又得四将，不觉大喜，把人马过了黄花山，径往前进，浩浩荡荡，甚是军威雄猛。

报马报进相府，报：“闻太师调三十万人马，在南门安营。”子牙曰：“当时吾在朝歌，不曾会闻太师。今日领兵到此，看他纪法何如。”随带诸将观看闻太师行营：果然好人马！

子牙曰：“今日与太师定决一雌雄。”各不答话，二兽相交，鞭剑并举。子牙左有杨戬，右有哪吒，敌住太师。邓忠走马前来助战，有黄飞虎前来截住厮杀。张、陶二将来助，有武吉、南宫适敌住厮杀。辛环飞来，有黄天化阻住。闻太师酣战之际，又把雌雄鞭起在空中。子牙打神鞭也飞将起来，打神鞭乃玉虚宫元始所赐，此鞭有三七二十一节，一节上有四道符印，打八部正神。闻太师鞭往下打，子牙鞭往上迎，鞭打鞭，把闻太师雌鞭一打两断，落在尘埃。闻太师大叫一声：“好姜尚！今把吾宝贝伤其性命，吾与你势不两立！”子牙复祭打神鞭起去，闻太师难逃这一鞭之祸，一声响，把闻太师打下骑来。幸有门下吉立、余庆催马急救，太师借土遁去了。子牙与众将大杀一阵，方收兵进西岐城，入相府。只见杨戬进曰：“今日劫营之事，定是大胜。”子牙曰：“善。众将暂退，午后听令。”正是：

挖下战坑擒虎豹，满天张网等蛟龙。

且说闻太师败兵进营，升帐坐下，四将参谒。闻太师曰：“自来征伐，未尝有败。今被姜尚打断吾雌鞭，想吾师秘受蛟龙金鞭，今日已绝，有何面目再见吾师也！”四将曰：“胜负军家常事。”且说子牙掌鼓聚将上殿。子牙令黄飞虎、飞彪、黄明等冲闻太师左营，令南宫适、辛甲、辛免四贤冲右营，令哪吒、黄天化为头对冲大辕门，木吒、金吒、韩毒龙、薛恶虎为二对，龙须虎、武吉保子牙作三对。令杨戬：“你去烧闻太师行粮。老将军黄滚守城垣。”调遣已定。

且说闻太师败兵进营，坐于帐下，郁郁不乐。忽然见杀气罩于中军帐，太师焚香，将金钱一卜，早知其意，笑曰：“今劫吾营，非为奇计。”忙传令：“邓忠、张节在左营敌周将，辛环、陶荣在右营战周将，吉立、余庆守行粮，老夫守中营，自然无虞也。”闻太师安排迎敌。

却说子牙把众将发落已毕，只等炮响，各人行事。当日将人马暗暗出城，四面八方，俱有号记，灯笼高挑，各按方位。时至初更，一声炮响，三军呐一声喊，大辕门哪吒、黄天化先杀进来，左营黄家父子，右营乃四贤众将，齐冲进来，这一阵不知胜败何如，且听下回分解。

第四十三回　闻太师西岐大战

话说子牙与众将来劫闻太师行营，势如风火。只见哪吒登风火轮，持火尖枪杀来。闻太师忙上了墨麒麟，抡鞭迎敌。黄天化自恃英勇，持两柄银锤，催动玉麒麟，前来接战，裹住闻太师不放。金、木二吒挥宝剑，上前助战。韩毒龙、薛恶虎各持剑左右相攻。杀气纷纷，兵戈闪灼。

话说子牙劫闻太师行营，哪吒等把闻太师围困垓心。黄飞虎父子冲左营，与邓忠、张节大战，杀得乾坤暗暗。南宫适、辛甲等冲右营，与辛环、陶荣接战、俱系夜间，只杀得惨惨悲风，愁云滚滚。正酣战之际杨戬从闻太师后营杀进去，纵马摇枪，只杀至粮草堆上，放起火来。好火！

话说杨戬借胸中三昧真火，将粮草烧着，照彻天地。闻太师正战之间，忽见火起，心中大惊，自思："粮草被烧，大营难立。"把金鞭架枪、挡剑，无心恋战。又见子牙骑到，把打神鞭祭于空中，闻太师难逃这一鞭之厄，只打得闻太师三昧火喷出三四尺远近。太师把墨麒麟纵出圈子，且战且走，黄飞虎等追袭。邓忠、张节见中军失守，只得保着闻太师夺路而走。南宫适等追赶辛环、陶荣。吉立、余庆见势头不好，护持不下，只得败走。辛环肉翅飞在空中，保着闻太师退走往岐山。不表。

且说闻太师兵败岐山七十里，收住败残人马，结下营寨查点，损折军兵二万有余。太师升帐，长叹曰："自来提兵征伐多年，未尝有挫锋锐；今日到此，失机丧师，殊为痛恨！"心下十分不乐，自思无门，欲调别将，各有镇守。太师乃丹心赤胆，恨不能一刻遂平西地，其心才快，岂意如今失机被辱，只急的当中神目睁开，长吁短叹。吉立近前启曰："太师不必忧虑，况且三山五岳之中道友颇多，或请一二位，大事自然可成。"太师听说："老夫着军务烦冗，紊乱心怀，一时忘却。"遂上帐吩咐邓、辛二将："好生看守大营，吾去来。"太师乘了墨麒麟，把风云角一拍，那兽便起在空中。

闻太师径往白鹿岛来，霎时而至。只见众道人：或戴一字巾、九扬巾，或鱼尾金冠、碧玉冠，或挽双抓髻，或陀头样打扮，俱在山坡前闲说，不在一处。闻太师看见，大呼曰："列位道友，好自在也！"众道人回头，见闻太师，俱起身相迎。内有秦天君曰："闻得道兄征伐西岐，前日申公豹在此相邀助你，吾等在此练十阵图，方得完备。适道兄到临，真是万千之幸！"闻太师问曰："兄练的哪十阵？"秦天君曰："吾等这十阵，各有妙用。明日至西岐摆下，其中变化无穷。"闻太师看罢，曰："为何只有九位，却少一位？"素天君曰："金光圣母往白云岛去练她的金光阵，其玄妙大不相同，因此少她一位。"董天君曰："列位阵图可曾完吗？"众道人曰："俱完了。""既完了，我们先往西岐。闻兄在此等金光圣母同来。你意下如何？"闻太师曰："既蒙列位道兄雅爱，闻仲感戴荣光万万矣。此是极妙之事。"九位道人辞了闻太师，借水遁先往西岐而来。

不说九位道者往西岐山，到了营里。且说闻太师坐在山坡，倚松靠石，未及片时，只见正南上五点豹斑驹上坐一人，戴鱼尾金冠，身穿大红八卦衣，腰束丝绦，脚登云履，背一包袱，挂两口宝剑，如飞云掣电而来。望见白鹿岛洞前不见众人，只见一位穿红、三只眼、黄脸长髯的道者，却原来是闻太师。金光圣母急下坐骑，曰："闻兄何来？"二人施礼。问："九位道友往那里去了？"太师曰："他们先往岐山去，留吾在此等候同行。"二人大喜，齐上坐骑，驾起云光，往岐山而来，霎时便至。

十道人一两个时辰，把十阵俱摆将出来。秦天君至阵前曰："子牙，贫道十阵图已完，请公细玩。"子牙曰："领教了。"随带哪吒、黄天化、雷震子、杨戬四位门人来看阵。闻太师在辕门与十道人细看，子牙领来四人：一个站在风火轮上，提火尖枪，是哪吒，玉麒麟上是黄天化，雷震子狰狞异相，杨戬道气昂然。只见杨戬向前对秦天君曰："吾等看阵，不可以暗兵、暗宝暗算吾师叔，非大丈夫之所为也！"秦天君笑曰："叫你等早晨死，不敢午时亡。岂有将暗宝伤你等之理！"哪吒曰："口说无凭，发手可见。道者休得夸口！"四人保定子牙看阵。见头一阵，挑起一牌，上书"天绝阵"，

第二上书“地烈阵”，第三上书“风吼阵”，第四上书“寒冰阵”，第五上书“金光阵”，第六上书“化血阵”，第七上书“烈焰阵”，第八上书“落魂阵”，第九上书“红水阵”，第十上书“红砂阵”。

子牙看毕，复至阵前，秦天君曰：“子牙识此阵否？”子牙曰：“十阵俱明，吾已知之。”秦天君曰：“可能破否？”子牙曰：“既在道中，怎不能破？”秦天君曰：“几时来破？”子牙曰：“此阵尚未完全。待你完日，用书知会，方破此阵。请了！”闻太师同诸道友回营。子牙进城，入相府，好愁！真是双锁眉尖，无筹可展。杨戬在侧曰：“师叔方才言能破此阵，其实可能破得否？”子牙曰：“此阵乃截教传来，皆稀奇之幻法，阵名罕见，焉能破得？”

第四十四回　子牙魂游昆仑山

秦天君在阵中，把子牙拜吊了一魂二魄。子牙在相府，心烦意躁，进退不宁，十分不爽利；整日不理军情，慵懒常眠。众将、门徒俱不解是何缘故，也有疑无策破阵者，也有疑深思静摄者。不说相府众人猜疑不一。又过了十四五日，秦天君将子牙精魂气魄，又拜去了二魂四魄。子牙在府，不时憨睡，鼻息如雷。

不觉又过了二十日，秦天君把子牙二魂六魄俱已拜去了，止有得一魂一魄，其日竟拜出泥丸宫，子牙已死在相府。众弟子与门下诸将官，连武王驾至相府，俱环立而泣。武王亦泣而言曰："相父为国勤劳，不曾受享安康，一旦致此，于心何忍，言之痛心！"众将听武王之言，不觉大痛。杨戬含泪，将子牙身上摸一摸，只见心口还热，忙来启武王曰："不要忙，丞相胸前还热，料不能就死，且停在卧榻。"

不言众将在府中慌乱。单言子牙一魂一魄，飘飘荡荡，杳杳冥冥，竟往封神台来，时有清福神迎迓。见子牙是魂魄，清福神柏鉴知道天意，忙将子牙魂魄轻轻地推出封神台来。但子牙原是有根行的人，一心不忘昆仑山，那魂魄出了封神台，随风飘飘荡荡，如絮飞腾，径至昆仑山来。适有南极仙翁闲游山下，采芝炼药，猛见子牙魂魄渺渺而来，南极仙翁仔细观看，方知是子牙的魂魄。仙翁大惊曰："子牙绝矣！"慌忙赶上前，一把绰住了魂魄装在葫芦里面，塞住了葫芦口，径进玉虚宫启掌教老师。才进得宫门，后面有人叫曰："南极仙翁不要走！"仙翁及至回头看时，原来是太华山云霄洞赤精子。赤精子曰："你将葫芦拿来与我，待吾去救子牙走一番。"仙翁遂把葫芦付与赤精子。

赤精子至子牙卧榻，将子牙头发分开，用葫芦口合住子牙泥丸宫，连把葫芦敲了三四下，其魂魄依旧入窍。少时，子牙睁开眼，口称："好睡！"急至看时，卧榻前武王、赤精子、众门人，子牙跃身而起。调养数日，方才痊愈。

翌日升殿，赤精子与诸人共议破阵之法。赤精子曰："此阵乃左道旁门，不知深奥。既有真命，自然安妥。"言未毕，杨戬启子牙："二仙山麻姑洞黄龙真人到此。"子牙迎接至银安殿，行礼毕，分宾主坐下。子牙曰："道兄今到此，有何事见谕？"黄龙真人曰："特来西岐共破十绝阵。方今吾等犯了杀戒，轻重有分，众道友咫尺即来。此处凡俗不便，贫道先至，与子牙议论。可在西门外搭一芦篷席殿，结彩悬花，以便三山五岳道友齐来，可以安歇。不然，有亵众圣，甚非尊贤之理。"子牙传令："着南宫适、武吉起造芦篷，安放席殿。"又命杨戬："在相府门首，但有众老师至，随即通报。"赤精子对子牙曰："吾等不必在此商议，候造篷工完，篷上议事可也。"

话非一日，武吉来报工完。子牙同二位道友、众门人，都出城来听用，止留武成王掌府事。话说子牙上了芦篷，铺毡佃地，悬花结彩，专候诸道友来至。大抵武王为应天顺人，仙圣自不绝而来。先来的是：

九仙山桃园洞广成子，
太华山云霄洞赤精子，
二仙山麻姑洞黄龙真人，
狭龙山飞云洞惧留孙（后入释成佛），
乾元山金光洞太乙真人，
崆峒山元阳洞灵宝大法师，
五龙山云霄洞文殊广法天尊（后成文殊菩萨），
九宫山白鹤洞普贤真人（后成普贤菩萨），
普陀山落伽洞慈航道人（后成观世音大士），
玉泉山金霞洞玉鼎真人，
金庭山玉屋洞道行天尊，
青峰山紫阳洞清虚道德真君。

子牙径往迎接，上篷坐下。内有广成子曰：“众位道友，今日前来，兴废可知，真假自辨。子牙公几时破十绝阵？吾等听从指教。”子牙听得此言，魂不附体，欠身言曰：“列位道兄，料不才不过四十年毫末之功，岂能破得此十绝阵？乞列位道兄怜姜尚才疏学浅，生民涂炭，将士水火，敢烦那一位道兄，与吾代理，解君臣之忧烦，黎庶之倒悬，真社稷生民之福矣！姜尚不胜幸甚！”广成子曰：“吾等自身难保无虞，虽有所学，不能克敌此左道之术。”彼此互相推让。正说间，只见半空中有鹿鸣，异香满地，遍处氤氲。不知是谁来至，且听下回分解。

第四十五回　燃灯议破十绝阵

话说众人正议破阵主将，彼此推让，只见空中来了一位道人，跨鹿乘云，香风袭袭。怎见得他相貌稀奇，形容古怪？真是仙人班首，佛祖流源。

众仙知是灵鹫山元觉洞燃灯道人，齐下篷来迎接，上篷行礼坐下。燃灯曰：“众道友先至，贫道来迟，幸勿以此介意。方今十绝阵甚是凶恶，不知以何人为主？”子牙欠身打躬曰：“专候老师指教。”燃灯曰：“吾此来，实与子牙代劳，执掌符印；二则众友有厄，特来解释；三则了吾念头。子牙公请了！可将符印交与我。”子牙与众人俱大喜曰：“道长之言，甚是不谬。”随将印符拜送燃灯，燃灯受印符，谢过众道友，方打点议破十阵之事。正是：

雷部正神施猛力，神仙杀戒也难逃。

话说燃灯道人安排破阵之策，不觉心上咨嗟：“此一劫必损吾十友！”

且说闻太师在营中请十天君上帐，坐而问曰：“十阵可曾完全？”秦天君曰：“完已多时。可着人下战书，知会早早成功，以便班师。”闻太师忙修书，命邓忠往子牙处来下战书。

话说燃灯掌握元戎，领众仙下篷，步行排班，缓缓而行。只见赤精子对广成子，太乙真人对灵宝大法师，道德真君对惧留孙，文殊广法天尊对普贤真人，慈航道人对黄龙真人，玉鼎真人对道行天尊，十二代上仙，齐齐整整摆出。当中梅花鹿上坐燃灯道人，赤精子击金钟，广成子击玉磬。只见“天绝阵”内一声钟响，阵门开处，秦天君飞出阵来。燃灯道人看左右，暗思：“并无一个在劫先破此阵之人。”正话说未了，忽然空中一阵风声飘飘，落下一位仙家，乃玉虚宫第五位门人邓华是也，拎一根方天画戟，见众道人，打个稽首，曰：“吾奉师命，特来破‘天绝阵’。”燃灯点首自思曰：“数定在先，怎逃此厄！”尚未回言，只见秦天君大呼曰：“玉虚教下谁来见吾此阵？”邓华向前言曰：“秦天君慢来，不必恃强，自肆猖獗！”秦天君曰：“你是何人，敢出大言？”邓华曰：“业障！你连我也认不得了？吾乃玉虚门下邓华是也。”秦天君曰：“你敢来会我此阵否？”邓华曰：“既奉敕下山，怎肯空回？”提画戟就刺，秦天君催鹿相还，步鹿交加，杀在“天绝阵”前，正是：

封神台上标名客，怎免诛身戮体灾。

话说秦天君与邓华战未及三五回合，空丢一锏，往阵内就走。邓华随后赶来。见秦天君走进阵门去了，邓华也赶入阵内。秦天君见邓华赶急，上了板台：台上有几案，案上有三首幡。秦天君将幡执在手，左右连转数转，将幡往下一掷，雷声交作，只见邓华昏昏惨惨，不知南北西东，倒在地下。秦天君下板台，将邓华取了首级，拎出阵来，大呼曰：“昆仑教下，谁敢再观吾‘天绝阵’也？”

燃灯看见邓华首级，不觉咨嗟：“可怜数年道行，今日结果！”又见秦天君复来叫阵，乃命文殊广法天尊先破此阵，燃灯吩咐：“务要小心！”文殊曰：“知道。”

秦天君大叫曰：“文殊广法天尊！纵你开口有金莲，垂手有白光，也出不得吾‘天绝阵’也。”天尊笑曰：“此何难哉！”把口一张，有斗大一个金莲喷出；左手五指里有五道白光垂地倒往上卷；白光顶上有一朵莲花；花上有五盏金灯引路。且说秦天君将三首幡，如前施展，只见文殊广法天尊顶上有庆云升起，五色毫光内有缨络垂珠挂将下来，手托七宝金莲，现了化身。

话说秦天君把幡摇了数十摇，也摇不动广法天尊。天尊在光里言曰：“秦天君！贫道今日放不得你，要完吾杀戒！”把遁龙桩望空中一撒，将秦天君遁住了。此桩按三才，上下有三圈，将秦天君缚得逼直。广法天尊对昆仑打个稽首曰：“弟子今日开此杀戒！”将宝剑一劈，取了秦天君首级，拎将出“天绝阵”来。

此后燃灯道人又命人相继破了“地烈阵”“风吼阵”“寒冰阵”等。

第四十六回　广成子破金光阵

话说金光圣母骑五点斑豹驹，提飞金剑，大呼曰：“阐教门人谁来破吾‘金光阵’？”燃灯道人看左右无人先破此阵，正没计较，只见空中飘然坠下一位道人，面如傅粉，唇似丹朱。

话说众道人看时，乃是玉虚宫门下萧臻。萧臻对众仙稽首曰：“吾奉师命下山，特来破‘金光阵’。”只见金光圣母大呼曰：“阐教门下谁来会吾此阵？”言未毕，萧臻转身曰：“吾来也！”金光圣母认不得萧臻，问曰：“来者是谁？”萧臻笑曰：“你连我也认不得了！吾乃下虚门下萧臻的便是。”金光圣母曰：“尔有何道行，敢来会吾此阵？”执剑来取，萧臻撒步，赴面交还，二人战未及三五合，金光圣母拨马往阵中飞走。萧臻大叫：“不要走！吾来了！”径赶入金光阵内。至一台下，金光圣母下驹上台，将二十一根杆上吊着镜子，镜子上每面有一套，套住镜子，圣母将绳子拽起，其镜现出，把手一放，明雷响处，振动镜子，连转数次，放出金光，射着萧臻，大叫一声。可怜！正是：

百年道行从今灭，衣袍身体影无踪。

萧臻一道灵魂，清福神柏鉴引进封神台去。

金光圣母复上了斑豹驹，走至阵前曰：“萧臻已绝。谁敢会吾此阵？”燃灯道人命广成子：“你去走一遭。”

话说金光圣母见广成子飘然而来，大呼曰：“广成子，你也敢会吾此阵？”广成子曰：“此阵有何难破，聊为儿戏耳！”金光圣母大怒，仗剑来取，广成子执剑相迎。战未及三五合，金光圣母转身往阵中走了。广成子随后赶入“金光阵”内，见台前有幡杆二十一根，上有物件挂着。

金光圣母上台将绳子揽住，拽起套来现出镜子，发雷振动，金光射将下来。广成子忙将八卦仙衣打开，连头裹定不见其身。金光总有精奇奥妙，侵不得八卦紫寿衣。有一个时辰，金光不能透入其身，雷声不能振动其形。广成子暗将番天印往八卦仙衣底下打将下来，一声响，把镜子打碎了十九面。金光圣母着慌，忙拿两面镜子在手，方欲摇动，急发金光来照广成子，早被广成子复祭番天宝印打来。金光圣母躲不及，正中顶门，脑浆迸出，一道灵魂早进封神台去了。广成子破了“金光阵”，方出阵门。

话说闻太师独自寻思，无计可施。忽然想起峨嵋山罗浮洞赵公明，心下踌躇：“若得此人来，大事庶几可定。”忙唤吉立、余庆：“好生守营，我往峨嵋山去来。”二人领命。太师随上墨麒麟，挂金鞭，借风云，往罗浮洞来。

霎时到了峨嵋山罗浮洞，下了麒麟。太师观看其山，真清幽僻净，鹤鹿纷纭，猿猴来往，洞门前悬挂藤萝。太师问：“有人否？”少时有一童子出来，见太师三只眼，问曰：“老爷哪里来的？”太师曰：“你师父可在吗？”童儿答曰：“在洞里静坐。”太师曰：“你说商都闻太师来访。”童儿进来见师父，报曰：“有闻太师来拜访。”赵公明听说，忙出洞迎接，见闻太师大笑曰：“闻道兄，那一阵风儿吹你到此？你享人间富贵，受用金屋繁华，全不念道门光景，清淡家风！”二人携手进洞，行礼坐下。

闻太师长吁一声，未及开言，赵公明问曰：“道兄为何长吁？”闻太师曰：“我闻仲奉诏征西，讨伐叛逆。不意昆仑教下姜尚，善能谋谟，助恶者众，朋党作奸。屡屡失机，无计可施。不得已，往金鳌岛邀秦天君等十友协助，乃摆十绝阵，指望擒获姜尚，孰知今破其六，反损六位道友，无故遭殃，实为可恨！今日自思，无门可投，忝愧到此，烦兄一往，不知道兄尊意如何？”公明曰：“你当时怎不早来？今日之败，乃自取之也。既然如此，兄且先回，吾随后即至。”太师大喜，辞了公明，上骑，借风云回营。不表。

且说赵公明唤门徒陈九公、姚少司：“随我往西岐去。”两个门徒领命。公明打点起身，唤童儿：“好生看守洞府，吾去就来。”带两个门人，借土遁往西岐。

第四十七回　公明辅佐闻太师

赵公明上虎提鞭，早到篷下，坐名要燃灯答话。燃灯在篷上见公明跨虎而来，谓众道友曰："你们不必出去，待吾出去会他。"燃灯乘鹿，数门人相随，至于阵前。赵公明提鞭就打。燃灯口称："善哉！"急忙用剑招架。未及数合，公明将定海珠祭起。燃灯借慧眼看时，一派五色毫光，瞧不见是何宝物。

看看落将下来，燃灯拨鹿便走，不进芦篷，往西南上去了。公明追将下来，往前赶有多时，至一山坡。松下有二人下棋，一位穿青，一位穿红，正在分局之时，忽听鹿蹄响亮，二人回顾，见是燃灯道人，二人忙问其故？燃灯把赵公明伐西岐事说了一遍。二人曰："不妨。老师站在一边，待我二人问他。"且说赵公明虎走如飞驰电骤，倏忽而至。

公明问曰："尔是何人？"二人笑曰："你连我也认不得，还称你是神仙！听我道来：吾乃五夷山散人萧升、曹宝是也。俺弟兄闲对一局，以遣日月。今见燃灯老师被你欺逼太甚，强逆天道，扶假灭真，自不知己罪，反恃强追袭，吾故问你端的。"赵公明大怒："你好大本领，焉敢如此！"发鞭来打，二道人急以宝剑来迎。鞭来剑去，宛转抽身，未及数合，公明把缚龙索祭起来拿两个道人。萧升一见此索，笑曰："来得好！"急忙向豹皮囊取出一个金钱，有翅，名曰"落宝金钱"，也祭起空中。只见缚龙索跟着金钱落在地上，曹宝忙将索收了。赵公明见收了此宝，大呼一声："好妖孽！敢收吾宝！"又取定海珠祭起于空中，只见瑞彩千团打将下来。萧升又发金钱，定海珠随钱而下。曹宝忙忙抢了定海珠。公明见失了定海珠，气得三尸神暴跳，急祭起神鞭。萧升又发金钱：不知鞭是兵器不是宝，如何落得？正中萧升顶门，打得脑浆迸出，做一场散淡闲人，只落得封神台上去了。

曹宝见道兄已死，欲为萧升报仇。燃灯在高阜处观之，叹曰：“二友棋局欢笑，岂知为我遭如此之苦！待吾暗助他一臂之力。”忙将乾坤尺祭起去。公明不曾提防，被一尺打得公明几乎坠虎，大呼一声，拨虎往南去了。

话说赵公明被打了一乾坤尺，又失了定海珠、缚龙索，回进大营。闻太师接住，问其追燃灯一事，公明长吁一声。闻太师曰：“道兄为何这等？”公明大叫曰：“吾自修行以来，今日失利。正赶燃灯，偶逢二子，名曰萧升、曹宝，将吾缚龙索、定海珠收去。吾自得道，仗此奇珠。今被无名小辈收去，吾心碎矣！”公明曰：“陈九公、姚少司，你好生在此，吾往三仙岛去来。”闻太师曰：“道兄此去速回，免吾翘首。”公明曰：“吾去速回。”遂乘虎驾风云而起，不一时来至三仙岛。云霄娘娘曰：“大兄，你把金蛟剪拿去，对燃灯说：‘你可把定海珠还我，我便不放金蛟剪。你若不还我宝珠，我便放金蛟剪，那时月缺难圆。’他自然把宝珠还你。大兄，千万不可造次行事！我是实言。”公明应诺，接了金蛟剪，离却三仙岛。

第四十八回　陆压献计射公明

话说公明祭起金蛟剪，此剪乃是两条蛟龙，采天地灵气，受日月精华，起在空中，挺折上下，祥云护体，头交头如剪，尾交尾如股，不怕你得道神仙，一剪两段。那时起在空中，往下剪来。燃灯忙弃了梅花鹿，借木遁去了，把梅花鹿一剪两段。公明怒气不息，暂回老营。不题。且说燃灯逃回芦篷，众仙接着，问金蛟剪的原故。燃灯摇头曰："好厉害！起在空中，如二龙绞结；落下来，利刃一般。我见势不好，预先借木遁走了。可惜把我的梅花鹿一剪两段！"众道人听说，俱各心寒，共议将何法可施。正议间，哪吒上篷来："启老师，有一道者求见。"燃灯道 ："请来。"哪吒下篷对道人曰 ："老师有请。"这道人上得篷来，打稽首曰："列位道兄请了！"燃灯与众道人俱认不得此人。燃灯笑容问曰："道友是哪座名山？何处洞府？"道人曰："贫道闲游五岳，闷戏四海，吾乃野人也。

贫道乃西昆仑闲人，姓陆，名压，因为赵公明保假灭真，又借金蛟剪下山，有伤众位道兄。他只知道术无穷，岂晓得玄中更妙？故此贫道特来会他一会。管教他金蛟剪也用不成，他自然休矣。"当日道人默坐无言。

陆压揭开花篮，取出一幅书，书写明白，上有符印口诀 ："……依此而用，可往岐山立一营；营内筑一台。扎一草人，人身上书'赵公明'三字，头上一盏灯，足下一盏灯。自步罡斗，书符结印焚化，一日三次拜礼，至二十一日之时，贫道自来午时助你，公明自然绝也。"

子牙领命，前往岐山，暗出三千人马，又令南宫适、武吉前去安置。子牙后随军至岐山，南宫适筑起将台，安排停当，扎一草人，依方制度。子牙披发仗剑，脚步罡斗，书符结印，连拜三五日，把赵公明只拜得心如火发，意似油煎，走投无路，帐前走到帐后，抓耳挠腮。闻太师见公明如此不安，心中甚是不乐，亦无心理论军情。

且说子牙拜得那赵公明元神散而不归：但神仙以元神为主，游八极，任逍遥，今一旦被子牙拜去，不觉昏沉，只是要睡。闻太师心下甚是着忙，自思："赵道兄为何只是睡而不醒，必有凶兆！"闻太师愈觉郁郁不乐。且说子牙在岐山拜了半月，赵公明越觉昏沉，睡而不醒人事。太师入内帐，见公明鼻息如雷，用手推而问曰："道兄，你乃仙体，为何只是酣睡？"公明答曰："我并不曾睡。"二阵主见公明颠倒，谓太师曰："闻兄，据我等观赵道兄光景，不是好事，想有人暗算他的，取金钱一卦，便知何故。"闻太师曰："此言有理。"便忙排香案，亲自拈香，搜求八卦。闻太师大惊曰："术士陆压将钉头七箭书，在西岐山要射杀赵道兄，这事如何处？"王天君曰："既是陆压如此，吾辈须往西岐山抢了他的书来，方能解得此厄。"太师曰："不可。他既有此意必有准备，只可暗行不可明取。若是明取，反为不利。"

闻太师入后营，见赵公明，曰："道兄，你有何说？"公明曰："闻兄，你有何说？"太师曰："原来术士陆压将钉头七箭书射你。"公明闻得此言，大惊曰："道兄，我为你下山，你当如何解救我？"闻太师这一会儿神魂飘荡，心乱如麻，一时间走投无路。张天君曰："不必闻兄着急，今晚命陈九公、姚少司二人借土遁暗往岐山，抢了此书来，大事方才可定。"太师大喜。

且说闻太师着赵公明二位徒弟陈九公、姚少司去岐山，抢钉头七箭书。二人领命，速往岐山来。时已是二更，二人驾着土遁，在空中果见子牙披发仗剑，步罡踏斗于台前，书符念咒而发遣，正一拜下去，早被二人往下一坐，抓了箭书，似风云而去。子牙听见响，急抬头看时，案上早不见了箭书。子牙不知何故，自己沉吟，正忧虑之间，忽见哪吒来至。南宫适报入中军。子牙急令进来。问其原故。哪吒曰："奉陆压道者命，说有闻太师遣人来抢箭书，此书若是抢去，一概无生。今着弟子来报，令师叔预先防御。"子牙听罢，大惊曰："方才吾正行法术，只见一声响，便不见了箭书，原来如此。你快去抢回来！"哪吒领命，出得营来，登风火轮便起，来赶此书。不表。

且说闻太师等抢书回来报喜，等得第二日巳时，不见二人回来；又令辛环去打听消息。少时辛环来报："启太师，陈九公、姚少司抢书后遇哪吒、杨戬，死在中途。"太师拍案大叫曰："二人已死，其书必不能返！"捶胸跌足，大哭于中军。只见二阵主进营，来见太师，见如此悲痛，忙问其故。太师把前事说了一遍，二天君不语，同进后营，来见赵公明。公明鼻息之声如雷。三位来至榻前，太师垂泪叫曰："赵道兄！"公明睁目见闻太师来至，就问抢书一事。太师实对公明说曰："陈九公、姚少司俱死。"赵公明将身坐起，二目圆睁，大呼曰："罢了！悔吾早不听吾妹之言，果有丧身之祸！"闻太师只吓得浑身汗出，无计可施。公明叹曰："想吾在天皇时得道，修成玉肌仙体，岂知今日遭殃，反被陆压而死。真是可怜！闻兄，料吾不能再生，今追悔无及！但我死之后，你将金蛟剪连吾袍服包住，用丝绦缚定，我死，必定云霄诸妹看吾之尸骸。你把金蛟剪连袍服递与他。吾三位妹妹见吾袍服，如见亲兄。"道罢，泪流满面，猛然一声大叫曰："云霄妹子！悔不用你之言，致有今日之祸！"言罢，不觉哽咽，不能言语。闻太师见赵公明这等苦切，心如刀绞，只气得怒发冲冠，钢牙锉碎。

第四十九回　武王失陷红沙阵

且说张天君开了“红沙阵”，里面连催钟响，燃灯听见，谓子牙曰：“此‘红沙阵’乃一大恶阵，必须要一福人方保无虞。若无福人去破此阵，必须大损。”子牙曰：“老师用谁为福人？”燃灯曰：“若破‘红沙阵’，须是当今圣主方可。若是别人，凶多吉少。”子牙曰：“当今天子体先王仁德，不善武事，怎破得此阵？”燃灯曰：“事不宜迟，速请武王，吾自有处。”子牙着武吉请武王。少时，武王至篷下。子牙迎迓上篷。武王见众道人下拜，众道人答礼相还。武王曰：“列位老师相招，有何分寸？”燃灯曰：“方今十阵已破九阵，止得一‘红沙阵’，须得至尊亲破，方保无虞。但不知贤王可肯去否？”武王曰：“列位道长此来，俱为西土祸乱不安，而发此恻隐。今日用孤，安敢不去。”燃灯大喜：“请王解带，宽袍。”武王依其言，摘带，脱袍。燃灯用中指在武王前后胸中用符印一道，完毕，请武王穿袍，又将一符印塞在武王蟠龙冠内。燃灯又命哪吒、雷震子保武王下篷。

“红沙阵”主张绍（张天君）大呼曰：“玉虚门下谁来会吾此阵？”只见风火轮上哪吒提火尖枪而来，又见雷震子保有一人，戴蟠龙冠，身穿黄服。张绍曰：“来者是谁？”哪吒答曰：“此吾之真主武王是也。”武王见张天君狰狞恶状，凶暴猖獗，唬得战惊惊，坐不住马鞍鞒上。张天君纵开梅花鹿，仗剑来取。哪吒登开风火轮，摇枪赴面交还。未及数合，张天君往本阵便走。哪吒、雷震子保定武王径入“红沙阵”中。张天君见三人赶来，忙上台，抓一片红沙往下劈面打来。武王被红沙打中前胸，连人带马撞下坑去。哪吒踏住风火轮就升起空中。张绍又发三片沙打将下来，也把哪吒连轮打下坑内。雷震子见事不好，欲起风雷翅，又被红沙数片打翻下坑。故此“红沙阵”困住了武王三人。

且不说张绍困住武王，只说申公豹跨虎往三仙岛来报信与云霄娘娘姐妹三人。及至洞门，光景与别处大不相同。

话说申公豹行至洞中下虎，问：“里面有人否？”少时，一女童出来，认得申公豹，便问：“老师从哪里来？”公豹曰：“报你师父，说我来访。”童儿进洞：“启娘娘，申老爷来访。”娘娘道：“请来。”申公豹入内相见，稽首坐下。云霄娘娘问曰：“道兄何来？”公豹曰：“特为令兄的事来。”云霄娘娘曰：“吾兄有甚么事敢烦道兄？”申公豹笑曰：“赵道兄被姜尚钉头七箭书射死岐山，你们还不知道？”只见琼霄、碧霄听罢，顿足曰：“不料吾兄死于姜尚之手，实为痛心！”放声大哭。

三人同行出发，要为公明报仇，只见后面有人呼曰：“三位姐姐慢行！吾也来了！”云霄回头看时，原来是菡芝仙妹子。问道：“你从哪里来？”菡芝仙曰：“同你往西岐去。”娘娘大喜。才待前行，又有人来叫曰：“少待！吾来也！”及看时，乃彩云仙子，打稽首曰：“四位姐姐往西岐去。方才遇着申公豹约我同行，正要往闻道兄那里去，恰好遇着大家同行。”五位女仙往西岐来，顷刻，驾遁光即时而至。

云霄共五位道姑齐出来会子牙。子牙随带领诸门人，乘了四不相，众弟子分左右。子牙定睛，看云霄跨青鸾而至。

话说子牙乘骑向前，打稽首曰：“五位道友请了！”云霄曰：“姜子牙，吾居三仙岛，是清闲之士，不管人间是非。只因你将吾兄赵公明用钉头七箭书射死，他有何罪？你下此绝情，实为可恶！你虽是陆压所使，但杀人之兄，人亦杀其兄，我等不得不问罪与你。况你乃毫末道行，何足为论！就是燃灯道人知吾姊妹三人，他也不敢欺忤我。”子牙曰：“道友此言差矣！非是我等寻事作非，乃是令兄自取惹事。此是天数如此，终不可逃，既逢绝地，怎免灾殃？令兄师命不遵，要往西岐，是自取死。”琼霄大怒曰：“既杀吾亲兄，还借言天数，吾与你杀兄之仇，如何以巧言遮饰！不要走，吃吾一剑！”把鸿鹄鸟催开双翅，将宝剑飞来直取，子牙手中剑急架相还。只见黄天化纵玉麒麟，使两柄银锤冲杀过来。杨戬走马摇枪飞来截杀。这壁厢碧霄怒发如雷：“气杀我也！”把花瓴鸟二翅飞腾。云霄把青鸾飞开，也来助战。彩云仙子把葫芦中戮目珠抓在手中，要打黄天化下麒麟。不知性命如何，且听下回分解。

第五十回　三姑计摆黄河阵

话说彩云仙子把戮目珠望黄天化劈面打来，此珠专伤人目。黄天化不及提防，被打伤二目，翻下玉麒麟，有金吒速救回去。子牙把打神鞭祭起，正中云霄，摔下青鸾。有碧霄急来救时，杨戬又放起哮天犬，把碧霄肩膀上咬一口，连皮带服扯了一块下来。且言菡芝仙见势不好，把风袋打开，好风！

菡芝仙放出黑风，子牙急睁眼看时，又被彩云仙子一戮目珠打伤眼目，几乎落骑；琼霄发剑冲杀，幸得杨戬前后救护，方保无虞。子牙走回芦篷，闭目不睁。燃灯下篷看时，乃知戮目珠伤的，忙取丹药疗治，一时而愈。子牙与黄天化眼目好了。黄天化咬牙切齿，终是怀恨，欲报此珠之仇。

且说云霄被打神鞭打重了，碧霄被哮天犬咬了，三位娘娘曰："吾到不肯伤你，你今番坏吾！罢，罢，罢！妹子，莫言他玉虚门下人，你就是我师伯，也顾不得了！"正是：不施奥妙无穷术，那显仙传秘授功。

话说云霄服了丹药，谓闻太师曰："把你营中大汉子选六百名来与吾，有用处。"太师令吉立去，即时选了六百大汉前来听用。云霄三位娘娘同二位道姑往后营，用白土画成图式：何处起，何处止，内藏先天秘密、生死机关；外按九宫八卦，出入门户连环，进退井井有条。人虽不过六百，其中玄妙不啻百万之师，纵是神仙入此，则神消魄散。其阵，众人也演习半月有期，方才走熟。

那一日，云霄进营来见闻太师，曰："今日吾阵已成，请道兄看吾会玉虚门下弟子。"太师问曰："不识此阵有何玄妙？"云霄曰："此阵内按三才，包藏天地之妙。中有惑仙丹，闭仙诀，能失仙之神，消仙之魄，陷仙之形，损仙之气，丧神仙之原本，损神仙之肢体。神仙入此而成凡，

凡人入此而即绝。九曲曲中无直，曲尽造化之奇，抉尽神仙之秘。任他三教圣人，遭此亦难逃脱。”太师闻说大喜，传令：“左右，起兵出营！”

闻太师上了墨麒麟，四将分于左右。五位道姑齐至篷前，大呼曰：“左右探事的！传与姜子牙，着他亲自出来答话。”探事的报上篷来：“汤营有众女将讨战。”子牙传令，命众门人排班出来。云霄曰：“姜子牙，若论二教门下，俱会五行之术。倒海移山，你我俱会。今我有一阵，请你看。你若破得此阵，我等尽归西岐，不敢与你拒敌；你若破不得此阵，我定为我兄报仇。”杨戬曰：“道兄，我等同师叔看阵，你不可乘机暗放奇宝、暗器伤我等。”云霄曰：“你是何人？”杨戬答曰：“我是玉泉山金霞洞玉鼎真人门下杨戬是也。”碧霄曰：“我闻得你有八九元功，变化莫测。我只看你今日也用变化来破此阵，我断不像你等暗用哮天犬而伤人也。快去看了阵来，再赌胜负！”杨戬等各忍怒气，保着子牙来看阵图。及至到了一阵，门上悬有小小一牌，上书“九曲黄河阵”，士卒不多，只有五六百名，旗幡五色。

话言姜子牙看罢此阵，回见云霄。云霄曰：“子牙，你识此阵吗？”子牙曰：“道友，明明书写在上，何必又言识与不识也？”碧霄大喝杨戬曰：“你今日再放哮天犬来！”杨戬倚了胸襟，仗了道术，催马摇枪来取，琼霄在鸿鹄鸟上执剑来迎。未及数合，云霄娘娘祭起混元金斗。杨戬不知此斗利害，只见一道金光，把杨戬吸在里面，往“黄河阵”里一摔。不怕你：

七十二变俱无用，怎脱“黄河阵”内灾！

却说金吒见拿了杨戬，大喝曰：“将何左道拿吾道兄？”仗剑来取，琼霄持宝剑来迎。金吒祭起捆龙桩，云霄笑曰：“此小物也！”托金斗在手，用中指一指，捆龙桩落在斗中。二起金斗把金吒拿去，摔入“黄河阵”中。

话说木吒见拿了兄长去，大呼曰：“哪妖妇将何妖术敢欺吾兄！”这道童狼行虎跳，仗剑且凶，向琼霄一剑劈来，琼霄急架忙迎。未及三合，木吒把肩膀一摇，吴钩剑起在空中。琼霄一见，笑曰：“莫道吴钩不是宝，吴钩是宝也难伤吾！”云霄用手一招，宝剑落在斗中。云霄再祭金斗，木吒躲不及，一道金光装将去了，也摔在“黄河阵”中。

云霄大怒，把青鸾一纵二翅，飞来直取子牙。子牙见拿了三位门人去，心下惊恐，急架云霄剑时，未及数合，云霄把混元金斗祭起来拿子牙。子牙忙将杏黄旗招展，旗现金花，把金斗敌住在空中，只是乱翻，不得落将下来。子牙败回芦篷，来见燃灯，燃灯曰：“此宝乃混元金斗。这一番方是众位道友逢此一场劫数。你们神仙之体有些不祥，入此阵内，根深者不妨，根浅者只怕有些失利。”

话说燃灯、子牙听见半空中仙乐，一派嘹喨之音，燃灯秉香，轵道伏地曰：“弟子不知大驾来临，有失远迎，望乞恕罪。”元始天尊落了沉香辇，南极仙翁执羽扇随后而行。燃灯、子牙请天尊上芦篷，倒身下拜。天尊开言曰：“尔等平身。”子牙复俯伏启曰：“三仙岛摆‘黄河阵’，众弟子俱有陷身之厄，求老师大发慈悲，普行救拔。”元始曰：“天数已定，自莫能解，何必你言。”

话说元始天尊看罢“黄河阵”方欲出阵，彩云仙子将戮目珠从后面打来。那珠未到天尊跟前，已化作灰尘飞去，云霄见而失色。且说元始出阵，上篷坐下。燃灯曰：“老师进阵内，众道友如何？”元始曰：“三花削去，闭了天门，已成俗体，即是凡夫。”燃灯又曰：“方才老师入阵，如何不破此阵，将众道友提援出来，大发慈悲？”元始笑曰：“此教虽是贫道掌，尚有师长，必当请问过道兄，方才可行。”言未毕，听空中鹿鸣之声，元始曰：“八景宫道兄来矣！”忙下篷迎迓。

话说老子乘牛从空而降，元始远迓，大笑曰：“为周家八百年事业，有劳道兄驾临！”老子曰：“不得不来。”燃灯明香引道上篷，玄都大法师随后。燃灯参拜，子牙叩首毕，二位天尊坐下。老子曰：“三仙童子设一‘黄河阵’，吾教下门下俱厄于此，你可曾去看？”元始曰：“贫道先进去看过，正应垂象，故候道兄。”老子曰：“你就破了罢，又何必等我？”二位天尊默坐不言。

且说三位娘娘在阵，又见老子顶上现一坐玲珑塔于空中，毫光五色，隐现于上。云霄谓二妹曰：“玄都大老爷也来了，怎生是好？”碧霄娘娘道：“姐姐，各教所授，哪里管他？今日他再来，吾不是昨日那样待他，哪里怕他？”云霄摇头：“此事不好。”琼霄曰：“但他进此阵去，就放金蛟剪，再祭混元金斗，何必惧他？”

且说次日，老子谓元始曰：“今日破了‘黄河阵’早回，红尘不可久居。”元始曰：“道兄之言是矣！”命南极仙翁收拾香辇，老子上了板角青牛，燃灯引道。遍地氤氲，异香馥道，满散红霞。行至“黄河阵”前，玄都大法师大呼曰：“三仙姑快来接驾！”里面一声钟响，三位娘娘出阵，立而不拜。老子曰：“你等不守清规，敢行忤慢！尔师见吾且躬身稽首，你焉敢无状！”碧霄曰：“吾拜截教主，不知有玄都。上不尊，下不敬，礼之常耳。”玄都大法师大喝曰：“这畜生好胆大，出言触犯天颜！快进阵！”三位娘娘转身入阵。老子把牛领进阵来，元始沉香辇也进了阵，白鹤童儿在后，齐进“黄河阵”来。不知三位娘娘性命如何，且听下回分解。

第五十一回　子牙劫营破闻仲

话说二位天尊进阵，老子见众门人似醉而未醒，沉沉酣睡，呼吸有鼻息之声。又见八卦台上有四五个五体不全之人，老子叹曰："可惜千载功行，一旦俱成画饼！"

且说琼霄见老子进阵来观望，便放起金蛟剪去，那剪在空中挺折如剪，头交头，尾交尾，落将下来。老子在牛背上看见金蛟剪落下来，把袖口往上一迎，那剪子如芥子落于大海之中，毫无动静。碧霄又把混元金斗祭起，老子把风火蒲团往空中一丢，唤黄巾力士："将此斗带上玉虚宫去！"三位娘娘大呼曰："罢了！收吾之宝，岂肯干休？"三位齐下台来，仗剑飞来直取。难道天尊与他动手？老子将乾坤图抖开，命黄巾力士："将云霄裹去了，压在麒麟崖下！"力士得旨，将图裹去。不题。

且言琼霄仗剑而来，元始命白鹤童子把三宝玉如意祭在空中，正中琼霄顶上，打开天灵：一道灵魂往封神台去了。碧霄大呼曰："道德千年，一旦被你等所伤，诚为枉修功行！"用一口飞剑来取元始天尊，被白鹤童子一如意把飞剑打落尘埃。元始袖中取一盒，揭开盖，丢起空中，把碧霄连人带鸟装在盒内，不一会化为血水：一道灵魂也往封神台去了。

话说三位娘娘已绝，菡芝仙同彩云仙子还在八卦台上，看二位天尊。

元始既破黄河阵，众弟子都睡在地上。老子用中指一指，地下雷鸣一声，众弟子猛然惊醒，连杨戬、金木二吒齐齐跃起，拜伏在地。老子乘牛转出，回至篷上，众门人拜毕。元始天尊曰："今日诸弟子削了顶上三花，消了胸中五气，遭逢劫数，自是难逃。况今姜尚有四九之惊，尔等要往来相佐。再赐尔等纵地金光法，可日行数千里。"又问："尔等镇洞之宝？""俱装在混元金斗内。"命："取来还你等。如今留南极仙翁破'红沙阵'，我同道兄暂回玉虚宫。白鹤童子陪你师父同回。”遂命“返驾”，众门人排班送二位天尊回驾。

且说彩云仙子怒气不息。菡芝仙见破了“黄河阵”，退老营来见闻太师。太师已知阵破，玉虚门人都救回去了，心下十分不安，忙具表遣官往朝歌求救；又发火牌调三山关总兵官邓九公往麾下听用。

且说第二日，众仙步行排班，南极仙翁同白鹤童儿至阵前，大呼曰：“吾师来会‘红沙阵’主！”张天君从阵里出来，甚是凶恶，跨鹿提剑杀，奔前来。抬头见是南极仙翁，张绍曰：“道兄，你是为善最乐之士，亦非破阵之流。”

话说南极仙翁曰：“张绍，你不必多言。此阵今日该是我破，料你也不能久立于阳世。”张天君大怒，纵鹿冲来，把剑往仙翁顶上就劈，旁有白鹤童子将三宝玉如意赴面交还。来往未及数合，张天君掩一剑，往阵中就走，白鹤童子随后跟来，南极仙翁同入阵内。张绍下鹿，上台，把红沙抓了数片，望仙翁打来。南极仙翁将五火七翎扇把红沙一扇，红沙一去，影迹无踪。张天君撮起一斗红沙往下一泼。仙翁把扇子连扇数扇，其沙去无影向。南极仙翁曰：“张绍，今日难逃此厄！”张绍欲待逃遁，早被白鹤童子祭起玉如意，正中张绍后心，打翻跌下台来。白鹤童子手起一剑，即时血染衣襟。

且说南极仙翁破了“红沙阵”，白鹤童子见三穴内有人。南极仙翁发一雷，惊动哪吒、雷震子，俱将身一跃，睁开眼看见南极仙翁，知是昆仑山师尊来救护。哪吒急来扶武王，武王已是死了。坐下逍遥马，百日都坏了。

燃灯在外面见破了“红沙阵”，子牙催骑入阵，来看武王时，已是死了，子牙哭声不止。燃灯曰：“不妨。前日入阵时，有三道符印护其前后心体，武王该有百日之灾，吾自有处治。”命雷震子背负武王尸骸放在篷下，用水沐浴。燃灯将一粒丹药用水研化，灌入武王口内。有两个时辰，武王睁眼观看，方知回生。

且说闻太师见十绝阵俱败，损兵折将，在帐中独坐无言。猛然当中神目看见西岐一股杀气直冲中军，太师笑曰：“姜尚今日得胜，乘机劫吾大寨。”急令：“邓忠、陶荣在左哨，辛环在右哨，吉立、余庆领长箭手守后营粮草。吾在中军，看谁进辕门！”太师准备夜战。当时天晚，日落西山。将近一鼓时分，子牙把众将调出，四面攻营。人马暗暗到了成汤大辕门，左右有灯笼为号，一声信炮，三军呐喊，鼓声大振，杀声齐起。

黄昏厮杀，黑夜交兵，惨惨阴风，咚咚战鼓。闻太师正征战之间，子牙祭起打神鞭。闻太师当中神目看见，疾忙躲时，早中左肩臂。

闻太师兵败，且战且走。辛环飞在空中，保护太师；邓忠催住后队。一夜败有七十余里，至岐山脚下。子牙鸣金收队。

第五十二回　绝龙岭闻仲归天

闻太师兵败，行至绝龙岭，方欲进岭，见山势险峻，心下甚是疑惑。猛抬头，见一道人穿水合道服，认得是终南山玉柱洞云中子。闻太师慌忙上前问曰：“道兄在此何干？”云中子曰：“贫道奉燃灯命，在此候兄多时。此处是绝龙岭，你逢绝地，何不归降？”闻太师大笑曰：“云中子，你把我闻仲当作稚子婴儿！怎言吾逢绝地，以此欺吾！你我莫非五行之术，在道通知。你今如此戏我，看你有何法治我！”云中子曰：“你敢到这个所在来？”太师就行。云中子用手发雷，平地下长出八根通天神火柱，高有三丈余，长圆有丈余，按八卦方位：乾、坎、艮、震、巽、离、坤、兑。闻太师站立当中，大呼曰：“你有何术，用此柱困我？”云中子发手雷鸣，将此柱震开，每一根柱内现出四十九条火龙，烈焰飞腾。闻太师大笑曰：“离地之精，人人会遁；火中之术，个个皆能。此术焉敢欺吾！”掐定避火诀，太师站于里面。

话说闻太师掐定避火诀，站于中间，在火内大呼曰：“云中子！你的道术也只如此！吾不久居，我去也！”往上一升，驾遁光欲走。不知云中子预将燃灯道人紫金钵盂磕住，浑如一盖盖定。闻太师哪里得知，往上一冲，把九云烈焰冠撞落尘埃，青丝发俱披下。太师大叫一声，跌将下来。云中子在外面发雷，四处有霹雳之声，火势凶猛。可怜成汤首相，为国捐躯！一道灵魂往封神台来，有清福神祇用百灵幡来引太师。太师忠心不灭，一点真灵借风径至朝歌来见纣王，申诉其情。

第五十三回　邓九公奉敕西征

且说西岐子牙自从破了闻太师，天下诸侯响应。忽探马报入相府："三山关邓九公人马驻扎东门。"子牙闻报，谓诸将曰："邓九公其人如何？"黄飞虎在侧，启曰："邓九公，将才也。"子牙笑曰："将才好破，左道难破。"

话说两家大战西岐城下。哪吒用开火尖枪，助黄飞虎协战邓九公。九公原是战将，抖擞神威，展开大刀，精神加倍。哪吒见邓九公勇猛，暗取乾坤圈打来，正中九公左臂上，打了个带断皮开，几乎坠马。周兵见哪吒得胜，呐了一声喊，杀奔过来。太颠不防赵升把口一张，喷出数尺火来，烧得焦头烂额，险些儿落马。两家混战一场，各自收兵。且说九公败进大营，声唤不止，痛疼难禁，昼夜不安。且言子牙进城，回至相府，见太颠带伤，命去调养。不表。

且言邓九公在营，昼夜不安。有女婵玉见父着伤，心下十分懊恼。次日，问过父安，禀："爹爹且自调理，待女孩儿为父亲报仇。"邓九公曰："吾儿须要仔细。"小姐随点本部人马，至城下请战。探马报入相府，子牙问："谁去走一遭？"黄天化曰："弟子愿往。"子牙曰："须是仔细。"天化领令，上了玉麒麟，出城列阵。邓婵玉马走如飞，上前问曰："来将何名？"黄天化曰："吾乃开国武成王长男黄天化是也。你这贱人，可是昨日将石打伤吾道兄哪吒？是你吗？不要走！"举锤就打，女将双刀劈面来迎。二人锤刀交架，未及数合，拨马就走，婵玉高声叫曰："黄天化，你敢来赶我？"天化在坐骑上，思想："吾若不赶他，恐哪吒笑话我。"只得催开坐骑，往前赶来。邓婵玉闻脑后有声，挂下双刀，回手一石。黄天化急待闪时，已打在脸上，掩面逃回，进相府来回令。

第五十四回　土行孙立功显耀

邓九公着伤，日夜煎熬。四将在营商议：“今主帅带伤，不能取胜西岐，奈何？”正议论间，报：“有督粮官土行孙等令。”内帐传出：“令来。”土行孙上帐，不见主帅，问其原故，太鸾备言其事。土行孙进帐来，见邓九公问安。九公说：“被哪吒打伤肩臂，筋断骨折，不能全愈。今奉旨来征西岐，谁知如此！”土行孙曰：“主将之伤不难，末将有药。”忙取葫芦里一粒金丹，用水研开，将雁翎搽上，真如甘露沁心，立时止痛。土行孙请问邓九公：“与姜子牙见了几阵？”九公曰：“屡战不能取胜。”土行孙笑曰：“当时主将肯用吾征时，如今平服西岐多时了。”九公暗想：“此人必定有些本事。他无有道术，申公豹决不荐他。也罢，不若把他改作正印先行。”彼时酒散。

次早升帐，九公谓太鸾曰：“将军今把先行印让土行孙挂了，使他早能成功，回师奏凯，共享皇家天禄，无使迁延日月，何如？”太鸾曰：“主帅将令，末将怎敢有违？况土行孙早能建功，岂不是美事？情愿让位。”忙将正印交代。土行孙当时挂印施威，领本部人马，杀奔西岐城下，厉声大呼曰：“只叫哪吒出来答话！”子牙正与诸将商议，忽报：“汤营有将搦战，坐名要哪吒答话。”子牙命哪吒出城。哪吒登风火轮，来至阵前，只管瞧，不见将官，只管往营里看。土行孙其身止高四尺有余，哪吒不曾往下看。土行孙叫曰：“来者何人？”哪吒方往下一看，原来是个矮子，身不过四尺，拖一根宾铁棍。哪吒问曰：“你是甚么人，敢来大张声势？”土行孙曰：“吾乃邓元帅麾下先行官土行孙是也。”哪吒曰：“你来作何事？”土行孙曰：“奉令特来擒你。”哪吒大笑不止，把枪往下一戳，土行孙把棍往上迎来。哪吒登风火轮，使开枪，展不开手。土行孙矮，只是前后跳，把哪吒杀出一身汗来。

土行孙战了一回，跳出圈子，大叫曰：“哪吒！你长我矮，你不好发手，我不好用功。你下轮来，见个输赢。”哪吒想一想：“这矮匹夫自来取死！”哪吒从其言，忙下轮来，把枪来挑。土行孙身子矮小，钻将过去，把哪吒腿上打了一棍。哪吒急待转身，土行孙又往后面，又把哪吒胯子上又打两棍。哪吒急了，才要用乾坤圈打他，不防土行孙祭起捆仙绳，把哪吒平空拿了去，望辕门下一掷，把哪吒缚定，怎能得脱此厄。

话说土行孙得胜回营，见邓九公回报：“生擒哪吒。”邓九公令：“来。”只见军卒把哪吒抬来，放在丹墀下。邓九公问曰：“如何这等拿法？”土行孙曰：“各有秘传。”邓九公想一想，意欲斩首，但思：“奉诏征西，今获大将，解往朝歌，使天子裁决，更尊天子之威，亦显边戍元戎之勇。”传令：“将哪吒拘于后营。”令军政司上土行孙首功，营中置酒庆功。

第五十五回　土行孙归伏西岐

且说杨戬架土遁至夹龙山飞龙洞，径进洞，见了惧留孙下拜，口称：“师伯。”惧留孙忙答礼曰：“你来做甚么？”杨戬道：“师伯可曾不见了捆仙绳？”惧留孙慌忙站起曰：“你怎么知道？”杨戬曰：“有个土行孙同邓九公来征伐西岐，用的是捆仙绳，将子牙师叔的门人拿入汤营，被弟子看破，特来奉请师伯。”惧留孙听得，怒曰：“好畜生！你敢私自下山，盗吾宝贝，害吾不浅！杨戬，你且先回西岐，我随后就来。”杨戬离了高山，回到西岐，至府前入见子牙。

且言惧留孙吩咐童子：“看守洞门，候我去西岐走一遭。”童子领命。不题。道人驾纵地金光法来至西岐。左右报与子牙：“惧留孙仙师来至。”子牙迎出府来。二人携手至殿，行礼坐下。子牙曰：“高徒累胜吾军，我又不知，后被杨戬看破，只得请道兄一顾，以完道兄昔日助燃灯道兄之雅，末弟不胜幸甚！”惧留孙曰：“自从我来破十绝阵回去，自未曾检点此宝，岂知这畜生盗在这里作怪！不妨，须得如此如此，顷刻擒获。”子牙大喜。

且说邓九公在营，悬望土行孙回来，只见一去，竟无影响。令探马打听多时，回报：“闻得土先行被子牙、惧留孙拿进城去了。”邓九公大惊曰：“此人捉去，西岐如何能克！”心下十分不乐。只见散宜生来与土行孙议亲。不知吉凶如何，且听下回分解。

第五十六回 子牙设计收九公

话说散宜生出城，来至汤营，替土行孙向邓九公之女婵玉求婚，邓九公表面答应，暗地里却想借成亲之机杀掉子牙等人。且说子牙其日使诸将装扮停当，乃命土行孙至前听令。子牙曰："你同至汤营，看吾号炮一响，你便进后营抢邓小姐，要紧！"土行孙得令。

子牙等至午时，命散宜生先行，子牙方出了城，往汤营进发。宜生先至辕门，太鸾接着，报于九公。九公降阶，至辕门接迎散大夫。宜生曰："前蒙金诺，今姜丞相已亲自压礼，同令婿至此，故特令下官先来通报。"邓九公曰："动烦大夫往返，尚容申谢。我等在此立等，如何？"宜生曰："恐惊动元帅不便。"邓九公曰："不妨。"彼此等候良久，邓九公远远望见子牙乘四不相，带领脚夫一行不上五六十人，并无甲胄兵刃。九公看罢，不觉暗喜。只见子牙同众人行至辕门。

子牙见邓九公同太鸾、散宜生俱立候，子牙慌忙下骑。邓九公迎上前来，打躬曰："丞相大驾降临，不才未得远接，望乞恕罪！"子牙忙答礼曰："元帅盛德，姜尚久仰芳誉，无缘未得执鞭。今幸天缘，得罄委曲，姜尚不胜幸甚！"只见惧留孙同土行孙上前行礼。九公问子牙曰："此位是谁？"子牙曰："此是土行孙师父惧留孙也。"邓九公忙致款曲曰："久仰仙名，未曾拜识；今幸降临，足慰夙昔。"惧留孙亦称谢毕。彼此逊让，进得辕门。子牙睁睛观看，只见肆筵设席，结彩悬花，极其华美。

话说子牙正看筵席，猛见两边杀气上冲，子牙已知就里，便与土行孙众将丢个眼色，众人已解其意，俱衬上帐来。邓九公与子牙诸人行礼毕。子牙命左右："抬上礼来。"邓九公方才接礼单看完，只见辛甲暗将信香取出，忙将抬盒内大炮燃着，一声炮响，恍若地塌山崩。邓九公吃了一惊，及至看时，只见脚夫一拥而前，各取出暗藏兵器，杀上帐来。邓九公措手不及，只得往后就跑。太鸾与邓秀见势不谐，也往后逃走。只见四下伏兵尽起，喊声振天。土行孙绰了兵器，往后营来抢邓婵玉小姐。子牙与众人俱各抢上马骑，各执兵刃厮杀。那三百名刀斧手如何抵挡得住。及至邓九公等上得马出来迎战时，营已乱了。赵升闻炮，自左营杀来接应，孙焰红听得炮响，从右营杀来接应；俱被辛甲、辛免等分投截杀。邓婵玉方欲前来接应，又被土行孙敌住，彼此混战。不意雷震子、南宫适两支人马从左右两边裹来。成汤人马反在居中，首尾受敌，如何抵得住？后面金吒、木吒等大队人马掩杀上来。邓九公见势不好，败阵而走。军卒自相践踏，死者不计其数。邓婵玉见父亲与众将败下阵走，也虚闪一刀，往正南上逃走。土行孙知婵玉善于发石伤人，遂用捆仙绳祭起，将婵玉捆了，跌下马来，被土行孙上前绰住，先擒进西岐城去了。子牙与众将追杀邓九公有五十余里，方鸣金收军进城。邓九公与邓秀并太鸾、赵升等直至岐山下方才收集败残人马，查点军卒，见没了小姐，不觉伤感。指望擒拿子牙，孰知反中奸计，追悔无及，只得暂扎住营寨。不表。

且说子牙与惧留孙大获全胜，进城，升银安殿坐下，诸将报功毕。子牙对惧留孙曰：“命土行孙乘今日吉日良时，与邓小姐成亲，何如？”惧留孙曰：“贫道亦是此意。时不宜迟。”

话说土行孙与邓婵玉成就夫妻，邓婵玉又劝降其父归降。纣王听说后大怒，曰：“今邓九公奉诏征西，不但不能伐叛奏捷，反将己女私婚敌国，归降逆贼，罪在不赦。除擒拿逆臣家属外，必将逆臣拿获，以正国法。卿等有何良策，以彰国之常刑？”纣王言未毕，有中谏大夫飞廉出班奏曰：“臣观西岐抗礼拒敌，罪在不赦。然征伐大将，得胜者或有捷报御前，失利者惧罪即归伏西土，何日能奏捷音也？依臣愚见，必用至亲骨肉之臣征伐，庶无二者之虞；且与国同为休戚，自无不奏捷者。”纣王曰：“君臣父子总系至戚，又何分彼此哉？”飞廉奏曰：“臣保一人，征伐西岐，姜尚可擒，大功可奏。”纣王曰：“卿保何人？”飞廉奏曰：“要克西岐，非冀州侯苏护不可。一为陛下国戚，二为诸侯之长，凡事无有不用力者。”纣王闻言大悦：“卿言甚善。”即令军政官：“速发黄旄、白钺。”使命赍诏前往冀州。不知胜负如何，且听下回分解。

第五十七回　冀州侯苏护伐西岐

话说天使离了朝歌前往冀州，一路无辞，翌日来至冀州馆驿安下。次日，报至苏侯府内，苏侯即至馆驿接旨，焚香拜毕，展诏开读。

话说苏侯开读旨意毕，心中大喜，管待天使，赍送程费，打发天使起程。

且说子牙在相府，收四万诸侯本，请武王伐纣。忽报马入府："启老爷，冀州侯苏护来伐西岐。"子牙问黄飞虎曰："久闻此人善能用兵，黄将军必知其人，请言其概。"黄飞虎曰："苏护秉性刚直，不似谄媚无骨之夫，名为国戚，与纣王有隙，一向要归周，时常有书至末将处。此人若来，必定归周，再无疑惑。"子牙闻言大悦。

飞虎领令出城，见一员战将，面如紫枣，十分枭恶，骑着火眼金睛兽。

话说飞虎大呼曰："来者何人？"郑伦曰："吾乃苏侯麾下郑伦是也。黄飞虎，你这叛贼！为你屡年征伐，百姓遭殃。今天兵到日，尚不免戈伏诛，意欲何为？"飞虎曰："郑伦，你且回去，请你主将出来，吾自有说话。你若是不知机变，如赵丙自投陷身之祸！"郑伦大怒，抡杵就打，黄飞虎手中枪急架相还。二兽相交，枪杵并举，两家大战三十回合。郑伦把杵一摆，他有三千乌鸦兵走动，行如长蛇之势。

乌鸦兵用挠钩搭住，一踊上前拿翻，剥了衣甲，绳缠索绑。飞虎上了绳子，二目方睁。飞虎点首曰："今日之擒，如同做梦一般，真是心中不服！"郑伦掌得胜鼓回营，来见苏侯，入帐报功："今日生擒反叛黄飞虎至辕门，请令发落。"苏侯令："推来。"小校将飞虎推至帐前。飞虎曰："今被邪术受擒，愿请一死，以报国恩。"苏侯曰："本当斩首，且监候，留解朝歌，请天子定罪。"左右将黄飞虎送下后营。

次日，邓婵玉出战，把刀飞来直取，郑伦手中杵劈面打来。婵玉未及数合，拨马就走。郑伦不赶。佳人挂下刀，取五光石，侧坐鞍鞒，回手一石。郑伦"哎呀！"的一声，面上着伤，败回营中。

且说苏侯命苏全忠后帐置酒。一鼓时分，命全忠往后营，把黄飞虎放了，请到帐前。苏护下拜请罪，言曰："末将有意归周久矣！"飞虎曰："君侯既肯归顺，宜当速行。虽然郑伦执拗，只可用计除之。大丈夫先立功业，共扶明主，垂名竹帛，岂得区区效匹夫之小忠小谅哉？"酒至三更，苏护起身言曰："大王、贤公子，出后粮门，回见姜丞相，把不才心事呈与丞相，以知吾之心腹也。"遂送黄飞虎回城。

且说苏护次日升帐，打点行计，忽听得把辕旗门官报入中军："有一道人，三只眼，穿大红袍，要见老爷。"苏护不是道家出身，不知道门尊大，便叫："令来。"道人见苏侯曰："贫道稽首了！"苏侯亦还礼毕，问曰："道者今到此间，有何见谕？"道者曰："贫道特来助老将军，共破西岐，擒反贼，以解天子。"苏侯曰："道者住居哪里？从何处而来？"道人答曰："吾从海岛而来。衲子乃九龙岛声名山炼气士是也，姓吕名岳，乃申公豹请我来助老将军。将军何必见疑乎？"苏侯欠身请坐，吕道人也不谦让，就上坐了。吕岳曰："吾有四位门人未曾来至，但他们一来，管取你克了西岐，助你成功。"又过数日，来了四位道人，吕岳用手指着一位曰："此位姓周，名信；此位姓李，名奇；此位姓朱，名天麟；此位姓杨，名文辉。"郑伦也通了名姓，遂置酒管待，饮至二鼓方散。次日，苏侯升帐，又见来了四位道者，心下十分不悦，懊恼在心。

第五十八回　子牙西岐逢吕岳

话说子牙见黄幡脚下有一道人，穿大红袍服，面如蓝靛，发似朱砂，三目圆睁，骑金眼驼，手提宝剑，大呼曰："来者可是姜子牙吗？"子牙答曰："然也。"子牙曰："道兄是哪座名山？何处仙府？今往西岐屡败吾门下，道兄何所见而为？今纣王无道，周室兴仁，天下共见。从来人心归顺真主，道兄何必强为！常言'顺天者存，逆天者亡'。今我周凤鸣岐山，英雄间出，似不卜可知。道兄又何得逆天而行其己意哉！况道兄在道门久炼，岂不知'封神榜'乃三教圣人所主，非吾一己之私。今我奉玉虚符命，扶助真主，不过完天地之劫数，成气运之迁移。今道兄既屡得胜，不过一时侥幸成功，若是劫数来临，自有破你之术者。道兄不得恃强，无贻伊戚。"吕岳曰："吾乃九龙岛炼气之士，名为吕岳。只因你等恃阐教门人，侮我截教，今日特来会你一会，共决雌雄。只是你死日甚近，幸无追悔！"

吕岳道罢，子牙笑曰："据道兄所谈，不过如峨嵋山赵公明，三仙岛云霄、琼霄、碧霄之道，一旦俱成画饼，料道兄此来，不过自取杀身之祸耳。"吕岳大怒，骂曰："姜尚，你有何能，敢发如此恶言？"纵开金眼驼，执手中剑，飞来直取，子牙剑急架忙迎。杨戬在旁，纵马摇刀飞来，大呼曰："师叔，弟子来也！"杨戬不分好歹照顶上剁来。吕岳手中剑架刀隔剑。哪吒登开风火轮，使开火尖枪冲杀过来。黄天化在旗门脚下，催开玉麒麟，杀将过来，把吕岳围在当中。

杨戬命金毛童子拿金丸在手，拽满扣儿，一金丸正打中吕岳肩臂。黄天化见杨戬成功，把玉麒麟跳远了，回手一火龙标，把吕岳腿上打了一标。子牙见吕岳着伤，祭起打神鞭，这一鞭正中吕岳，响一声，坠下金眼驼来，借土遁去了。郑伦见吕岳失机不能取胜，心下一慌，被哪吒一枪正中肩背，几乎闪下兽来，败进辕门。子牙不赶，鸣金回兵。

第五十九回　殷洪下山收四将

且说那日吕岳败走，来至一山，心下十分惊惧，下了坐骑，倚松靠石，少憩片时，对杨文辉曰："今日之败，大辱吾九龙岛声名。如今往那里去觅一道友来，以报吾今日之恨？"话犹未了，听得脑后有人唱道情而来，吕岳听罢，回头一看，见一人非俗非道，头戴一顶盔，身穿道服，手执降魔杵，徐徐而来。吕岳立身言曰："来的道者是谁？"其人答曰："吾非别人，乃金庭山玉屋洞道行天尊门下韦护是也，今奉师命下山，佐师叔子牙，东进五关灭纣。今先往西岐擒拿吕岳，以为进见之功。"杨文辉闻言大怒，大喝一声曰："你这厮好大胆，敢说欺心大话！"纵步执剑，来取韦护。韦护笑曰："事有凑巧，原来此处正与吕岳相逢！"二人轻移虎步，大杀山前。只三五回合，韦护祭起降魔杵。

话说此宝拿在手中轻如灰草，打在人身上重似泰山。杨文辉见此宝落将下来，方要脱身，怎免此厄，正中顶上。可怜打的脑浆迸出，一道灵魂进封神台去了。吕岳又见折了门人，心中大怒，大喝曰："好孽障！敢如此大胆，欺侮于我！"拎手中剑，飞来直取。

韦护展开杵，变化无穷。一个是护三教法门全真，一个是第三部瘟部正神。两家来往，有五七回合，韦护又祭起宝杵。吕岳观之，料不能破此宝，随借土遁，化黄光而去。

韦护见走了吕岳，收了降魔杵，径往西岐来，早至相府。门官通报："有一道人求见。"子牙听得是道者，忙道："请来。"韦护至檐前，倒身下拜，口称："师叔，弟子是金庭山玉屋洞道行天尊门下韦护是也，今奉师命来佐师叔，共辅西岐。弟子中途曾遇吕岳，两下交锋，被弟子用降魔杵打死了一个道者，不知何名，单走了吕岳。"子牙闻言大悦。

且说吕岳回往九龙岛，炼瘟癀伞。不表。

且说苏侯被郑伦拒住，不肯归周，心下十分不乐，自思：“屡屡得罪与子牙，如何是好？”且不言苏护纳闷。

话分两处，且言太华山云霄洞赤精子，只因削了顶上三花，潜消胸中五气，闲坐于洞中，保养天元。只见有玉虚宫白鹤童子持札而至，赤精子接见。白鹤童儿开读御札，谢恩毕，方知姜子牙金台拜将：“请师叔西岐接驾。”赤精子打发白鹤童儿回宫。忽然见门人殷洪在旁，道人曰：“徒弟，你今在此，非是了道成仙之人。如今武王乃仁圣之君，有事于天下，吊民伐罪。你姜师叔合当封拜，东进五关，会诸侯于孟津，灭独夫于牧野。你可即下山，助子牙一臂之力。只是你有一件事掣肘。”殷洪曰：“老师，弟子有何事掣肘？”赤精子曰：“你乃是纣王亲子，你决不肯佐周。”殷洪闻言，将口中玉钉一锉，二目圆睁：“老师在上，弟子虽是纣王亲子，我与妲己有百世之仇。父不慈，子不孝。他听妲己之言，剜吾母之目，烙吾母二手，在西宫死于非命。弟子时时饮恨，刻刻痛心。怎能得此机会拿住妲己，以报我母沉冤？弟子虽死无恨！”赤精子听罢大悦：“你虽有此意，不可把念头改了。”殷洪曰：“弟子怎敢有负师命？”

且说殷洪离了洞府，借土遁往西岐而来。

话说殷洪看罢山景，只见茂林中一声锣响，殷洪见有一人，面如亮漆，海下红髯，两道黄眉，眼如金镀，皂袍乌马，穿一副金锁甲，用两条银装锏，滚上山来，大吒一声，如同雷鸣，问道：“你是哪里道童，敢探吾之巢穴？”劈头就打一锏。殷洪忙将水火锋急架忙迎，步马交还。山下又有一人大呼曰：“长兄，我来了！”那人戴虎磕脑，面如赤枣，海下长须，用驼龙枪，骑黄膘马，双战殷洪。

殷洪怎敌得过二人，心中暗想：“吾师曾吩咐，阴阳镜按人生死，今日只试他一试。”殷洪把阴阳镜拿在手中，把一边白的对着二人一晃，那二人坐不住鞍鞒，撞下尘埃。

殷洪大喜。只见山下又有二人上山来，更是凶恶。一人面如黄金，短发虬须，穿大红，披银甲，坐白马，用大刀，真是勇猛。殷洪心下甚怯，把镜子对他一晃，那人又跌下鞍鞒。后面一人见殷洪这等道术，滚鞍下马，跪而告曰："望仙长大发慈悲，赦免三人罪愆！"殷洪曰："吾非仙长，乃纣王殿下殷洪是也。"那人听罢，叩头在地，曰："小人不知千岁驾临，吾兄亦不知，万望饶恕。"殷洪曰："吾与你非是敌国，再决不害他。"将阴阳镜把红的半边对着三人一晃，三人齐醒回来，跃身而起大叫曰："好妖道！敢欺侮我等！"旁立一人大呼曰："长兄，不可造次！此乃是殷殿下也。"三人听罢，倒身下拜，口称："千岁！"殷洪曰："请问四位，高姓大名？"内一人应曰："某等在此二龙山黄峰岭啸聚绿林，末将姓庞名弘，此人姓刘名甫，此人姓荀名章，此人姓毕名环。"殷洪曰："观你四人一表非俗，真是当世英雄。何不随我往西岐去助武王伐纣，如何？"刘甫曰："殿下乃成汤胄胤，反不佐成汤而助周武者何也？"殷洪曰："纣王虽是吾父，奈他绝灭彝伦，有失君道，为天下所共弃。吾故顺天而行，不敢违逆。你此山如今有多少人马？"庞弘答曰："此山有三千人马。"殷洪曰："既是如此，你们同吾往西岐，不失人臣之位。"四人答曰："若千岁提携，乃贵神所照，敢不如命！"四将随将三千人马改作官兵，打西岐号色，放火烧了山寨，离了高山。

话说人马非止一日，行在中途忽见一道人跨虎而来。众人大叫："虎来了！"道人曰："不妨，此虎乃是家虎，不敢伤人。烦你报与殷殿下，说有一道者要见。"军士报至马前曰："启千岁，有一道人要见。"殷洪原是道人出身，命左右："住了人马，请来相见。"少时，见一道者飘然而来，白面长须，上帐见殷洪，打个稽首。殷洪亦以师礼而待。殷洪问曰："道长高姓？"道人曰："你师与吾一教，俱是玉虚门下。"殷洪欠身，口称："师叔。"二人坐下。殷洪问："师叔高姓大名？今日至此，有何见谕？"道人曰："吾乃是申公豹也。你如今往哪里去？"殷洪曰："奉师命往西岐助武王伐纣。"道人正色言曰："岂有此理！纣王是你甚么人？"洪曰："是弟子之父。"道人大喝一声曰："世间岂有子助他人，反伐父亲之理？"殷洪曰："纣王无道，天下叛之。今以天之所顺，行天之罚，天必顺之。虽有孝子慈孙，不能改其愆尤。"申公豹笑曰："你乃愚迷之人，执一之夫，不知大义。你乃成汤苗裔，虽纣王无道，无子伐父之理。况百年之后，谁为继嗣之人？你倒不思社稷为重，听何人之言，忤逆灭伦，为天下万世之不肖，未有若殿下之甚者！你今助武王伐纣，倘有不测，一则宗庙被他人之所坏，社稷被他人之所有，你久后死于九泉之下，将何颜相见你始祖哉？”

殷洪被申公豹一篇言语说动其心，低首不语，默默无言。半晌，言曰：“老师之言，虽则有理，我曾对吾师发咒，立意来助武王。”申公豹曰：“你发何咒？”殷洪曰：“我发誓说：如不助武王伐纣，四肢俱成飞灰。”申公豹笑曰：“此乃牙疼咒耳！世间岂有血肉成为飞灰之理。你依吾之言，改过念头，竟去伐周，久后必成大业，庶几不负祖宗庙社之灵，与我一片真心耳。”殷洪彼时听了申公豹之言，把赤精子之语丢了脑后。

第六十回　马元下山助殷洪

且说殷洪与西岐诸将交手，连战皆胜，其志自高，正在中军与苏侯共议破西岐之策，忽辕门军士来报：“有一道人求见。”殷洪传令：“请来。”只见营外来一道人，身不满八尺，面如瓜皮，獠牙巨口，身穿大红，颈上带一串念珠，乃是人之顶骨；又挂一金镶瓢，是人半个脑袋；眼、耳、鼻中冒出火焰，如顽蛇吐信一般。殷殿下同诸将观之骇然。那道人上帐，稽首而言曰：“哪一位是殷殿下？”殷洪答曰：“吾是殷洪。不知老师哪座名山？何处洞府？今到小营，有何事吩咐？”道人曰：“吾乃骷髅山白骨洞一气仙马元是也，遇申公豹请吾下山，助你一臂之力。”殷洪大喜，请马元上帐坐了：“请问老师吃斋吃荤？”道人曰：“吾乃吃荤。”殷洪传令军中置酒，管待马元。当晚已过。次日，马元对殷洪曰：“贫道既来相助，今日吾当会姜尚一会。”殷洪感谢。道人出营至城下，只请姜子牙答话。报马报入府中：“启丞相，城外有一道人请丞相答话。”子牙曰：“吾有三十六路征伐之厄，理当会他。”传令：“排队伍出城。”子牙随带众将、诸门人出得城来。只见对面来一道人，甚是丑恶。

话说子牙至军前，问曰：“道者何名？”马元答曰：“吾乃一气仙马元是也。申公豹请吾下山来助殷洪，共破逆天大恶。姜尚，休言你阐教高妙，吾特来擒汝，与截教吐气。”子牙曰：“申公豹与吾有隙，殷洪听彼言，有背师教逆天行事，助极恶贯盈之主，反伐有道之君。道者既是高明，何得不顺天从人，而反其所事哉？”马元笑曰：“殷洪乃纣王亲子，反说他逆天行事。终不然转助尔等，叛逆其君父，方是顺天应人！姜尚，还亏你是玉虚门下，自称道德之士，据此看来，真满口胡言，无父无君之辈！我不诛你，更待何人！”仗剑跃步砍来，子牙手中剑赴面交还。

正战之间，忽一人走马军前，凤翅盔，金锁甲，大红袍，白玉带，紫骅骝，大喝一声："丞相，吾来也！"子牙看时，乃秦州运粮官、猛虎大将军武荣。因催粮至此，见城外厮杀，故来助战。一马冲至军前，展刀大战。马元抵武荣这口刀不住，真若山崩地裂，渐渐筋力难支。马元默念咒，道声："疾！"忽脑中伸出一只手来，五个指头好似五个大冬瓜，把武荣抓在空中往下一摔，一脚踏住大腿，两只手端定一只腿，一撕两块血滴滴取出心来，对定子牙、众周将、门人，"咽喳咽喳"嚼在肚里，大呼曰："姜尚，捉住你也是这样为例！"把众将吓得魂不附体。马元仗剑，又来搦战。土行孙大呼曰："马元少待行恶，吾来也！"抡开大棍就打马元一棍。

马元及至看时，是一个矮子。马元笑而问曰："你来做甚么？"土行孙曰："特来拿你。"又是一棍打来。马元大怒："好孽障！"绰步撩衣，把剑往下就劈。土行孙身子伶俐，展动棍就势已钻在马元身后，拎着铁棍把马元的大腿连腰打了七八棍，把马元打得骨软筋酥，招架着实费力。怎禁得土行孙在穴道上打，马元急了，念动真言，伸出那一只神手抓着土行孙往下一摔。马元不知土行孙有地行道术，摔在地下就不见了。马元曰："想是摔狠了，怎么这厮连影儿也不见了？"

且说邓婵玉在马上见马元将土行孙摔不见了，只管在地上瞧，邓婵玉忙取五光石发手打来。马元未曾提防，脸上被一石头只打得金光乱冒，"哎呀"一声，把脸一抹，大骂："是何人暗算打我？"只见杨戬纵马舞刀，直取马元。马元仗剑来战杨戬。杨戬刀势疾如飞电，马元架不住三尖刀，只得又念真言，复现那一只神手，将杨戬抓在空中，往下一摔，也像撕武荣一般，把杨戬心肺取将出来，血滴滴吃了。马元指子牙曰："今日且饶你多活一夜，明日再来会你！"马元回营。殷洪见马元道术神奇食人心肺，这等凶猛，心下甚是大悦。掌鼓回营，置酒与大小将校直饮至初更时候。不表。

且说子牙进城至府，自思："今日见马元这等凶恶，把人心活活地吃了，从来未曾见此等异人。杨戬虽是如此，不知凶吉。"正是放心不下。却说马元同殷殿下饮酒，至二更时分，只见马元双眉紧皱，汗流鼻尖。殷洪曰："老师为何如此？"马元曰："腹中有点痛疼。"郑伦答曰："想

必吃了生人心，故此腹中作痛，吃些热酒冲一冲，自然无事。”马元命取热酒来吃了，越吃越疼。马元忽的大叫一声，跌倒在地下乱滚，只叫：“疼杀我也！”腹中嗗碌碌地响。郑伦曰：“老师腹中有响声，请往后营方便方便，或然无事，也不见得。”马元只得往后边去了。岂知是杨戬用八九元功，变化腾挪之妙，将一粒奇丹，使马元泻了三日，泻的马元瘦了一半。

且说杨戬回西岐来见子牙，备言前事，子牙大喜。杨戬对子牙曰：“弟子权将一粒丹使马元失其形神丧其元气，然后再做处治，谅他有六七日不能出来会战。”正言之间，忽哪吒来报：“文殊广法天尊驾至。”子牙忙迎至银安殿，行礼毕，又见赤精子，稽首坐下。文殊广法天尊曰：“恭喜子牙公，金台拜将，吉期甚近！”子牙曰：“今殷洪背师言而助苏护征伐西岐，黎庶不安；又有马元凶顽肆虐，不肖如坐针毡。”文殊广法天尊曰：“子牙公，贫道因闻马元来伐西岐，误你三月十五日拜将之辰，故此来收马元。子牙公可以放心。”子牙大喜：“若得道兄相助，姜尚幸甚，国家幸甚！但不知用何策治之？”天尊附子牙耳曰：“如要伏马元，须是如此如此，自然成功。”子牙忙令杨戬领法旨。杨戬得令，自去策应。

话说子牙当日申牌时分，骑四不相，单人独骑，在成汤辕门外若探望样子，用剑指东画西。只见巡哨探马报入中军曰：“禀殿下：有子牙独自一个在营前探听消息。”殷洪问马元曰：“老师，此人今日如此模样探我行营，有何奸计？”马元曰：“前日误被杨戬这厮，中其奸计，使贫道有失形之累。待吾走去擒来，方消吾恨。”马元出营，见子牙怒起，大叫：“姜尚不要走！吾来了！”绰步上前，仗剑来取，子牙手中剑急架相还。步兽相交，未及数合，子牙拨骑就走。马元只要拿姜子牙的心重，怎肯轻放，随后赶来。不知马元胜负如何，且听下回分解。

第六十一回　太极图殷洪绝命

话说马元追赶子牙，赶了多时，不能赶上。马元自思："他骑四不相，我倒跟着他跑？今日不赶他，明日再做区处。"子牙见马元不赶，勒回坐骑，大呼曰："马元！你敢来这平坦之地与我战三合，吾定擒尔！"马元笑曰："料你有何力量，敢禁我来不赶？"随绰开大步来追。子牙又战三四合，拨骑又走。马元见如此光景，心下大怒："你敢以诱敌之法惑我！"咬牙切齿赶来："我今日拿不着你，势不回军！便赶上玉虚宫，也擒了你来。"只管往下赶来。看看至晚，见前面一座山，转过山坡就不见了子牙。

话说马元赶子牙，来至一座高山，又不见了子牙，跑得力尽筋酥。天色又晚了，腿又酸了，马元只得倚松靠石，少憩片时，喘息静坐，存气定神，待明日回营，再做道理。不觉将至二更，只听得山顶炮响。

马元抬头观看，见山顶上姜子牙同着武王在马上传杯，两边将校一片大叫："今夜马元已落圈套，死无葬身之地！"马元听得大怒，跃身而起提剑赶上山来。及至山上来看，见火把一晃，不见了子牙。马元睁睛四下里看时，只见山下四面八方围住山脚，只叫："不要走了马元！"马元大怒，又赶下山来，又不见了。把马元往来跑上跑下两头赶，只赶到天明。马元跑了一夜，甚是艰难辛苦，肚中又饿了。深恨子牙，咬牙切齿，恨不能即时拿子牙方消其恨。自思："且回营，破了西岐再处。"

马元离了高山，往前才走，只听的山凹里有人声唤叫："疼杀我了！"其声甚是凄楚。马元听得有人叫喊，急转下山坡，见茂草中睡着一个女子。马元问曰："你是甚人，在此叫喊？"那女子曰："老师救命！"马元曰："你是何人？叫我怎样救你？"妇人答曰："我是民妇，因回家看亲，中途偶得心气疼，命在旦夕，望老师或在近村人家讨些热汤，搭救残喘，胜造七级浮屠。倘得重生，恩同再造！”马元曰：“小娘子，此处哪里去寻热汤？你终是一死，不若我反化你一斋，实是一举两得。”女子曰：“若救我全生，理当一斋。”马元曰：“不是如此说。我因赶姜子牙，杀了一夜，肚中其实饿了，量你也难活，不若做个人情，化你与我贫道吃了罢。”女人曰：“老师不可说戏话，岂有吃人的理？”马元饿急了，哪里由分说，赶上去一脚踏住女人胸膛，一脚踏住女人大腿，用剑割开衣服现出肚皮。马元忙将剑从肚脐内刺将进去，一腔热血滚将出来。马元用手抄着血，连吃了几口，在女人肚子里去摸心吃。左摸右摸捞不着，两只手在肚子里摸，只是一腔热血，并无五脏。马元看了，沉思疑惑，正在那里捞，只见正南上梅花鹿上坐一道人仗剑而来。

话说马元见文殊广法天尊仗剑而来，忙将双手掣出肚皮，不意肚皮竟长完了，把手长在里面；欲待下女人身子，两只脚也长在女人身上。马元无法可施，莫能挣扎。马元蹲在一堆儿，只叫：“老师饶命！”文殊广法天尊举剑才待要斩马元，只听得脑后有人叫曰：“道兄剑下留人！”广法天尊回顾，认不得此人是谁：头挽双髻，身穿道服，面黄微须。道人曰：“稽首了！”广法天尊答礼，口称：“道友何处来？有甚事见谕？”道人曰：“原来道兄认不得我。吾有一律，说出便知端的。

贫道乃西方教下准提道人是也。‘封神榜’上无马元名讳，此人根行且重，与吾西方有缘，待贫道把他带上西方，成为正果，亦是道兄慈悲，贫道不二门中之幸也。”广法天尊闻言，满面欢喜，大笑曰：“久仰大法，行教西方，莲花现相，舍利元光，真乃高明之客。贫道谨领尊命。”准提道人向前，摩顶受记曰：“道友可惜五行修炼，枉费功夫！不如随我上西方：八德池边，谈讲三乘大法；七宝林下，任你自在逍遥。”马元连声诺诺。准提谢了广法天尊，又将打神鞭交与广法天尊带与子牙，准提同马元回西方。不表。

且说广法天尊回至相府，子牙接见，问处马元一事如何，广法天尊将准提道人的事详细说了一遍，又将打神鞭付与子牙。赤精子在旁，双眉紧皱，对文殊广法天尊曰：“如今殷洪阻挠逆法，恐误子牙拜将之期，如之奈何？”正话间，忽杨戬报曰：“有慈航师伯来见。”三人闻报，忙出府迎接。慈航道人一见，携手上殿。行礼已毕，子牙问曰："道兄此来，有何见谕？"慈航曰："专为殷洪而来。"赤精子闻言大喜，便曰："道兄将何术治之？"慈航道人问子牙曰："当时破十绝阵，太极图在吗？"子牙答曰："在此。"慈航曰："若擒殷洪，须是赤精子道兄将太极图，须如此如此，方能除得此患。"赤精子闻言，心中尚有不忍，因子牙拜将日已近，恐误限期，只得如此，乃对子牙曰："须得公去，方可成功。"

且说殷洪见马元一去无音，心下不乐，对刘甫、苟章曰："马道长一去，音信杳无，定非吉兆。明日且与姜尚会战，看是如何，再探马道长消息。"郑伦曰："不得一场大战，决不能成得大功。"一宿晚景已过。次日早晨，汤营内大炮响亮，杀声大振，殷洪大队人马出营，至城下，大叫曰："请子牙答话！"左右报入相府。三道者对子牙曰："今日公出去，我等定助你成功。"子牙不带诸门人，领一支人马，独自出城，将剑尖指殷洪，大喝曰："殷洪！你师命不从，今日难免大厄，四肢定成灰飞，悔之晚矣！"殷洪大怒，纵马摇戟来取，子牙手中剑赴面相还。兽马急持，剑戟并举，未及数合，子牙便走，不进城，落荒而逃。殷洪见子牙落荒而走，急忙赶来，随后命刘甫、苟章率众而来。

话说子牙在前边，后随殷洪，过东南，看看到正南上，赤精子看见徒弟赶来，难免此厄，不觉眼中泪落，点头叹曰："畜生！畜生！今日是你自取此苦，你死后休来怨我。"忙把太极图一抖放开，此图乃包罗万象之宝，化一座金桥。子牙把四不相一纵，上了金桥。殷洪马赶至桥边，见子牙在桥上指殷洪曰："你赶上桥来，与我见三合否？"殷洪笑曰："连吾师父在此，吾也不惧，又何怕你之幻术哉？我来了！"把马一拎，那马上了此图。

话说殷洪上了此图，一时不觉杳杳冥冥，心无定见，百事攒来，心想何事，其事即至。殷洪如梦寐一般，心下想："莫是有伏兵？"果见伏兵杀来，大杀一阵，就不见了。心下想拿姜子牙，霎时子牙来至，两家又杀一阵。忽然想起朝歌，与父王相会，随即到了朝歌，进了午门，至西宫，见黄娘娘站立，殷洪下拜。忽的又至馨庆宫，又见杨娘娘站立，殷洪口称："姨母。"杨娘娘不答应。此乃是太极四象变化无穷之法：心想何物何物便见，心虑百事百事即至。只见殷洪左舞右舞，在太极图中如梦如痴。赤精子看看他，师徒之情，数年殷勤，岂知有今日，不觉嗟叹。只见殷洪将到尽头路，又见他生身母亲姜娘娘大叫曰："殷洪！你看我是谁？"殷洪抬头看时，"呀！原来是母亲姜娘娘！"殷洪不觉失声曰："母亲！孩儿莫不是与你冥中相会？"姜娘娘曰："冤家！你不尊师父之言，要保无道而伐有道，又发誓言，开口受刑，出口有愿，当日发誓说四肢成为飞灰，你今日上了太极图，眼下要成灰烬之苦！"殷洪听说，急叫："母亲救我！"忽然不见了姜娘娘。殷洪慌在一堆。只见赤精子大叫曰："殷洪！你看我是谁？"殷洪看见师父，泣而告曰："老师，弟子愿保武王灭纣，望乞救命！"赤精子曰："此时迟了！你已犯天条，不知见何人叫你改了前盟？"殷洪曰："弟子因信申公豹之言，故此违了师父之语。望老师慈悲，借得一线之生，怎敢再灭前言？"赤精子尚有留恋之意，只见半空中慈航道人叫曰："天命如此，岂敢有违。毋得误了他进封神台时辰！"赤精子含悲忍泪，只得将太极图一抖，卷在一处；拎着半晌，复一抖，太极图开了，一阵风，殷洪连人带马化作飞灰去——一道灵魂进封神台来了。

话说赤精子见殷洪成了灰烬，放声哭曰："太华山再无人养道修真。见吾将门下这样如此，可为疼心！"慈航道人曰："道兄差矣！马元'封神榜'上无名，自然有救拔苦恼之人。殷洪事该如此，何必嗟叹。"三位道者复进相府，子牙感谢。三位道人作辞："贫道只等子牙吉辰，再来饯东征。"三道人别子牙回去。不表。

且言苏侯听得殷洪绝了，与其子苏全忠共同劝降郑伦，一并归降子牙。

子牙遂引苏侯等至殿内，朝见武王。行礼称臣毕，王曰："相父有何奏章？"子牙启曰："冀州侯苏护今已归降，特来朝见。"武王宣苏护上殿，慰曰："孤守西岐，克尽臣节，未敢逆天行事，不知何故，累辱王师。今卿等既舍纣归孤，暂住西土。孤与卿等当共修臣节，以俟天子修德，再为商议。相父与孤代劳，设宴待之。"子牙领旨。苏侯人马尽行入城，西岐云集群雄。不题。

第六十二回　张山李锦伐西岐

纣王升九间殿，聚众文武，曰：“苏侯叛朕归周，情实痛恨！谁与孤代劳伐周，将苏护并叛逆众人拿解朕躬，以正其罪？”班中闪出一员大臣，乃上大夫李定，进前奏曰：“姜尚足智多谋，知人善使，故所到者非败则降，累辱王师，大为不轨。若不择人而用，速正厥罪，则天下诸侯皆观望效尤，何以惩将来！臣举大元戎张山，久于用兵，慎事虑谋，可堪斯任，庶几不辱君命。”纣王闻奏大喜，即命传诏赍发，差官往三山关来。使命离了朝歌，一路上无辞。一日到了三山关馆驿歇下。次日传与管关元帅。张山同钱保、李锦等来馆驿，接了圣旨，至府堂上焚香案，跪听开读诏敕。

钦差官读罢诏旨，众官谢恩毕，管待使臣，打发回朝歌。张山等候交代官洪锦，交割事体明白，方好进兵。

一日，洪锦到任。张山起兵，领人马十万，左右先行乃钱保、李锦，裨将乃马德、桑元。一路上人喊马嘶，正值初夏天气，风和日暖，梅雨霏霏，真好光景。

话言张山人马一路晚住晓行，也受了些饥餐渴饮，鞍马奔驰。不一日，来到西岐北门。左右报入行营：“禀元帅，前哨人马已至岐周北门。”张山传令：“安营。”一声炮响三军呐喊，绞起中军帐来。张山坐定，只见钱保、李锦上帐参谒。钱保曰：“兵行百里，不战自疲，请主将定夺。”张山谓二将曰：“将军之言甚善。姜尚乃智谋之士，不可轻敌。况吾师远来，利在速战。今且暂歇息军士，吾明日自有调用。”二将应诺而退。

且言子牙在西岐，日日与众门人共议拜将之期，命黄飞虎造大红旗帜，不要杂色。黄飞虎曰：“旗号乃三军眼目。旗分五色，原为按五方之位次，使三军知左右前后，进退攻击之法，不得错乱队伍。若纯是一色红旗，则

三军不知东南西北，何以知进退趋避之方？犹恐不便。或其中另有妙用？乞丞相一一教之。”子牙笑曰：“将军实不知其故耳。红者火也。今主上所居之地乃是西方，此地原自属金，非借火炼，寒金岂能为之有用，此正兴周之兆。然于旗上另安号带，须按青、黄、赤、白、黑五色，使三军各自认识，自然不能乱耳。又使敌军一望生疑莫知其故，自然致败。兵法云：‘疑则生乱。’正此故耳，又何不可之有？”黄飞虎打躬谢曰：“丞相妙算如神！”子牙又令辛甲造军器。只见天下八百诸侯又表上西岐，请武王伐纣，会兵于孟津。子牙接表，与众将官商议：“恐武王不肯行。”

众人正迟疑间，只见探事官报入相府，来报子牙曰：“成汤有人马在北门安营，主将乃是三山关总兵张山。”子牙听说，忙问邓九公曰：“张山用兵如何？”邓九公曰：“张山原是末将交代官，此人乃一勇之将耳。”正话之时，又报：“有将请战。”子牙传令：“谁去走遭？”邓九公欠身：“末将愿往。”领令出城，见一员战将，如一轮火车滚至军前。

话说邓九公马至军前，看来者乃是钱保也。邓九公大叫曰：“钱将军，你且回去，请张山出来，吾与他自有话说。”钱保指九公大骂曰：“反贼！纣王有何事负你！朝廷拜你为大将，宠任非轻，不思报本，一旦投降叛逆，真狗彘不若！尚有何面目立于天地之间！”邓九公被数语骂得满面通红，亦骂曰：“钱保！料你一匹夫有何能处，敢出此大言！你比闻太师何如？况他也不过如此。早受吾一刀，免致三军受苦。”言罢，纵马舞刀，直取钱保，钱保手中刀急架相还。二马盘旋，看一场大战。

话说邓九公大战钱保有三十回合，钱保岂邓九公对手，被九公回马刀劈于马上，枭首级进城，来见子牙，请令定夺。子牙大悦，记功宴贺。不表。

只见败兵报与张山说：“钱保被邓九公枭首级进城去了。”张山闻报大怒。次日，亲临阵前，坐名要邓九公答话。报马报入相府，言：“有将请战，要邓将军答话。”邓九公挺身而出，有女邓婵玉愿随压阵。子牙许之，九公同女出城。张山一见邓九公走马至军前，乃大骂曰：“反贼匹夫！国家有何事亏你，背恩忘义，一旦而事敌国，死有余辜！今不倒戈受缚，尚敢恃强杀朝廷命官。今日拿匹夫解上朝歌，以正大法！”邓九公曰：“你既为大将，上不知天时，下不谙人事，空生在世，可惜衣冠着体，真乃人中之畜生耳！今纣王贪淫无道，残虐不仁，天下诸侯不归纣而归周，天心人意可见。汝尚欲勉强逆天，是自取辱身之祸，与闻太师等枉送性命耳。可听吾言，下马归周，共伐独夫，拯溺救焚，上顺天心，下酬民愿，自不失封侯之位。若勉强支吾，悔无及矣！”张山大怒，骂曰：“利口匹夫！敢假此无稽之言，惑世诬民，碎尸不足以尽其辜！”摇枪直取，邓九公刀迎面还来，二将相持，一场赌斗。

话说邓九公与张山大战三十回合，邓九公战张山不下，邓婵玉在后阵见父亲刀法渐乱，打马兜回，发手一石，把张山脸上打伤，几乎坠马，败进大营。邓九公父女掌得胜鼓进城，入相府报功。不表。

第六十三回　申公豹说反殷郊

话说殷郊见石桥南畔有一洞府，兽环朱户，俨若王公第宅。殿下自思："我从不曾到此，一过桥去，便知端的。"来至洞前，那门虽两扇不推而自开，只见里边有一石几，几上有热气腾腾六七枚豆儿。殷郊拈一个吃了，自觉甘甜香美，非同凡品："好豆儿，不若一总吃了罢。"刚吃了时，忽然想起："来寻兵器，如何在此闲玩？"忙出洞来，过了石桥，及至回头，早不见洞府。殿下心疑，不觉浑身骨头响，左边肩头上忽冒出一只手来。殿下着慌，大惊失色，只见右边又是一只。一会儿又忽长出三头六臂，把殷郊只唬得目瞪口呆，半晌无语。只见白云童儿来前叫曰："师兄，师父有请。"殷郊这一会略觉神思清爽，面如蓝靛，发似朱砂，上下獠牙，多生一目，晃晃荡荡，来至洞前。广成子拍掌笑曰："奇哉！奇哉！仁君有德，天生异人。"命殷郊进洞，至桃园内，广成子传与方天画戟，言曰："你先下山，前至西岐，我随后就来。"道人取出番天印、落魂钟、雌雄剑付与殷郊。殷郊即时拜辞下山，广成子曰："徒弟，你且住，我有一事对你说：吾将此宝尽付与你，须是顺天应人，东进五关，辅周武，兴吊民伐罪之师，不可改了念头，心下狐疑，有犯天谴，那时悔之晚矣。"殷郊曰："老师之言差矣！周武明德圣君，吾父荒淫昏虐，岂得错认，有辜师训。弟子如改前言，当受犁锄之厄。"道人大喜，殷郊拜别师尊。

话说殷郊离了九仙山，借土遁往西岐前来。正行之间，不觉那遁光飘飘，落在一座高山。

话说殷郊才看山巅险峻之处，只听得林内一声锣响，见一人面如蓝靛，发似朱砂，骑红砂马，金甲红袍，三只眼，拎两根狼牙棒，那马如飞奔上山来，见殷郊三头六臂，也是三只眼，大呼曰："三首者乃是何人，敢来我山前探望？”殷郊答曰：“吾非别人，乃纣王太子殷郊是也。”那人忙下马拜伏在地，口称：“千岁为何往此白龙山上过？”殷郊曰：“吾奉师命，往西岐去见姜子牙。”话未曾了，又一人带扇云盔，淡黄袍，点钢枪，白龙马，面如傅粉，三绺长髯，也奔上山来，大呼曰：“此是何人？”蓝脸的道：“快来见殷千岁。”那人也是三只眼，滚鞍下马，拜伏在地。二人同曰：“且请千岁上山，至寨中相见。”

殷郊三人同上了马，离了白龙山，往大路进发，径奔西岐而来。殷郊正行，喽啰报：“启千岁，有一道人骑虎而来，要见千岁。”殷郊闻报，忙吩咐左右旗门官，令：“安下人马，请来相见。”道人下虎进帐。殷郊忙迎将下来打躬，口称：“老师从何而来？”道人曰：“吾乃昆仑门下申公豹是也。殿下往那里去？”殷郊曰：“吾奉师命往西岐投拜姬周，姜师叔不久拜将，助他伐纣。”道人笑曰：“我问你，纣王是你甚么人？”殷郊答曰：“是吾父王。”道人曰：“恰又来！世间哪有子助外人而伐父之理！此乃乱伦忤逆之说。你父不久龙归沧海，你原是东宫，自当接成汤之胤，位九五之尊，承帝王之统，岂有反助他人，灭自己社稷，毁自己宗庙？此亘古所未闻者也！且你异日百年之后，将何面目见成汤诸君于在天之灵哉？我见你身藏奇宝，可安天下，形像可定乾坤，当从吾言，可保自己天下，以诛无道周武，是为长策。”殷郊答曰：“老师之言虽是，奈天数已定，吾父无道，天命人心已离，周主当兴，吾何敢逆天哉！况姜子牙有将相之才，仁德数布于天下，诸侯无不响应。我老师曾吩咐我下山助姜师叔东进五关，吾何敢有背师言，此事断难从命。”

申公豹暗想：“此言犯不动他，也罢，再犯他一场，看他如何。”申公豹又曰：“殷殿下，你言姜尚有德，他的德在那里？”殷郊曰：“姜子牙为人公平正直，礼贤下士，仁义慈祥，乃良心君子，道德丈夫，天下服从，何得小视他。”申公豹曰：“殿下有所不知。吾闻有德不灭人之彝伦，不戕人之天性，不妄杀无辜，不矜功自伐。殿下之父亲固得罪于天下，可与为仇。殿下之胞弟殷洪，闻说他也下山助周，岂意他欲邀己功，竟将殿下亲弟用太极图化成飞灰，此还是有德之人做的事，无德之人做的事？今殿下忘手足而事仇敌，吾为殿下不取也。”殷郊闻言大惊曰：“老师，此事可真？”道人曰：“天下尽知，难道吾有诳语？实对你说，如今张山现在西岐住扎人马，你只问他。如果殷洪无此事，你再进西岐不迟；如有此事，你当为弟报仇。我今与你再请一高人，来助你一臂之力。”申公豹跨虎而去。

殷郊甚是疑惑，只得把人马催动，径往西岐。殷郊一路上沉吟思想：“吾弟与天下无仇，如何将他如此处治，必无此事。若是姜子牙将吾弟果然如此，我与姜尚誓不两立，必定为弟报仇，再图别议。”

人马在路非止一日，来至西岐，果然有一支人马打商汤旗号在此住扎。殷郊令温良前去营里去问：“果是张山否？”

张山闻言，不觉大惊，忙行礼，口称：“千岁。”殷郊曰：“你可知道二殿下殷洪的事？”张山答曰：“二千岁因伐西岐，被姜尚用太极图化作飞灰多日矣。”殷郊听罢，大叫一声昏倒在地，众人扶起，放声大哭曰：“兄弟果死于恶人之手！”跃身而起，将令箭一支折为两段，曰：“若不杀姜尚，誓与此箭相同！”

次日，殷郊亲自出马，坐名只要姜尚出来。报马报入城中，进相府报曰：“城外有殷郊殿下请丞相答话。”子牙传令：“军士排队伍出城。”炮声响处，西岐门开，一对对英雄似虎，一双双战马如飞，左右列各洞门人。子牙见对营门一人三首六臂，青面獠牙，左右二骑乃温良、马善，各持兵器。哪吒暗笑：“三人九只眼，多了个半人！”殷郊走马至军前，叫：“姜尚出来见我！”子牙向前曰：“来者何人？”殷郊大喝曰：“吾乃长殿下殷郊是也！你将吾弟殷洪用太极图化作飞灰，此恨如何消歇！”子牙不知其中缘故，应声曰：“彼自取死，与我何干？”殷郊听罢，大叫一声几乎气绝，大怒曰：“好匹夫！尚说与你无干？”纵马摇戟来取。

旁有哪吒登开风火轮，将火尖枪直取殷郊。轮马相交，未及数合，被殷郊一番天印把哪吒打下风火轮来。黄天化见哪吒失机，催开了玉麒麟，使两柄银锤，敌住了殷郊。子牙左右救回哪吒。黄天化不知殷郊有落魂钟。殷郊摇动了钟，黄天化坐不住鞍韂，跌将下来。张山走马将黄天化拿了，及至上了绳索，黄天化方知被捉。黄飞虎见子被擒，催开五色神牛来战。殷郊也不答话，枪戟并举，又战数合，摇动落魂钟，黄飞虎也撞下神牛，早被马善、温良捉去。杨戬在旁见殷郊祭番天印、摇落魂钟，恐伤了子牙，不当稳便，忙鸣金收回队伍。子牙忙令军士进城，坐在殿上纳闷。杨戬上殿奏曰："师叔，如今又是一场古怪事出来！"子牙曰："有甚古怪？"杨戬曰："弟子看殷郊打哪吒的是番天印。此宝乃广成子师伯的，如何反把于殷郊？"子牙曰："难道广成子使他来伐我？"杨戬曰："殷洪之故事，师叔独忘之乎？"子牙方悟。

且说殷郊将黄家父子拿至中军，黄飞虎细观不是殷郊。殷郊问曰："你是何人？"黄飞虎曰："吾乃武成王黄飞虎是也。"殷郊曰："西岐也有武成王黄飞虎？"张山在旁坐，欠身答曰："此就是天子殿前黄飞虎。他反了五关，投归周武，为此叛逆，惹下刀兵，今已被擒，正所谓'天网恢恢，疏而不漏'，是彼自取死耳。"殷郊闻言，忙下帐来亲解其索，口称："恩人，昔日若非将军，焉能保其今日"忙问飞虎曰："此人是谁？"黄飞虎答曰："此吾长子黄天化。"殷郊急传令也放了，因对飞虎曰："昔日将军救兄弟二人，今日我放你父子，以报前德。"黄飞虎感谢毕，因问曰："千岁当时风刮去，却在何处？"殷郊不肯说出根本，恐泄了机密，乃蒙眬应曰："当日乃海岛仙家救我，在山学业。今特下山来报吾弟之仇。今日吾已报过将军大德，倘后见战，幸为回避，如再被擒，必正国法。"黄家父子告辞出营，至城下叫门。把门军官见是黄家父子，忙开城门放入。父子进相府来见子牙，尽言其事，子牙大喜。

第六十四回　罗宣火焚西岐城

次日，子牙传令，同众门人出城。炮声响亮，西岐门开，子牙一骑当先，对殷郊言曰："殷郊，你负师命，难免犁锄之厄。及早投戈，免得自悔。"殷郊大怒，见了仇人，切齿咬牙，大骂："匹夫把吾弟化为飞灰，我与你誓不两立！"纵马摇戟，直取子牙，子牙仗剑迎之。戟剑交加，大战龙潭虎穴。

且说温良走马来助，祭起白玉环来打哪吒，不知哪吒也有乾坤圈，也祭起来。不知金打玉，打得纷纷粉碎，温良大叫一声："伤吾之宝，怎肯干休！"又战哪吒，被哪吒一金砖正中后心，打得往前一晃，未曾闪下马来；方欲逃回，不意被杨戬一弹子，穿了肩头，跌下马去，死于非命。殷郊见温良死于马下，忙祭番天印打子牙。子牙展开杏黄旗，便有万道金光，祥云笼罩；又现有千朵白莲，谨护其身，把番天印悬在空中，只是不得下来。子牙随祭打神鞭，正中殷郊后背，翻筋斗落下马去。杨戬急上前欲斩他首级，有张山、李锦二骑抢出，不知殷郊已借土遁去了。子牙竟获全胜进城，燃灯与广成子共议曰："番天印难治。且子牙拜将已近，恐误吉辰，罪归于你。"广成子告曰："老师为我设一谋，如何除得此恶？"燃灯曰："无筹可治，奈何！奈何！"

且说殷郊着伤逃回进营，纳闷郁郁不喜。且说辕门外来一道人，戴鱼尾冠，面如重枣，海下赤髯，红发，三目，穿大红八卦服，骑赤烟驹。道人下骑，叫："报与殷殿下，吾要见他。"军政官报入中军："启千岁：外边有一道者求见。"殷郊传令："请来。"少时，道人行至帐前。殷郊看见，忙降阶接见。道人通身赤色，其形相甚恶。彼此各打稽首，殷殿下忙欠身答曰："老师可请上坐。"道人亦不谦让，随即坐下。殷郊曰："老师高姓大名？何处名山洞府？”道人答曰：“贫道乃火龙岛焰中仙罗宣是也，因申公豹相邀，特来助你一臂之力。”殷郊大悦，置酒款待。道人曰：“吾乃是斋不用荤。”殷郊命治素酒相待，不题。一连在军中过了三四日，也不出去会子牙。殷郊问曰：“老师既为我而来，为何数日不会子牙一阵？”道人曰：“我有一道友，他不曾来。若要来时，我与你定然成功，不用殿下费心。”且说那日正坐，辕门官军来报：“有一道者来访。”罗宣与殷郊传令：“请来。”少时，见一道者，黄脸虬须，身穿皂服，徐步而来。殷郊乃出帐迎接，至帐行礼，尊于上坐。道人坐下，罗宣问曰：“贤弟为何来迟？”道人曰：“因攻战之物未完，故此来迟。”殷郊对道人曰：“请问道长高姓大名？”道人曰：“吾乃九龙岛炼气士刘环是也。”殷郊传令置酒款待。

罗宣同刘环借着火遁，乘着赤烟驹，把万里起云烟射进西岐城内。此万里起云烟乃是火箭，及至射进西岐城内，可怜东、西、南、北各处火起，相府皇城到处生烟。子牙在府内只听的百姓呐喊之声，振动华岳。燃灯已知道了，与广成子出静室看火。不题。

话说武王听得各处火起，连宫内生烟，武王跪在丹墀，告祈后土、皇天曰：“姬发不道，获罪于天，降此大厄，何累于民？只愿上天将姬发尽户灭绝，不忍万民遭此灾厄。”俯伏在地，放声大哭。且说罗宣将万鸦壶开了，万只火鸦飞腾入城，口内喷火，翅上生烟。又用数条火龙，把五龙轮架在当中，只见赤烟驹四蹄生烈焰，飞烟宝剑长红光，那有石墙、石壁烧不进去。又有刘环接火，顷刻齐休，画阁雕梁，即时崩倒。

话言罗宣正烧西岐，来了凤凰山青鸾斗阙的龙吉公主，乃是昊天上帝亲生，瑶池金母之女，只因有念思凡，贬在凤凰山青鸾斗阙，今见子牙伐纣，也来助一臂之力。正值罗宣来烧西岐，娘娘就假此好见子牙，遂跨青鸾来至，远远地只见火内有千万火鸦，忙叫：“碧云童儿，将雾露乾坤网撒开，往西岐火内一罩。”此宝有相生相克之妙，雾露者乃是真水，水能克火，故此随即熄灭，即时将万只火鸦尽行收去。罗宣正放火乱烧，忽不见火鸦，往前一看，见一道姑，戴鱼尾冠，穿大红绛绡衣。

罗宣大呼：“乘鸾者乃是何人，敢灭吾之火？”公主笑曰：“吾乃龙吉公主是也。你有何能，敢动恶意，有逆天心，来害明君，吾特来助阵。你可速回，毋取灭亡之祸。”罗宣大怒，将五龙轮劈面打来。公主笑曰：“我知道你只有这些伎俩，你可尽力发来！”乃忙取四海瓶拿在手中对着五龙轮，只见一轮竟打在瓶里去了。火龙进入于海内，焉能济事！罗宣大叫一声，把万里起云烟射来。公主又将四海瓶收住去了。刘环大怒，脚踏红焰仗剑来取。公主把脸一红，将二龙剑望空中一丢。刘环哪里经得起，随将刘环斩于火内。罗宣忙现三首六臂，祭照天印打龙吉公主。公主把剑一指，此印落于火内，又将剑丢起去。罗宣情知难拒，拨赤烟驹就走。公主再把二龙剑丢起，正中赤烟驹后背。赤烟驹自倒，将罗宣撞下火来，借火遁而逃。

话说龙吉公主施雨救灭西岐火焰，满城民人齐声大叫曰：“武王洪福齐天，普施恩泽，吾等皆有命也！”合城大小，欢声震地。一夜天翻地沸，百姓皆不得安生。武王在殿内祈祷，百官带雨问安。子牙在相府，神魂俱不附体。只见燃灯曰：“子牙忧中得吉，就有异人至也。贫道非是不知，吾若是来治此火，异人必不能至。”话言未了，有杨戬报入府来：“启师叔：有龙吉公主来至。”子牙忙降阶迎迓上殿。公主见燃灯、广成子在殿上，公主打稽首，口称：“道兄请了！”子牙忙问燃灯曰：“此位何人？”公主忙答曰：“贫道乃龙吉公主，有罪于天，方才罗宣用火焚烧西岐，贫道今特来此间，用些须小法术，救灭此火，特佐子牙东征，会了诸侯，有功于社稷，可免罪愆，得再回瑶池耳，真不负贫道下山一场。”子牙大喜，忙吩咐侍儿，打点焚香净室，与公主居住。西岐城内这一场嚷闹，大是利害，乃收拾宫阙府第。不表。

且说罗宣败走下山，喘息不定，倚松靠石，默然沉思：“今日把这些宝贝一旦失与龙吉公主，此恨怎消。”正愁恨时，只听得脑后有人作歌而至。罗宣听罢，回头一看，见个大汉戴扇云冠，穿道服，持戟而至。罗宣问曰：“汝是何人，敢出大言？”其人答曰：“吾乃李靖是也。今日往西岐见姜子牙，东进五关，吾无有进见之功，今日拿你权敌一功。”罗宣大怒，跃身而起，将宝剑来取，二人交锋。不知性命如何，且听下回分解。

第六十五回　殷郊岐山受犁锄

话说李靖大战罗宣，戟剑相交，犹如虎狼之状。李靖祭起按三十三天黄金宝塔，乃大叫曰："罗宣！今日你难逃此难矣！"罗宣欲待脱身，怎脱此厄，只见此塔落将下来，如何存立！可怜！

话说黄金塔落将下来正打在罗宣顶上，只打得脑浆迸流，一灵已奔封神台去了。李靖收了宝塔，借土遁往西岐，时刻而至。到了相府前，有木吒看见父亲来至，忙报与子牙："弟子父亲李靖等令。"燃灯对子牙曰："乃是吾门人，曾为纣之总兵。"子牙闻之大喜，忙令相见毕。

子牙吩咐停当，先同武王往岐山，安定西方地位。

且说张山、李锦见营中杀气笼罩，上帐见殷郊，言曰："千岁，我等驻扎在此，不能取胜，不如且回兵朝歌，再图后举。千岁意下如何？"殷郊曰："我不曾奉旨而来。待吾修本，先往朝歌，求援兵来至，料此一城有何难破？"张山曰："姜尚用兵如神，兼有玉虚门下甚众，亦不是小敌耳。"殷郊曰："不妨，连吾师也惧吾番天印，何况他人？"三人共议至抵暮。有一更时分，只见黄飞虎带领一支人马，点炮呐喊，杀进辕门。真是父子兵，一拥而进，不可抵挡。殷郊还不曾睡，只听得杀声大振，忙出帐上马拎戟，掌起灯笼火把。灯光内只见黄家父子杀进辕门，殷郊大呼曰："黄飞虎，你敢来劫营，是自取死耳！"黄飞虎曰："奉将令，不敢有违。"摇枪直取，殷郊手中戟急架忙迎。黄天禄、黄天爵、黄天祥等一裹而上，将殷郊围在垓心。只见邓九公带领副将太鸾、邓秀、赵升、孙焰红冲杀左营，南宫适领辛甲、辛免、太颠、闳夭直杀进右营，李锦接住厮杀，张山战住邓九公。哪吒、杨戬抢入中军，来助黄家父子。哪吒的枪只在殷郊前后心窝、两胁内乱刺，杨戬的三尖刀只在殷郊顶上飞来。殷郊见哪吒登轮，先将落魂钟对哪吒一晃，哪吒全然不理。祭番天印打杨戬，杨戬有八九玄功，迎风变化，打不下马来，故此殷郊着忙。夤夜交兵，苦杀了成汤士卒！

话说哪吒祭起一块金砖，正中殷郊的落魂钟上，只打得霞光万道，殷郊大惊。南宫适斩了李锦，也杀到中营来助战。张山与邓九公大战，不防孙焰红喷出一口烈火，张山面上被火烧伤，邓九公赶上一刀劈于马下。九公领众将官也冲杀至中军，重重叠叠把殷郊围住，枪刀密匝，剑戟森罗，如铜墙铁壁。殷郊虽然是三首六臂，怎经得起这一群狼虎英雄——俱是“封神榜”上恶曜。又经得雷震子飞在空中，使开金棍刷将下来。殷郊见大营俱乱，张山、李锦皆亡，殷郊见势头不好，把落魂钟对黄天化一晃，黄天化翻下玉麒麟来。殷郊乘此走出阵来，往岐山逃遁。众将官鸣锣擂鼓，追赶三十里方回。黄飞虎督兵进城，俱进相府，候子牙回兵。

且说殷郊杀到天明，止剩有几个残兵败卒。殷郊叹曰：“谁知如此兵败将亡！俺如今且进五关，往朝歌见父借兵，再报今日之恨不迟。”因策马前行。忽见文殊广法天尊站立前面而言曰：“殷郊，今日你要受犁锄之厄！”殷郊欠身，口称：“师叔，弟子今日回朝歌，老师为何阻吾去路？”文殊广法天尊曰：“你入罗网之中，速速下马，可赦你犁锄之苦。”殷郊大怒，纵马摇戟直取天尊，天尊手中剑急架忙迎。殿下心慌，祭起番天印来。文殊广法天尊忙将青莲宝色旗招展。好宝贝：白气悬空金光万道，现一粒舍利子。

文殊广法天尊展动此宝，只见番天印不能落将下来。殷郊收了印，往南方离地而来。忽见赤精子大呼曰：“殷郊，你有负师言，难免出口发誓之灾！”殷郊情知不杀一场也不得完事，催马摇戟来刺赤精子。赤精子曰：“孽障！你兄弟一般，俱该如此，乃是天数，俱不可逃。”忙用剑架戟，殷郊复祭番天印就打。赤精子展动离地焰光旗，此宝乃玄都宝物，按五行奇珍。

赤精子展开此宝，番天印只在空中乱滚，不得下来。殷郊见如此光景，忙收了印往中央而来。燃灯道人叫殷郊曰：“你师父有一百张犁锄候你！”殷郊听罢着慌，口称：“老师，弟子不曾得罪与众位师尊，为何各处逼迫？”燃灯曰：“孽障！你发愿对天，出口怎免？”殷郊乃是一位恶神，怎肯干休，便气冲牛斗，直取过来。燃灯口称："善哉！"将剑架戟。未及三合，殷郊发印就打，燃灯展开了杏黄旗，此宝乃玉虚宫奇珍。

殷郊见燃灯展开杏黄旗，就有万朵金莲现出，番天印不得下来，恐被他人收去了，忙收印在手。忽然望见正西上一看，见子牙在龙凤幡下，殷郊大吒一声："仇人在前，岂可轻放！"纵马摇戟，大呼："姜尚！吾来也！"武王见一人三首六臂摇戟而来，武王曰："唬杀孤家！"子牙曰："不妨。来者乃殷郊殿下。"武王曰："既是当今储君，孤当下马拜见。"子牙曰："今为敌国，岂可轻易相见？老臣自有道理。"武王看殷郊来得势如山倒一般，滚至面前，也不答话，直一戟刺来有声，子牙剑急架忙迎。只一合，殷郊就祭印打来，子牙急展聚仙旗，此乃瑶池之宝，只见氤氲遍地，一派异香，笼罩上面，番天印不得下来。

子牙见此旗有无穷大法，番天印当作飞灰，子牙把打神鞭祭起来打殷郊。

殷郊着忙，抽身往北面走。燃灯远见殷郊已走坎地，发一雷声，四方呐喊，锣鼓齐鸣，杀声大振。殷郊催马向北而走。四面追赶，把殷郊赶得无路可投，往前行山径越窄。殷郊下马步行，又闻后面追兵甚急，对天祝曰："若吾父王还有天下之福，我这一番天印把此山打一条路径而出，成汤社稷还存；如打不开，吾今休矣！"言罢，把番天印打去，只见响一声，将山打出一条路来，殷郊大喜曰："成汤天下还不能绝！"便往山路就走。只听得一声炮响，两山头俱是周兵卷上山顶来，后面又有燃灯道人赶来。殷郊见左右前后俱是子牙人马，料不能脱得此难，忙借土遁往上就走。殷郊的头方冒出山尖，燃灯道人便用手一合，二山头一挤，将殷郊的身子夹在山内，头在山外。不知性命，如何，且听下回分解。

第六十六回　洪锦西岐城大战

只见武吉犁了殷郊。殷郊一道灵魂往封神台来，清福神祇柏鉴用百灵幡来引殷郊。殷郊怨心不服，一阵风径往朝歌城来，纣王正与妲己在鹿台饮酒。

话说纣王在鹿台上正饮酒，听得有人来，纣王不觉昏沉，就席而卧，见一人三首六臂，立于御前，口称："父王，孩儿殷郊为国而受犁锄之厄。父王可修仁政，不失成汤社稷；当任用贤相，速拜元戎，以任内外大事。不然，姜尚不久便欲东行，那时悔之晚矣！孩儿还要诉奏，恐封神台不纳，孩儿去也！"纣王惊醒，口称："怪哉！"妲己、胡喜媚、王贵人三人共席欠身，忙问曰："陛下为何口称'怪哉'？"纣王把梦中事说了一遍。妲己曰："梦由心作，陛下勿疑。"纣王乃酒色昏君，见三妖娇态，把盏传杯，遂不在心。

只见汜水关韩荣有本进朝歌告急。其本至文书房，微子看本，看见如此，心下十分不乐，将此本抱入内庭。纣王正在显庆殿，当驾官启奏："微子候旨。"王曰："宣。"微子至殿前，行礼毕，将汜水关韩荣报本呈上。纣王展看，见张山奉敕征讨失利，又带着殷郊殿下绝于岐山。

纣王看毕大怒，传旨，赍敕往三山关，命洪锦得专征伐。

使命持诏径往三山关来。一路无辞，一日来至三山关馆驿中安下。次日，洪锦侍佐贰官接旨，开读毕，交代官乃是孔宣。不日俟孔宣交代明白，洪锦领十万雄师，离了高关，往西岐进发。

龙吉公主独自出马，开了城门，一骑当先。洪锦大笑，骂曰："好大胆贱人，焉敢如此！"纵马舞刀来取。公主手中鸾飞剑急架忙迎。二骑交锋，只三四合，洪锦又把内旗门遁使将出来。公主看见，也取出一首白幡往下一戳，将剑一分，白幡化作一门，公主走马而入，不知所往。洪锦及至看时，不见了女将，大惊。不知外旗门有相生相克之理。龙吉公主从后面赶将出来，公主虽是仙子，终是女流，力气甚少，及举剑往洪锦背上砍来。正中肩甲，洪锦“哎哟”一声，不顾旗门皂幡，往正北上逃走。龙吉公主随后赶来，大叫：“洪锦速速下马受死！吾乃瑶池金母之女，来助武王伐纣。莫说你有道术，便赶你上天入地，也要带了你的首级来！”往前紧赶。洪锦只得舍生奔走。往前久赶，看看赶上，公主又曰：“洪锦莫想今日饶你！吾在姜丞相面前说过，定要斩你方回。”洪锦听罢，心下着忙，身上又痛，自思：“不若下马借土遁逃回，再作区处。”

龙吉公主见洪锦借土遁逃走，笑曰：“洪锦这五行之术，随意变化，有何难哉！吾也来！”下马借木遁赶来，取“木能克土”之意。看看赶至北海，洪锦自思曰：“幸吾有此宝在身，不然怎了？”忙取一物往海里一丢，那东西见水重生，搅海翻波而来，此物名曰鲸龙。洪锦脚跨鲸龙，奔入海内而去。龙吉公主赶至北海，只见洪锦跨鲸而去。

龙吉公主赶至北海，见洪锦跨鲸而逃，公主笑曰：“幸吾离瑶池带得此宝而来。”忙向锦囊中取出一物也往海里一丢，那宝贝见水，复现原身，滑喇喇分开水势，如泰山一般。此宝名为神，原身浮于海面，公主站立于上，仗剑赶来。此神善降鲸龙。起头鲸龙入海，搅得波浪滔天。次后来神入海，鲸龙无势。龙吉公主看看赶上，祭起捆龙索，命黄巾力士：“将洪锦速拿往西岐去！”黄巾力士领娘娘法旨，凭空把洪锦拎去，拿往西岐，至相府，往阶下一摔。子牙正与众将官共议军情，只见空中摔下洪锦，子牙大喜。不知洪锦性命如何，且听下回分解。

第六十七回　姜子牙金台拜将

话说子牙见捉了洪锦，料知龙吉公主成功，将洪锦放下丹墀。少时，龙吉公主进相府，子牙欠身谢曰：“今日公主成莫大之功，皆是社稷生民之福。”公主曰：“自下高山，未与丞相成尺寸之功。今日捉了洪锦，但凭丞相发落。”龙吉公主道罢，自回净室去了。子牙令左右将洪锦推至殿前，问曰：“似你这等逆天行事之辈，何尝得片甲回去？”命：“推将出去，斩首号令！”有南宫适为监斩，候行刑令下。

方欲开刀，只见一道人忙奔而来，喘息不定，只叫：“刀下留人！”南宫适看见，不敢动手，急进相府来，禀曰：“启丞相得知，末将斩洪锦，方欲开刀，有一道人只叫‘刀下留人’。未敢擅便，请令定夺。”子牙传：“请。”少时，那道人来至殿前，与子牙打了稽首。子牙曰：“道兄从何处来？”道人曰：“贫道乃月合老人也，因符元仙翁曾言龙吉公主与洪锦有俗世姻缘，曾绾红丝之约，故贫道特来通报。二则可以保子牙兵度五关，助得一臂之力。子牙公不可违了这件大事。”子牙暗想：“他乃蕊宫仙子，吾怎好将凡间姻缘之事与他讲？”乃令邓婵玉先去见龙吉公主，就将月合仙翁之言先禀过，方可再议。

邓婵玉径进内庭，请公主出净室议事。公主忙出来见邓婵玉，问曰：“有何事见我？”邓婵玉曰：“今有月合仙翁言公主与洪锦有俗世姻缘，曾绾红丝之约，该有一世夫妻，现在殿前与丞相共议此事，故丞相先着妾身启过娘娘，然后可以面议。”公主曰：“吾因在瑶池犯了清规，特贬我下凡，不得复归瑶池与吾母子重逢。今下山来，岂得又多此一番俗孽耶？”邓婵玉不敢作声。少时，月合仙翁同子牙至后厅，龙吉公主见仙翁稽首。仙翁曰：“今日公主已归正道，今贬下凡间者，正要了此一段俗缘，自然反本归元耳。况今子牙拜将在迩，那时兵度五关，公主该与洪锦建不世之勋，垂名竹帛。候功成之日，瑶池自有旌幡来迎接公主回宫。此是天数，公主虽欲强为，不可得矣。所以贫道受符元仙翁之命，故不辞劳顿，亲自至此，特为公主作伐。不然，洪锦刚赴法行刑，贫道至此，不迟不早，恰逢其时，其冥数可知。公主当依贫道之言，不可误却佳期，罪愆更甚，那时悔之晚矣。公主请自三思！”龙吉公主听了月合仙翁一篇话，不觉长吁一声：“谁知有此孽冤所系！既是仙翁掌人间婚姻之牍，我也不能强辞，但凭二位主持。”子牙、仙翁大喜，遂放了洪锦，用药敷好剑伤。洪锦自出营招回本部人马，择吉日与龙吉公主成了姻眷。

武王决心伐纣，散宜生奏曰：“大王兵进五关，须当拜丞相为大将军，付以黄钺、白旄，总理大权，得专阃外之政，方可便宜行事。”武王曰：“但凭大夫主张，即拜相父为大将军，得专征伐。”宜生曰：“昔黄帝拜风后，须当筑台，拜告皇天、后土、山川、河渎之神，捧毂，推轮，方成拜将之礼。”武王曰：“凡一应事宜，俱是大夫为之。”武王朝散。宜生又至相府恭贺。百官俱各各欣悦，众门人个个喜欢。

宜生次日至相府对子牙说，令南宫适、辛甲往岐山监造将台。当时二人至岐山，拣选木植砖石之物，克日兴工。也非一日，将台已完，二将回报子牙。宜生入内庭回武王旨，曰：“臣奉旨监造将台已完，谨择良辰，于三月十五日，请大王至金台，亲拜相父。”武王准旨，俟至日行礼。

且说子牙排仪仗出城，只见前面七十里俱是大红旗，直摆到西岐山。西岐百姓扶老携幼，俱来观看。众将分道而行。武王至将台边一看，只见将台高耸，甚是嵬峨轩昂。只见散宜生至鸾舆前，请武王出舆，武王忙下舆。宜生曰：“大王可至元帅前，请元帅下辇。”武王行至辇前，欠身曰：“请元帅下辇。”子牙忙令中军扶下辇来。宜生引导子牙至台边。散宜生赞礼曰：“请元帅面南背北。”散宜生开读祝文。

话说散宜生读罢祝文，有周公旦引子牙上第二层台。周公旦赞礼曰：“请元帅面东背西。”周公旦开读祝文，不表。

周公旦读罢祝文，有召公奭引子牙上第三层台。毛公遂捧武王所赐黄钺、白旄，祝曰：“自今以后，奉天征讨，罚此独夫，为生民除害，为天

下造福，元戎往勖之哉！”子牙跪受黄钺、白旄，乃令左右执捧。礼官赞礼曰：“请元戎面北，拜受龙章凤篆。”子牙跪拜。左右歌“中和”之曲，奏“八音”之章，乐声嘹亮，动彻上下。召公奭开读祝文，不表。

召公奭读罢祝文，子牙居中而立。军政司上台，启元帅：“发鼓竖旗。”两边鼓响，拽起宝纛旗来。军政司请元帅戴护顶之宝。军政官用红漆端盘，捧上一顶金盔来。话说姜元帅金装甲胄立于台上。军政司传：“取印、剑上台。”军政官捧剑、印上台，又捧一架，架上有三般令天子、协诸侯之物，内有令天子旗、令天子剑、令天子箭。

话说军政司将印、剑捧至子牙面前。子牙将印、剑接在手中，高捧过眉。散宜生请武王拜将，武王在台下大拜八拜。武王拜罢，子牙令辛甲把令天子旗将武王请上台来。少时，辛甲执旗大呼曰：“奉元帅将令，请武王上台！”武王随令旗上台。子牙传令：“请开印、剑。”请武王面南端坐。子牙拜谢毕，跪而奏曰：“老臣闻国不可从外而治，军不可从中而御，二心不可以事君，疑志不可以应敌。臣既受命，尊节钺之威，岂敢不效驽骀，以报知遇之恩也！”武王曰：“相父今为大将东征，但愿早至孟津，会兵速返，孤之幸矣。”子牙谢恩。

第六十八回　首阳山夷齐阻兵

次日，子牙下教场看操，过名点将。子牙五更时分至教军场，升了将台。军政司辛甲启元帅："放炮竖旗，擂鼓点将。"子牙暗思："今人马有六十万，须用四个先行方有协助。"子牙命军政司："令南宫适、武吉、哪吒、黄天化上台来。"辛甲领令，令四将上台打躬。子牙曰："吾兵有六十万，用你四将为先行，挂左、右、前、后印。你等各拈一阄，自任其事，毋得错乱。"四将声喏。子牙将四阄与四将各自拈认：黄天化拈着是头队先行，南宫适是左哨，武吉是右哨，哪吒是后哨。子牙大喜，令军政官簪花挂红，各领印信。四将饮过酒，谢了元帅。子牙又令杨戬、土行孙、郑伦各拈一阄，作三军督粮官。杨戬是头运，土行孙是二运，郑伦是三运。子牙令军政官取督粮印付与三将，俱簪花挂红，各饮三杯喜酒，三将下台。子牙令军政官取点将簿，一一点将，结束后众将打点，收拾东征。

话说大势雄兵离了西岐，前往燕山，一路而来，三军欢悦，百倍精神。行过了燕山，正往首阳山来。大队人马正行，只见伯夷、叔齐二人，宽衫博袖，麻履丝绦，站立中途，阻住大兵，大呼曰："你是哪里去的人马？我欲见你主将答话。"有哨探马报入中军："启元帅，有二位道者欲见千岁并元帅答话。"子牙听说，忙请武王并辔上前。

只见伯夷、叔齐向前稽首曰："千岁与子牙公，见礼了。"武王与子牙欠身曰："甲胄在身，不能下骑。二位阻路，有何事见谕？"夷、齐曰："今日主公与元帅起兵往何处去？"子牙曰："纣王无道，逆命于天，残虐万姓，囚奴正士，焚炙忠良，荒淫不道，无辜吁天，秽德彰闻。惟我先王，若日月之照临，光于四方，显于西土，命我先王肃将天威，大勋未集。惟我西周诞及多方，肆予小子，恭行天之罚。今天下诸侯一德一心，大会于孟津，我武维扬，侵于之疆，取彼凶残，杀伐用张，于汤有光。此予小子不得已之心也。”夷、齐曰：“臣闻‘子不言父过，臣不彰君恶’。故父有诤子，君有诤臣。只闻以德而感君，未闻以下而伐上者。今纣王，君也，虽有不德，何不倾城尽谏，以尽臣节，亦不失为忠耳。况先王以服事殷，未闻不足于汤也。臣又闻‘至德无不感通，至仁无不宾服’。苟至德至仁在我，何凶残不化为淳良乎！以臣愚见，当退守臣节，体先王服事之诚，守千古君臣之分，不亦善乎！”

武王听罢，停骖不语。子牙曰：“二位之言虽善，予非不知，此是一得之见。今天下溺矣，百姓如坐水火，三纲已绝，四维已折，天怒于上，民怨于下，天翻地覆之时，四海鼎沸之际。惟天矜民，民之所欲，天必从之。况夫天已肃命于我周，若不顺天，厥罪惟均。且天视自我民视，天听自我民听。百姓有过，在予一人。今予必往。如逆天不顺，非予先王有罪，惟予小子无良。”

子牙左右将士欲行，见伯夷、叔齐二人言之不已，心上甚是不快。夷、齐见左右俱有不豫之色，众人挟武王、子牙欲行，二人知其必往，乃跪于马前，揽其辔，谏曰：“臣受先王养老之恩，终守臣节之义，不得不尽今日之心耳。今大王虽以仁义服天下，岂有父死不葬，援及干戈，可谓孝乎？以臣伐君，可谓忠乎？臣恐天下后世必有为之口实者。”左右众将见夷、齐叩马而谏，军士不得前进，心中大怒，欲举兵杀之。子牙忙止之曰：“不可！此天下之义士也。”忙令左右扶之而去，众兵方得前进。后伯夷、叔齐入首阳山，耻食周粟，采薇作歌，终至守节饿死。至今称之，犹有余馨。此是后事。不表。

子牙大势雄师离了首阳山，往前出发。

第六十九回　孔宣兵阻金鸡岭

纣王这边，孔宣人马出关，至金鸡岭，探马报入中军："前有周兵在岭下，请令定夺。"孔宣令："在岭上安下营寨，阻住咽喉之路，使周兵不能前进。"不题。只见子牙人马正行，报马报入中军："禀上元帅，前有成汤大队人马住在岭上。"子牙传令："安营。"

孔宣次日命中军点炮，自领大队人马亲临阵前，对旗门官将曰："请你主将答话。"探马报入中军："孔宣请元帅答话。"子牙传令："摆八健将出营。"大红宝纛旗展处，子牙左右有四个先行官与众门徒，雁翅排开。子牙乘四不相至阵前。

子牙看孔宣背后有五道光华：按青、黄、赤、白、黑。子牙心下疑惑。孔宣见子牙自来，将马一拎，来至军前，问曰："来者莫非姜子牙吗？"子牙曰："然也。"孔宣问曰："你原是殷臣，为何造反，妄自称王，会合诸侯，逆天欺心，不守本土？吾今奉诏征讨，汝好好退兵，敬守臣节，可保家国。若半字迟延，吾定削平西土，那时悔之晚矣！"子牙曰："天命无常，惟有德者居之。昔帝尧有子丹朱不肖，让位与舜。舜帝有子商均亦不肖，让位与禹。禹有子启贤，能继父志，禹尊禅让，复让与益。天下之朝觐讼狱，不之益而之启。再后传之桀。桀王无道，成汤伐夏而有天下。今传之纣，纣王今淫酗肆虐，秽德彰闻，天怒民怨，四海鼎沸。德在我周，恭行天之罚。将军何不顺天以归我周，共罚独夫也？"孔宣曰："你以下伐上，反不为逆天，乃架此一段污秽之言，惑乱民心，借此造反，拒逆天兵，情殊可恨！"纵马舞刀来取。

子牙后有洪锦走马奔来，大呼："孔宣不得无礼！吾来也！"孔宣见洪锦走马而至，孔宣大骂："逆贼！你还敢来见我？"洪锦曰："天下八百诸侯俱已归周，料你一个忠臣，也不能济得甚事！”孔宣大怒，摇刀直取。二马交兵，未及数合，洪锦将旗门遁往下一戳，把刀往下一分，那旗化为一门。洪锦方欲进门，孔宣大笑曰：“米粒之珠，有何光彩？”孔宣兜回马，把左边黄光往下一刷，将洪锦刷去，毫无影响，就如沙灰投入大海之中，止见一匹空马。子牙左右大小将官俱目瞪口呆。孔宣复纵马来取子牙，子牙手中剑急架相迎。旁有邓九公走马来助阵。子牙大战十五六合。子牙祭打神鞭打孔宣，那鞭已落在孔宣红光中去了，似石投水。子牙大惊，忙传令鸣金。两边各归营寨。

且说子牙升帐，坐下沉吟，想：“此人后有五道光华，按有五行之状。今将洪锦摄去，不知凶吉，如之奈何？”子牙自思：“不若乘孔宣得胜，今夜去劫他的营，且胜他一阵，再作区处。”子牙令哪吒：“你今夜去劫孔宣的大辕门。黄天化，你去劫他左营。雷震子，你可去劫他右营。先挫动他军威，然后用计破他，必然成功。”三人领令去讫。

且说孔宣得胜进营，将后面五色光华一抖，只见洪锦昏迷睡于地下。孔宣吩咐左右，将洪锦监在后营，收了打神鞭，正欲退后营，只见一阵大风，将帅旗连卷三四卷。孔宣大惊，掐指一算，早已知其就里，忙唤高继能：“你在左营门埋伏。周信，你在右营门埋伏。今夜姜子牙要来劫吾营寨。我正要你来，只可惜姜尚不曾亲来！”且说姜子牙营中三路兵暗暗上岭。将近二更一声炮响，三路兵呐喊一声，杀进辕门。哪吒登轮摇枪，冲开营门，杀至中营而来。孔宣独坐帐中，不慌不忙，上了马迎来，大笑曰：“哪吒，你今番劫营，定然遭擒，再休想前番取胜也！”哪吒也不知孔宣的利害，大怒，骂曰：“今日定拿你成功！”举枪来战，杀在中军，难解难分。雷震子飞在空中冲开右营，周信大战雷震子。雷震子展动风雷二翅，飞在空中，是上三路，又是黹夜间，观看不甚明白，周信被雷震子一棍刷将下来，正中顶门，打得脑浆迸出，死于非命。雷震子飞至中营，见哪吒大战孔宣，雷震子大喝一声，如霹雳交加。孔宣将黄光往上一撒，先拿了雷震子。哪吒见如此利害，方欲抽身，又被孔宣把白光一刷，连哪吒撒去，不知去向。

且说黄天化只听得杀声大作，不察虚实，催开玉麒麟冲进左营，忽听炮响，高继能一马当先，黹夜交兵，更不答话，麟马相交，枪锤并举。好黄天化！两柄锤只打的枪尖生烈焰，杀气透心寒。二将乃是夜战，况黄天化两柄锤似流星不落地，来往不沾尘。高继能见如此了得，掩一枪拨马就走。黄天化催开玉麒麟赶来。高继能展开蜈蜂袋，夜间，黄天化该如此，那蜈蜂卷将来，成堆成团而至一似飞蝗。黄天化用两柄锤遮挡，不防蜈蜂把玉麒麟的眼叮了一下，那麒麟叫了一声，后蹄站立，前蹄直竖，黄天化坐不住鞍韂，撞下地来，早被高继能一枪正中胁下，死于非命，一魂往封神台去了。可怜下山大破四天王，不曾取成汤寸土。

且说孔宣收兵，杀了一夜，岭头上尸横遍野，血染草梢。孔宣升帐，将五色神光一抖，只见哪吒、雷震子跌下地来。孔宣命左右于后营监禁，然后坐下。高继能献功，报斩了黄天化首级。孔宣吩咐："号令辕门。"不表。

第七十回　准提道人收孔宣

且说次日，燃灯道人来至辕门。军政官报入中军：“启元帅，有燃灯道人至辕门。”子牙忙出辕门迎接，入帐行礼毕，尊于上坐。子牙口称“老师”，将孔宣之事一一陈诉过一遍。燃灯曰：“吾尽知之，今日特来会他。”孔宣至辕门请战。燃灯飘然而出。孔宣知是燃灯道人，笑曰：“燃灯道人，你是清静闲人，吾知你道行且深，何苦也来惹此红尘之祸？”燃灯曰：“你既知我道行深高，你便当倒戈投顺，同周王进五关，以伐独夫，如何执迷不悟，尚敢支吾也？”孔宣大笑曰：“我不遇知音，不发言语。你说你道行深高，你也不知我的根脚，听我道来，‘混沌初分吾出世，两仪太极任搜求；如今了却生生理，不向三乘妙里游。’”

孔宣道罢，燃灯一时也寻思不来：“不知此人是何物得道？”燃灯曰：“你既知兴亡，深通玄理，如何天命不知，尚兀自逆天耶？”孔宣曰：“此是你等惑众之言，岂有天位已定，而反以叛逆为正之理？”燃灯曰：“你这孽障！你自恃强梁，口出大言，毫无思忖，必有噬脐之悔！”孔宣大怒，将刀一摆，就来战燃灯。燃灯口称：“善哉！”把宝剑架刀。才战二三回合，燃灯忙祭起二十四粒定海珠来打孔宣。孔宣忙把神光一摄，只见那宝珠落在神光之中去了。燃灯大惊，又祭紫金钵盂，只见也落在神光中去了。燃灯大呼：“门人何在？”只听半空中一阵大风飞来，内现一只大鹏雕来了。孔宣见大鹏雕飞至，忙把顶上盔挺了一挺，有一道红光直冲牛斗，横在空中。燃灯道人仔细定睛，以慧眼观之，不见明白，只听见空中有天崩地塌之声。有两个时辰，只听得一声响亮，把大鹏雕打下尘埃。孔宣忙催开马，把神光来撒燃灯。燃灯借着一道祥光，自回营来，见子牙陈说利害，不知他是何物。只见大鹏雕也随至帐前。燃灯问大鹏曰：“孔宣是甚么东西得道？”

大鹏曰："弟子在空中只见五色祥云护住他的身子，也像有两翅之形，但不知是何鸟。"

正议之间，军政官来报："有一道人至辕门求见。"子牙同燃灯至辕门迎接。见此人挽双抓髻，面黄身瘦，髻上戴两枝花，手中拿一株树枝，见燃灯来至，大喜曰："道友请了！"燃灯忙打稽首曰："道兄从何处来？"道人曰："吾从西方来，欲会东南两度有缘者。今知孔宣阻逆大兵，特来度彼。"燃灯已知西方教下道人，忙请入帐中。那道人见红尘滚滚，杀气腾腾，满目俱是杀运，口里只道："善哉！善哉！"来至帐前，施礼坐下。燃灯问曰："贫道闻西方乃极乐之乡，今到东土济度众生，正是慈悲方便。请问道兄尊姓大名？"道人曰："贫道乃西方教下准提道人是也。前日广成子道友在俺西方借青莲宝色旗，也会过贫道。今日孔宣与吾西方有缘，特来请他同赴极乐之乡。"燃灯闻言大喜曰："道兄今日收伏孔宣，正是武王东进之期矣！"准提曰："非但东进，孔宣得道，根行深重，与西方有缘。"准提道罢，随出营来会孔宣。不知胜负如何，且听下回分解。

第七十一回　姜子牙三路分兵

话说准提道人上岭，大呼曰：“请孔宣答话！”少时，孔宣出营，见一道人来得蹊跷。

话说孔宣见准提道人，问曰：“那道者通个名来！”道人曰：“我贫道与你有缘，特来同你享西方极乐世界，演讲三乘大法，无挂无碍，成就正果，完此金刚不坏之体，岂不美哉！何苦与此杀劫中寻生活耶？”

孔宣听罢大怒，把刀往道人顶上劈来。准提道人把七宝妙树一刷，把孔宣的大杆刀刷在一边。孔宣忙取金鞭在手，复往准提道人打来。道人又把七宝妙树刷来，把孔宣的鞭又刷在一边去了。准提道人将孔宣用丝绦扣着他颈下，把加持宝杵放在他身上，霎时间，现出一只目细冠红孔雀来。准提道人坐在孔雀身上，别了燃灯，把孔雀一扑，只见孔雀二翅飞腾，有五色祥云紫雾盘旋，径往西方去了。

且说子牙同韦护、陆压，领众将至孔宣行营招降兵卒。众兵见无头领，俱愿投降，子牙许之，忙至后营放众门人。诸将等出来，至本营拜谢子牙、燃灯毕。子牙传令：“催动人马。”大军过了金鸡岭，一路无辞，兵至汜水关。探军报入，子牙传令安营，在关下扎住大寨。

守将胡升令胡云鹏走一遭。云鹏领令上马，提斧出得关来，看来将乃是苏全忠。胡云鹏大骂：“反贼！天下反完了，你也不可反。你姐姐是朝歌宠后，这等忘本！你好生坐在马上，待吾来擒你！”二马拨开，枪斧并举，大战龙潭虎穴。战有三四十合，胡云鹏不觉汗流。

胡云鹏哪里是苏全忠对手，只杀得马仰人翻，措手不及，被苏全忠大呼一声，把胡云鹏刺于马下，枭了首级，回营见洪锦报功。洪锦斩了胡雷，号令在辕门。有报马报入关中：“启总兵爷：二爷阵亡，号令辕门。”胡升大惊："吾弟不听吾言，故有丧身之厄！料成汤文武不足镇服天下诸侯。"令中军官修纳降文书，"速献关寨，以救生灵涂炭。"只见左右将纳降文表修理停当，只等差人纳款。

且说次日，洪锦命苏全忠关下讨战，胡升挂"免战牌"，全忠只得回营，见洪锦曰："胡升挂免战二字，末将只得暂回。"洪锦怒气不息。只见火灵圣母操演人马，至一七方才精熟。那日，火灵圣母命关上去了免战牌，一声炮响，关中军马齐出。火灵圣母骑金眼驼，与炼成火龙兵隐在后面，先令胡升在前讨战。胡升得令，一马当先来至军前，要洪锦出来答话。探马报入关中："关上有胡升讨战。"洪锦闻报，上马提刀，带左右将官出营。一见胡升，大骂："逆贼！反复无常，真乃狗彘匹夫！敢来戏侮于我！"纵马舞刀直取。胡升未及还手，只见火灵圣母催开金眼驼，用两口太阿剑，大呼："洪锦不要走！吾来也！"洪锦仔细定睛，见道姑连人带兽似一块火光滚来。洪锦问曰："来者何人？"圣母答曰："吾乃丘鸣山火灵圣母是也。你敢将吾门下胡雷杀了！吾今特来报仇。你可速速下马受死，莫待吾怒起，连累此十万生灵，死无噍类也。"道罢，将太阿剑飞来直取，洪锦手中大杆刀火速忙迎。未及数合，洪锦方欲用旗门遁以诛火灵圣母，但不知圣母头上戴一顶金霞冠，冠上有一淡黄包袱盖住，火灵圣母将包袱挑开，现出十五六丈金光，把火灵圣母笼罩当中。他看得见洪锦，洪锦看不见他，早被圣母照前甲上一剑砍来。洪锦躲不及，已劈开锁子连环甲，洪锦"哎呀"一声，带伤而逃。火灵圣母招动三千火龙兵冲杀进大营来，好厉害！

话说洪锦身着剑伤逃进大营，不意火灵圣母领三千火龙兵冲杀进营，势不可挡。三军叫苦自相践踏，死者不计其数。龙吉公主在后营，听得一声三军呐喊，急上马拎剑，走出中军，见洪锦伏鞍而逃，洪锦不及对龙吉公主说金光的事，龙吉公主只见火势冲天，烈烟卷起，正欲念咒救火，又见一块金光奔至面前。公主不知所以，忙欲看时，被火灵圣母举剑照龙吉公主劈来。不知性命如何，且听下回分解。

第七十二回 广成子三谒碧游宫

话说龙吉公主被火灵圣母一剑砍伤胸膛，大叫一声，拨转马往西北逃走，火灵圣母追赶有六七十里方回。这一阵洪锦折兵一万有余。胡升大喜，迎接火灵圣母进关。只见龙吉公主乃蕊宫仙子，今堕凡尘，也不免遭此一剑之厄。夫妻带伤而逃，至六七十里，方才收集败残人马，立住营寨。忙取丹药敷搽，一时即愈，忙作文书申姜元帅求援兵。

子牙随带韦护、哪吒，调三千人马，离了汜水关，一路上滚滚征尘，重重杀气。非止一日，来到佳梦关安营，不见洪锦的行营。子牙升帐坐下，半晌，洪锦打听子牙兵来，夫妻方移营至辕门听令。子牙把洪锦令入中军，夫妻上帐请罪，备言失机折军之事。子牙曰："身为大将，受命远征，须当见机而作，如何造次进兵，致有此一场大败？"洪锦启曰："起先俱得全功，不意一道姑名曰火灵圣母，有一块金霞，方圆有十余丈罩住他，末将看不见他，他反看得见我。又有三千火龙兵，似一座火焰山一拥而来，势不可当。军士见者先走，故此失机。"子牙听罢，心下甚是疑惑："此又是左道之术。"正思量破敌之计。

且说火灵圣母在关内，连日打探洪锦不见抵关。只见这一日报马报入城来，报："姜子牙亲提兵至此。"火灵圣母曰："今日姜尚自来，也不负我下山一场。我必亲会他，方才甘心。"别了胡升，忙上金眼驼，暗带火龙兵出关，至大营前，坐名要子牙答话。报马报入中军："禀元帅，火灵圣母坐名请元帅答话。"子牙即便带了众将佐，点炮出营。火灵圣母大呼曰："来者可是姜子牙吗？"子牙答曰："道友，不才便是。道友，你既在道门，便知天命。今纣恶贯盈，天人共怒，天下诸侯大会孟津，观政于商，你何得助纣为虐，逆天行事，独不思得罪于天耶！况吾非一己之私，奉玉虚符命，以恭行天之罚，道友又何必逆天强为之哉。不若听吾之言，倒戈纳降，吾亦体上天好生之仁，决不肯糜烂其民也。”火灵圣母笑曰：“你不过仗那一番惑世诬民之谈，愚昧下民。料你不过一钓叟，贪功网利，鼓弄愚民，以为己功，怎敢言应天顺人之举。且你有多大道行，自恃其能哉！”催开金眼驼，仗剑来取，子牙手中剑火速忙迎。左有哪吒登开风火轮，使开火尖枪，劈胸就刺。韦护持降魔杵，掉步飞腾。三人战住圣母。

火灵圣母哪里经得起三人恶战，枪杵环攻，抽身回走，用剑挑开淡黄袱，金霞冠放出金光，约有十余丈远近。子牙看不见火灵圣母，圣母提剑把子牙前胸一剑。子牙又无铠甲抵挡，竟砍开皮肉，血溅衣襟，拨转四不像往西逃走。火灵圣母大呼曰：“姜子牙！今番难逃此厄也！”三千火龙兵一齐在火光中呐喊。只见大辕门金蛇乱搅，围子内个个遭殃，火焰冲于霄汉，赤光烧尽旌旗，一会家副将不能顾主将。正是：刀砍尸体满地，火烧人臭难闻。

且言火灵圣母赶子牙，又赶至无躲无闪之处，前走的一似猛弩离弦，后赶的好似飞云掣电。子牙一来年纪高大，剑伤又疼，被火灵圣母的金眼驼赶到至紧至急之处，不得相离。子牙正在危迫之间，又被火灵圣母取出一个混元锤望子牙背上打来，正中子牙后心，翻斤斗，跌下四不像去了。火灵圣母下了金眼驼，来取子牙首级，只见广成子作歌而至。火灵圣母认得是广成子，大呼曰：“广成子！你不该来！”广成子曰：“吾奉玉虚符命，在此等你多时矣！”火灵圣母大怒，仗剑砍来。这一个轻移道步，那一个急转麻鞋，剑来剑架，剑锋斜刺一团花，剑去剑迎，脑后千团寒雾滚。火灵圣母把金霞冠现出金光来，他不知广成子内穿着扫霞衣，将金霞冠的金光一扫全无。火灵圣母大怒曰：“敢破吾法宝，怎肯干休！”气呼呼地仗剑来砍，恶恨恨的火焰飞腾，复来战广成子。广成子是犯戒之仙，他如今还存甚么念头？忙取番天印祭在空中。

话说广成子打死了火灵圣母，径往碧游宫来。这个原是截教教主所居之地。广成子来至宫前，站立多时。里边开讲“道德玉文。”少时，有一童子出来，广成子曰：“那童子，烦你通报一声，宫外有广成子求见老爷。”童儿进宫，至九龙沉香辇下禀曰：“启老爷，外有广成子至宫外，不敢擅入，

请法旨定夺。”通天教主曰：“着他进来。”广成子进至里边，倒身下拜：“弟子愿师叔万寿无疆！”通天教主曰：“广成子，你今日至此，有何事见我？”广成子将金霞冠奉上：“弟子启师叔，今有姜尚东征，兵至佳梦关，此是武王应天顺人，吊民伐罪，纣恶贯盈，理当剿灭。不意师叔教下门人火灵圣母仗此金霞冠，前来阻逆大兵，擅行杀害生灵，糜烂士卒：头一阵剑伤洪锦并龙吉公主，第二阵又伤姜尚，几乎丧命。弟子奉师尊之命，下山再三劝慰，彼仍恃宝行凶，欲伤弟子，弟子不得已，用了番天印，不意打中顶门，以绝生命。弟子特将金霞冠缴上碧游宫，请师叔法旨。”通天教主曰：“吾三教共议封神，其中有忠臣义士上榜者，有不成仙道而成神道者。各有深浅厚薄，彼此缘分，故神有尊卑，死有先后。吾教下也有许多。此是天数，非同小可，况有弥封，只至死后方知端的。广成子，你与姜尚说，他有打神鞭，如有我教下门人阻他者，任凭他打。前日我有谕帖在宫外，诸弟子各宜紧守，他若不听教训的，是自取咎，与姜尚无干。广成子去罢！”

广成子出了碧游宫，正行，只见诸大弟子在旁听见掌教师尊吩咐“凡吾教下弟子不遵训诲，任凭他打”，众弟子心下甚是不服，俱在宫外等他。旁边有最不忿的是金灵圣母、无当圣母，对众言曰：“火灵圣母是多宝道人门下，广成子打死了他，就是打我等一样。他还来缴金霞冠，明明是欺蔑吾教！我等师尊又不察其事，反吩咐任他打，是明明欺吾等无人物也！”比时恼了龟灵圣母，大呼曰：“岂有此理！他打死火灵圣母，还来缴金霞冠！待吾去拿了广成子，以泄吾等之恨！”龟灵圣母仗剑砍来，大呼：“广成子不要走！我来了！”广成子站住，见他来的势局不同，广成子陪笑迎来，问曰：“道兄有何吩咐？”龟灵圣母曰：“你把吾教门人打死，还到此处来卖精神，分明是欺蔑吾教，显你等豪强，情殊可恨！不要走！我与火灵圣母报仇！”仗剑砍来。广成子将手中剑架住，言曰：“道友差矣！你的师尊共立‘封神榜’，岂是我等欺他，是他自取。也是天数该然，与我何咎！道友言替他报仇，真是不谙事体！”龟灵圣母大怒曰：“还敢以言语支吾！”不由分说，又是一剑。广成子正色言曰：“我以礼谕你，你还是如此，终不然我怕你不成？纵是我师长，也只好让你两剑。”龟灵圣母又是一剑。

广成子大怒，面皮通红，仗宝剑相还。两家未及数合，广成子祭番天印打来。龟灵圣母见此印打下来，招架不住，忙现原身，乃是个大乌龟——昔仓颉造字而有龟文羽翼之形，就是那时节得道的，修成人形，原是一个母乌龟，故此称为“圣母”。

彼时金灵圣母、多宝道人见龟灵圣母现了原身，各人面上俱觉惭愧之极，甚是追悔。只见虬首仙、乌云仙、金光仙、金牙仙大呼：“广成子，你欺吾教，不是这等！”数人发怒，一齐仗剑赶来。广成子自思：“吾在他家里，身入重地。自古道：‘单丝不成线。’反为不美。”广成子又见他们重重围来，“不若还奔碧游宫见他师尊，自然解释。”乃不等通报，径自投台下来。通天教主曰：“广成子，你又来有甚话说？”广成子跪而启曰：“师叔吩咐，弟子领命下山。不知师叔门人龟灵圣母同许多门人来为火灵圣母复仇。弟子无门可入，特来见师叔金容，求为开释！”通天教主命水火童儿：“把龟灵圣母叫来！”少时，龟灵圣母至法台下行礼，口称：“弟子在。”通天教主曰：“你为何去赶广成子？”龟灵圣母曰：“广成子将吾教下门人打死，反上宫来献金霞冠，分明是欺蔑吾教！”通天教主曰：“吾为掌教之主，反不如你等？此是你不守我谕言，自取其祸，大抵俱是天数，我岂不知？广成子把金霞冠缴来，正是尊吾法旨，不敢擅用吾宝。尔等仍是狼心野性，不守我清规，大是可恶！将龟灵圣母革出宫外，不许入宫听讲！”遂将龟灵圣母革出。两旁恼了许多弟子，私相怨曰：“今为广成子，反把自家门弟子轻辱，师尊如何这样偏心？”大家俱不忿，尽出门来。只见通天教主吩咐广成子：“你快去罢。”广成子拜谢了教主，方才出了碧游宫，只见后面一起截教门人赶来，只叫：“拿住了广成子，以泄吾众人之恨！”广成子听得着慌：“这一番来得不善！欲径往前行，不好；欲与他抵敌，寡不敌众。不若还进碧游宫，才免得此厄。”看官：广成子你原不该来！这正应了“三谒碧游宫”。

话说广成子这一番慌慌张张跑至碧游宫台下，来见通天教主，不知吉凶如何，且听下回分解。

第七十三回　青龙关飞虎折兵

话说广成子三进碧游宫，又来见通天教主，双膝跪下。教主问曰：“广成子，你为何又进我宫来？全无规矩，任你胡行！”广成子曰：“蒙师叔吩咐，弟子去了，其如众门人不放弟子去，只要与弟子并力。弟子之来，无非敬上之道；若是如此，弟子是求荣反辱！望老师慈悲发付弟子，也不坏师叔昔日三教共立‘封神榜’的体面。”通天教主听说，怒曰：“水火童子快把这些无知畜生唤进宫来！”只见水火童子领法旨出宫来见众门人，曰：“列位师兄，老爷发怒，唤你等进去。”众门人听师尊呼唤，大家没意思，只得进宫来见。通天教主喝曰：“你这些不守规矩的畜生！如何师命不遵，恃强生事？这是何说！广成子是我三教法旨扶助周武，这是应运而兴。他等逆天行事，理当如此。你等如何还是这等胡为？情实可恨！”直骂得众人们面面相觑，低头不语。通天教主吩咐广成子曰：“你只奉命而行，不要与这些人计较。你好生去罢！”广成子谢过恩，出了宫，径回九仙山去了。

话说黄飞虎领十万雄师往青龙关来，一路浩浩军威，纷纷杀气。一日哨马报入中军：“启总兵：人马已至青龙关，请令安营。”黄总兵传令：“安下行营。”放炮呐喊。

话说这青龙关镇守大将乃是丘引，闻周兵来至，丘引忙升厅坐下，与众将议曰：“今日周兵无故犯界，甚是狂悖，吾等正当效力之时，各宜尽心报国。”众将官齐曰：“愿效死力！”人人俱摩拳擦掌，个个勇往直前。

忽报：“督粮官陈奇听令。”丘引令至殿前。陈奇打躬曰：“催粮应济军需，不曾违限，请令定夺。”丘引曰：“催粮有功，总为朝廷出力。”陈奇问：“周兵至此，元帅连日胜负如何？”丘引答曰：“姜尚分兵取关，惟恐吾断他粮道，连日与他会战，不意他将佐骁勇，若是拿住这逆贼，必分化其尸，方泄吾恨！”陈奇曰：“元帅只管放心，等末将拿来。”

次日，陈奇领本部飞虎兵，坐火眼金睛兽，提手中荡魔杵，至周营搦战。哨马报入中军：“启元帅，关上有将搦战。”黄飞虎问曰：“谁将出马？”邓九公曰：“末将愿领人马。”九公绰兵刃在手，径出营来，一见对阵鼓响，一将当先，提荡魔杵，坐金睛兽，邓九公问曰：“来者何人？”陈奇曰：“吾乃督粮官陈奇是也。你是何人？”邓九公答曰：“吾乃西周东征副将邓九公是也。日者丘引失机闭门不出，你想是先来替死，然而也做不得他的名下！”陈奇大笑曰：“看你这匹夫如婴儿草莽，你有何能！”便催开金睛兽，使开荡魔杵劈胸就打，邓九公大杆刀赴面交还。兽马交锋刀杵并举，两家大战三十回合，邓九公的刀法如神，陈奇用的是短兵器，如何抵挡得住？陈奇把荡魔杵一举，他有三千飞虎兵手执挠钩套索，如长蛇阵一般飞奔前来，有拿人之状。邓九公不知缘故——陈奇原是左道，有异人秘传，养成腹内一道黄气，喷出口来，凡是精血成胎者，必定有三魂七魄，见此黄气则魂魄自散。——九公见此黄气，坐不住鞍鞒，翻身落马，被生擒活捉，拿进高关，三军呐喊。丘引正坐，左右报入府来：“禀元帅，陈奇捉了邓九公听令。”丘引大悦，令左右：“推来！”邓九公及至醒来，身上已是绳索绑缚，莫能转挫。左右推至丘引面前，九公大骂曰：“匹夫以左道之术擒吾，我就死也不服！今既失机，有死而已。吾生不能啖汝血肉，死后必为厉鬼，以杀叛贼！”丘引大怒，令：“推出斩之！”可怜邓九公归周，不能会诸侯于孟津，今日全忠于周主。

话说丘引发出行刑牌出府，将邓九公首级号令于关上。有哨探马报入中军：“启老爷，邓九公被陈奇口吐黄气拿了进关，将首级号令城上。”黄飞虎大惊曰：“邓九公乃大将之才，不幸而丧于左道之术。”心中甚是伤感。

话说丘引置酒与陈奇贺功。次日，陈奇又领兵至周营搦战。报马报入中军。旁有九公裨将官太鸾大怒曰：“末将不才，愿与主将报仇。”黄飞虎许之。太鸾上马出营，与陈奇相对，也不答话，大战二十回合。陈奇把杵一举，后面飞虎兵拥来。陈奇把嘴一张，太鸾依旧落马，被众人擒拿进关见丘引。丘引曰：“此乃从贼，且不必斩他，暂送下囹圄，俟拿了主将，一齐上囚车解往朝歌，以尽国法，又不负汝之功耳！”陈奇大喜。

且说黄总兵见又折了太鸾，心下甚是不乐。只见次日来报：“陈奇搦战。”黄将军问左右：“谁去走一遭？”话未了，只见旁边走过三子黄天禄、黄天爵、黄天祥应曰：“不肖三人愿往。”黄飞虎吩咐：“须要仔细！”三人应声曰：“知道。”弟兄三人上马径出营来。陈奇问曰：“来者何人？”黄天禄答曰：“吾乃开国武成王三位殿下：黄天禄、天爵、天祥是也。”陈奇暗喜：“正要拿这孽畜，他恰自来送死！”催开金睛兽，也不答话，使开荡魔杵，飞来直取天禄兄弟。三人三条枪，急架忙迎，四马交锋。三匹马裹住了陈奇一匹金睛兽，大战在龙潭虎穴。不知吉凶如何，且听下回分解。

第七十四回　哼哈二将显神通

话说黄天禄兄弟三人裹住陈奇，忽一枪正中陈奇右腿。陈奇将坐骑跳出圈子外边，黄天禄随后赶来。陈奇虽然腿上有伤，他的道术自在，他把荡魔杵一举，只见飞虎兵蜂拥而来，将腹内炼成黄气喷出，黄天禄滚下鞍韂，早被飞虎兵挠钩搭住，生擒活捉了，进关来见丘引。丘引吩咐，也把黄天禄监禁了。此陈奇如何有如此大能耐？原来他就是哼哈二将中的“哈将”，另一名“哼将”是郑伦。

次日，丘引来战，黄天祥迎战，黄天祥催开马，摇手中枪，直刺丘引，丘引枪赴面交还。二马盘旋，双枪并举，大战在关下。黄天祥这根枪如风狂雨骤，势不可当。丘引招架不住，掩一枪，勒回马往关前就走。黄天祥不知好歹，随后赶来。只见丘引顶上长一道白光，光中分开，里面现出碗大一颗红珠，在空中滴溜溜只是转。丘引大叫：“黄天祥，你看吾此宝！”黄天祥不知所以，抬头看时，不觉神魂飘荡，一会儿不知南北西东，昏昏惨惨，被步下军卒生擒下马，绳缚二臂。及至醒时，已被捉住。丘引大喜，掌鼓进关，斩其首级并风干其尸。

陈奇又来搦战。郑伦出而言曰：“末将愿往。”黄飞虎曰：“你督粮亦是要紧的事，原非先行破敌之役，恐姜丞相见罪。”郑伦曰：“俱是朝廷功绩，何害于理？”黄飞虎只得应允。郑伦上了金睛兽，提降魔杵，领本部三千乌鸦兵出营来。见陈奇也是金睛兽，提荡魔杵，也有一队人马，俱穿黄号色，也拿着挠钩套索。郑伦心下疑惑，乃至军前大呼曰：“来者何人？”陈奇曰：“吾乃督粮上将军陈奇是也。你乃何人？”郑伦曰：“吾乃三运总督官郑伦是也。”郑伦问曰：“闻你有异术，今日特来会你。”郑伦催开金睛兽，摇手中降魔杵，劈头就打，陈奇手中荡魔杵赴面交还。

二兽交加，一场大战，未分胜负。

话说丘引在关内，修表进朝歌，遣将来此协同守关，共阻周兵。不觉是一更时分，土行孙先进关里来，暗暗在囹圄中打点放黄天禄、太鸾。二更时分，哪吒登起风火轮飞进关来，在城楼上祭起砖，把守门军将打散，随撞开拴锁。周兵呐一声喊，杀进城中来，金鼓大作，天翻地覆，城中大乱，百姓只顾逃生。土行孙在囹圄中听得呐喊，随放了黄天禄、太鸾，杀出本府来。丘引还不曾睡，急忙上马拎枪出府，只见灯光影里，火把丛中，见金甲红袍，乃武成王黄飞虎。哪吒登风火轮使枪杀来。邓秀、赵升、孙焰红把丘引裹在当中。郑伦杀进城来，正遇陈奇，二将夜兵大战。黄天禄从后面杀出府来。土行孙倒拖镔铁棍，往丘引马下打来。上三路哪吒的枪，中三路黄明、周纪的斧，下三路土行孙的棍，丘引不及提防，被土行孙一棍正打着他马七寸，那马打了个前失，把丘引跌下马来。黄飞虎看见，忙捻枪刺来，丘引已借土遁去了。正是：生死有定，不该绝于此关。且言众将裹住陈奇，被哪吒祭起乾坤圈打中，陈奇伤了臂膊，往左一闪，被黄飞虎一枪刺中胁下，死于非命。杀到天明，黄飞虎收兵查点，只走了丘引。飞虎升厅，出榜安民，查明户口册籍，留将守青龙关。

话说汜水关韩荣见子牙按兵不动，分兵取佳梦、青龙二关，速速差人打探。回报："二关已失。"韩荣对众将曰："今西周已得此二关，军威正盛，我等正当中路，必须协力共守，毋得专恃力战也。"众将各有不忿之色，愿决一死战。正议间，报："姜元帅遣官下战书。"韩荣命："令来。"辛甲至殿前将书呈上。

韩荣观看毕，即将原书批回："来日会战。"辛甲领书回营，见子牙曰："奉令下书，原书批回，明日会兵。"子牙整顿士卒，一夜无辞。次日，子牙行营炮响，大队摆开出辕门，在关下搦战。有报马报入关来："今有姜元帅关下请战。"韩荣忙整点人马，放炮呐喊出关，左右大小将官分开，韩荣在马上见子牙号令森严，一对对英雄威武。

余化至周营讨战。子牙问："谁去出马？"哪吒应声而出："弟子愿往。"哪吒道罢，登轮提枪，出得营来，一见余化，哪吒认得他，大叫曰："余化慢来！"余化见了仇人，把脸红了半边，也不答话，催开金睛兽，摇戟直取哪吒，哪吒的枪赴面交还。轮兽相交，戟枪双举，来往冲杀有二三十合。哪吒的枪乃太乙真人传授，有许多机变，余化不是哪吒对手。余化把一口刀，名曰“化血神刀”祭起，如一道电光，中了刀痕时刻即死。

余化将化血刀祭起，那刀来得甚快，哪吒躲不及，中了一刀。大抵哪吒乃莲花化身，浑身俱是莲花瓣儿，纵伤了他，不比凡夫血肉之躯登时即死，该有凶中得吉。哪吒着刀伤了，大叫一声，败回营中，走进辕门，跌下风火轮来。哪吒着了刀伤，只是颤不能做声。旗门官报与子牙，子牙令扛抬至中军。子牙叫：“哪吒！”哪吒不答话，子牙心下郁郁不乐，不知哪吒性命如何，且听下回分解。

第七十五回　土行孙盗骑陷身

杨戬借土遁往蓬莱岛而来，从余元处盗取丹药救了哪吒。杨戬往关下搦战。探事官报入帅府："周营中有将讨战。"韩荣忙令余化出战。余化上了金睛兽，拎戟出关。杨戬大呼曰："余化，前日你用化血刀伤我，幸吾炼有丹药，若无丹药，几中汝之奸计也。"余化暗思："此丹乃一炉所出，焉能周营中也有此丹？若此处有这丹，此刀无用。"催开金睛兽，大战杨戬。二马相交，刀戟并举，二将酣战三十余合。正杀之间，雷震子得了此丹，即时全好了，心中大怒，竟飞出周营，大喝曰："好余化！将恶刀伤吾。若非丹药，几至不保。不要走，吃我一棍，以泄此恨！"拎起黄金棍劈头刷来。余化将手中戟架棍。杨戬三尖刀来得又勇，余化被雷震子一棍打来，将身一闪，那棍正中金睛兽，把余化掀翻下地，被杨戬复一刀结果了性命，掌鼓回营见子牙报功。不表。

且说韩荣闻余化阵亡，正议间，余元乘了金睛五云驼，至关内下骑。韩荣闻说大喜，置酒管待。次日，余元上了五云驼，出关至周营，坐名要子牙答话。只见余元催开五云驼，仗宝剑直取子牙，子牙手中剑赴面交还。左有李靖，右有韦护，各举兵器，前来助战。余元着伤，把五云驼顶上一拍，只见那金眼驼四足起金光而去。子牙见余元着伤而走，收兵回营。不表。

且说土行孙催粮来至，见子牙会兵，他暗暗地瞧见余元的五云驼四足起金光而去，土行孙窃喜，前去盗五云驼，谁曾想却被余元擒住。余元放火烧土行孙，命在须臾。见余元正烧乾坤袋，惧留孙使一阵旋窝风，往下一坐，伸下手来，连如意乾坤袋提将去了，将土行孙救出火焰之中。

余元搦战大呼曰："姜子牙，我与你今日定见雌雄！"催开五云驼，恶狠狠飞来直取，姜子牙手中剑赴面交还。只一合，惧留孙祭起捆仙绳，命黄巾力士："将余元拿下！"只听得一声响，又将余元平空拿去了。

余元不提防暗中下手。子牙见拿了余元，其心方安，进营，将余元放在帐前。子牙与惧留孙共议："若杀余元，不过五行之术，想他俱是会中人，如何杀得他？倘若走了，如之奈何？"正所谓"生死有定，大数难逃"。余元正应"封神榜"上有名之人，如何逃得。子牙在中军正无法可施，无筹可展，忽然报："陆压道人来至。"子牙同惧留孙出营相接。至中军，余元一见陆压，只唬得仙魂缥缈，面似淡金，余元悔之不及。余元曰："陆道兄，你既来，还求你慈悲我，可怜我千年道行，苦尽功夫。从今知过必改，再不敢干犯西兵。"陆压曰："你逆天行事，天理难容，况你是'封神榜'上之人，我不过代天行罚。"

陆压曰："取香案。"陆压香焚炉中，望昆仑山下拜，花篮中取出一个葫芦，放在案上，揭开葫芦盖，里边一道白光如线，起在空中，现出七寸五分横在白光顶上，有眼有翅。陆压口里道："宝贝请转身！"那东西在白光之上连转三四转，可怜余元斗大一颗首级落将下来。

话说陆压用飞刀斩了余元，他一灵已进封神台去了。子牙欲要号令，陆压曰："不可。余元原有仙体，若是暴露，则非礼矣！用土掩埋。"陆压与惧留孙辞别归山。

且说韩荣打听余元已死，在银安殿与众将共议曰："如今余道长已亡，再无可敌周将者。况兵临城下，左右关隘俱失与周家。子牙麾下俱是道德术能之士，终不得取胜。欲要归降，不忍负成汤之爵位；如不归降，料此关难守，终被周人所擄。为今之计，奈何，奈何！"旁有偏将徐忠曰："主将既不忍有负成汤，决无献关之理。吾等不如将印绶挂在殿庭，文册留与府库，望朝歌拜谢皇恩，弃官而去，不失尽人臣之道。"韩荣听说，俱从其言，随传令众军士："将府内资重之物，打点上车。"欲隐迹山林，埋名丘壑。此时众将官各自去打点起行。韩荣又命家将搬运金珠宝玩，扛抬细软衣帛。纷纭喧哗，忽然惊动韩荣二子——在后园中设造奇兵，欲拒子牙。弟兄二人听得家中纷纷然哄乱，走出庭来，只见家将扛抬箱笼，问其缘故，家将把弃关的话说了一遍。二人听罢："你们且住了，我自有道理。"二人齐来见父亲。不知凶吉如何，且听下回分解。

第七十六回　郑伦捉将取汜水

说话韩荣坐在后厅，吩咐将士乱纷纷地搬运物件，早惊动长子韩升、次子韩变。二人见父亲如此举动，忙问左右曰："这是何说？"左右将韩荣前事说了一遍。韩升到书房中取出一物，乃是纸做的风车儿：当中有一转盘，一只手执定中间一竿，周围推转，如飞转盘；上有四首幡，幡上有符有印，又有"地、水、火、风"四字，名为"万刃车"。韩荣看罢，问曰："此是孩儿家玩耍之物，有何用处？"韩升曰："父亲不知其中妙用。父亲如不信，且下教场中，把这纸车儿试验试验与老爷看。"韩荣见二子之言甚是凿凿有理，随命下教场来。韩升兄弟二人上马，各披发仗剑，口中念念有词，只见云雾陡生，阴风飒飒，火焰冲天，半空中有百万刀刃飞来，把韩荣唬得魂不附体。韩升收了此车。韩荣大喜，随令韩升收了此宝，仍问曰："我儿还可用人马，你此车约有多少？"韩升曰："此车有三千辆，哪怕姜尚雄师六十万耶！一阵管教他片甲不存！"韩荣忙点三千精锐之兵与韩升兄弟二人，在教场操演三千万刃车。

且说韩荣父子将至初更，暗暗出关，将三千掌万刃车雄兵杀至辕门。周营中虽有鹿角，其如这万刃车，有风火助威，刃如骤雨。炮声响亮，齐冲至辕门，谁敢抵挡。真是势如破竹。怎见得，正是：四下里火炮乱响，万刃车刀剑如梭。三军踊跃纵征鼍，马踩人身径过。风起处遮天迷地，火来时烟飞焰裹。军呐喊，天翻地覆；将用法，虎下崖坡。着刀军连声叫苦，伤枪将铠甲难驮。打着的焦头烂额，绝了命身卧沙窝。姜子牙有法难使，金木二吒也自难摹。李靖难使金塔，雷震子止保皇哥。南宫适抱头而走，武成王不顾兵戈。四贤八俊俱无用，马死人亡遍地拖。正是：遍地草梢含碧血，满田低陷叠行尸。

且说韩升、韩变兄弟二人，夜劫子牙行营，喊声连天冲进辕门。子牙在中军忽听得劫营，急自上骑，左右门人俱来中军护卫。只见黑云密布，风火交加，刀刃齐下，如山崩地裂之势，灯烛难支。三千火车兵冲进辕门，如潮奔浪滚，如何抵挡。况且黑夜，彼此不能相顾，只杀得血流成渠，尸骸遍野，哪分别人自己。武王上了逍遥马，毛公遂、周公旦保驾前行。韩荣在阵后擂鼓，催动三军，只杀得周兵七零八落，君不能顾臣，父不能顾子。只见韩升、韩变趁势赶子牙，幸得子牙执着杏黄旗，遮护了前面一段，军士将领一拥奔走。韩升、韩变二人催着万刃车往前紧赶，把子牙赶得上天无路。直杀到天明，韩升、韩变大叫曰："今日不捉姜尚，誓不回兵！"往前越赶，吩咐三千兵卒曰："不入虎穴，安得虎子！"子牙见韩升赶至无休，看看至金鸡岭了，只见前面两杆大红旗展，子牙见是催粮官郑伦来至，其心少安。

且说郑伦坐骑出山口，正迎子牙，忙问曰："元帅为何失利？"子牙曰："后有追兵，用的是万刃车，又有风火助威，势不可挡。此是左道异术，你仔细且避其锐。"郑伦把坐下金睛兽一磕，往前迎来。只见韩升弟兄在前紧赶，三千兵随后，少离半射之地。郑伦与韩升、韩变撞个满怀。郑伦大喝曰："好匹夫！怎敢追我元帅？"韩升曰："你来也替不得他！"把枪摇动来刺，郑伦手中杵赴面交还。郑伦知他万刃车厉害，只见后面一片风火兵刃拥来，郑伦知其所以，只一合，忙运动鼻子内两道白光，一声响，对着韩升兄弟二人哼了一声，韩升、韩变兄弟二人坐不住鞍鞒，翻下马来，被乌鸦兵生擒活捉，上了绳索。兄弟两个方睁开眼时，见已被擒捉，"呀"的一声叹曰："天亡我也！"后面三千兵架车前进，见主将被擒，其法已解，风火兵刃，化为乌有。众兵撤回身，就跑奔回来，正遇韩荣任意赶杀周兵，看见三千兵奔回，风火兵刃全无，不见二子回来，忙问曰："二位小将军安在？"众兵曰："二位将军赶姜子牙至一山边，只见有一将出来，与二位将军交战，未及一合，不知怎么跌下马来，被他捉去。我等在后，不一时，风火兵刃全无，止有此车而已，只得败回，幸遇老将军，望乞定夺。"韩荣听得二子被擒，心中惶惶，不敢恋战，只得收兵进关。不表。

且说救下子牙后，升帐坐下，众将参谒毕，子牙传令："摆五方队伍，吾亲自取关。”众将官切齿深恨韩升、韩变。子牙至关下叫曰：“请韩总兵答话！”韩荣在城楼上现身，大叫曰：“姜子牙，你是败军之将，焉敢又来至此？”子牙大笑曰：“吾虽误中你的奸计，此关我毕竟要取你的。你知那得胜将军今已被我擒下。”命两边左右：“押过韩升、韩变来！”左右将二将押过来，在马头前。韩荣见二子蓬头跣足，绳缚二臂，押在军前，不觉心痛，忙大叫曰：“姜元帅，二子无知，冒犯虎威，罪在不赦，望元帅大开恻隐，怜而赦之，吾愿献汜水关以报之耳。”韩升大呼曰：“父亲不可献关！你乃纣王之股肱，食君之重禄，岂可惜子之命而失臣节也！只宜紧守关隘，俟天子救兵到日，协力同心，共擒姜尚匹夫，那时碎尸万段，为子报仇，未为晚也。我二人万死无恨！”子牙听得大怒，令左右：“斩之！”只见南宫适奉令，手起刀落，连斩二将于关下。韩荣见子受诛，心如刀割，大叫一声，往城下自坠而死。可怜父子三人，捐躯尽节，千古罕及。

话说韩荣坠城而死，城中百姓开关，迎接子牙人马进汜水关。父老焚香迎接武王进帅府，众将官欢喜，查点府库钱粮停妥，出榜安民。武王命厚葬韩荣父子。子牙传令，置酒款待有功人员，在关上住了三四日。

且说姜元帅在汜水关计点军将，收拾取界牌关，忽然想起师尊偈来：“‘界牌关下遇诛仙’，此事不知有何吉凶？且不可妄动。”又思：“若不进兵，恐误了日期。”正在殿上忧虑，忽报：“黄龙真人来至。”子牙迎接至中堂，打稽首，分宾主坐下。黄龙真人曰：“前边就是诛仙阵，非可草率前进。子牙可吩咐门人，搭起芦篷席殿，迎接各处真人异士，伺候掌教师尊，方可前进。”子牙听毕，忙令南宫适、武吉起盖芦篷去了。

只见次日南宫适来回报曰：“禀元帅，芦篷俱已完备。”黄龙真人曰：“如今只是洞府门人去得，以下将官一概都去不得。”子牙传下令来：“诸位官将保武王紧守关隘，不得擅离！我同黄龙真人与诸门弟子前去芦篷，伺候掌教师尊与列位仙长，会诛仙阵。如有妄动者，定按军法。”众将领命去讫。子牙进后殿来见武王，曰：“臣先去取关，大王且同众将住于此处。俟取了界牌关，差官来接圣驾。”武王曰：“相父前途保重。”子牙感谢毕，复至前殿，与黄龙真人同众门弟子离了汜水关，行有四十里来至芦篷。

只见悬花结彩，叠锦铺毹。黄龙真人同子牙上了芦篷坐下。少时间，只见广成子来至，赤精子随至。次日，惧留孙、文殊广法天尊、普贤真人、慈航道人、玉鼎真人来至，随后有云中子、太乙真人、清虚道德真君、道行天尊、灵宝大法师俱陆续来至。子牙一一上下迎接，俱至芦篷坐下。少时，又是陆压道人来至，稽首坐下。陆压曰："如今诛仙阵一会，只有万仙阵再会一次，吾等劫运已满，自此归山，再图精进，以正道果。"众道人曰："师兄之言正是如此。"众皆默坐，专候掌教师尊。不一时，只听得空中有环佩之声，众仙知是燃灯道人来了，众道人起身，降阶迎上篷来，行礼坐下。燃灯道人曰："诛仙阵只在前面，诸友可曾见吗？"众道人曰："前面不见甚么光景。"燃灯曰："那一派红气罩住的便是。"众道友俱起身定睛观看。不表。

且说多宝道人已知阐教门人来了，用手发一声掌心雷，把红气展开，现出阵来。芦篷上众仙正看，只见红气闪开，阵图已现，好厉害：杀气腾腾，阴云惨惨，怪雾盘旋，冷风习习，或隐或现，或升或降，上下反复不定。内中有黄龙真人曰："吾等今犯杀戒，该惹红尘，既遇此阵，也当得一会。"燃灯曰："自古圣人云，只观善地千千次，莫看人间杀伐临。"

内中有十二代弟子到有八九位要去。燃灯道人阻不住，齐起身下了芦篷，诸门人也随着来看此阵。行至阵前，果然是惊心骇目，怪气凌人。众仙俱不肯就回，只管贪看。不知后事如何，且听下回分解。

第七十七回　老子一气化三清

话说众门人来看诛仙阵，只见正东上挂一口诛仙剑，正南上挂一口戮仙剑，正西上挂一口陷仙剑，正北上挂一口绝仙剑，前后有门有户，杀气森森，阴风飒飒。

话说多宝道人在阵内作歌，燃灯曰："众道友，你们听听作的歌声，岂是善良之辈！我等且各自回芦篷，等掌教师尊来，自有处治。"话犹未了方欲回身，只见阵内多宝道人仗剑一跃而出，大呼曰："广成子不要走，吾来也！"广成子大怒曰："多宝道人，如今不是在你碧游宫，倚你人多，再三欺我；况你掌教师尊吩咐过，你等全不遵依，又摆此诛仙阵。我等既犯了杀戒，毕竟你等俱入劫数之内，故造此孽障耳。正所谓'阎罗注定三更死，怎肯留人到五更'！"广成子仗剑来取多宝道人，道人手中剑赴面交还。

话说广成子祭起番天印，多宝道人躲不及，一印正中后心，扑的打了一跌，多宝道人逃回阵中去了。燃灯曰："且各自回去，再作商议。"众仙俱上芦篷坐下。只听得半空中仙乐齐鸣，异香缥缈，从空而降。众仙下篷来，迎掌教师尊。只见元始天尊坐九龙沉香辇，馥馥香烟，氤氲遍地。

话说燃灯众人明香引道，接上芦篷。元始坐下，诸弟子拜毕，元始曰："今日诛仙阵上，才分别得彼此。"元始上坐，弟子侍立两边。至子时正，元始顶上现出庆云，垂珠璎珞，金花万朵，络绎不断，远近照耀。多宝道人正在阵中打点，看见庆云升起，知是元始降临，自思："此阵必须我师尊来至，方可有为；不然，如何抵得过他？"次日，果见碧游宫通天教主来了。半空中仙音响亮，异香袭袭，随侍有大小众仙，来的是截教门中师尊。

话说多宝道人见半空中仙乐响亮，知是他师尊来至，忙出阵拜迎进了阵，上了八卦台坐下，众门人侍立台下，有上四代弟子，乃多宝道人、金灵圣母、无当圣母、龟灵圣母，又有金光仙、乌云仙、毗芦仙、灵牙仙、虬首仙、金箍仙、长耳定光仙相从在此。通天教主乃是掌截教之鼻祖，修成五气朝元，三花聚顶，也是万劫不坏之身。至子时，五气冲空，燃灯已知截教师尊来至。

通天教主曰："广成子，你曾骂我的教下不论是非，不分好歹，纵羽毛禽兽亦不择而教，一体同观。想吾师一教传三友，吾与羽毛禽兽相并，道兄难道与我不是一本相传？"元始曰："贤弟，你也莫怪广成子。其实，你门下胡为乱做，不知顺逆，一味恃强，人言兽行。况贤弟也不择是何根行，一意收留，致有彼此搬斗是非，令生灵涂炭，你心忍乎？"通天教主曰："据道兄所说，只是你的门人有理，连骂我也是该的？不念一门手足罢了。我已是摆了此阵，道兄就破吾此阵，便见高下。"元始曰："你要我破此阵，这也不难，待吾自来见你此阵。"通天教主兜回奎牛，进了戮仙门，众门人随着进去，且看元始进来破此阵。

话说元始在九龙沉香辇上，扶住飞来椅徐徐行至正东震地，乃诛仙门。门上挂一口宝剑，名曰诛仙剑。元始把辇一拍，命四揭谛神摄起辇来，四脚生有四枝金莲花，花瓣上生光，光上又生花，一时有万朵金莲，照在空中。元始坐在当中，径进诛仙阵门来。通天教主发一声掌心雷，震动那一口宝剑一晃，好生厉害！虽是元始，顶上还飘飘落下一朵莲花来。元始进了诛仙门，里边又是一层，名为诛仙关。元始从正南上往里走，至正西，又在正北坎地上看了一遍。

话说元始依旧还出东门而去，众门人迎接，上了芦篷。燃灯请问曰："老师，此阵中有何光景？"元始曰："看不得。"南极仙翁曰："老师既入阵中，今日如何不破了他的，让姜师弟好东行？"元始曰："古云：'先师次长。'虽然吾掌此教，况有师长在前，岂可独自专擅？候大师兄来，自有道理。"说话未了，只听得半空中一派仙乐之声，异香缥缈，板角青牛上坐一圣人，有玄都大法师牵住此牛，飘飘落下来。元始天尊率领众门人前来迎接。

话说元始见太上老君驾临，同众门人下篷迎接，二人携手上篷坐下，

众门人下拜，侍立两旁。老子曰：“通天贤弟摆此诛仙阵，反阻周兵，使姜尚不得东行，此是何意？吾因此来问他，看他有甚么言语对我。”元始曰：“今日贫道自专，先进他阵中走了一遭，未曾与他较量。”老子曰：“你就破了他的罢了。他肯相从就罢；他若不肯相从，便将他拿上紫霄宫去见老师，看他如何讲。”二位教主坐在篷上，俱有庆云彩气上通于天，把界牌关照耀通红。

至次日天明，通天教主传下法旨，令众门人排班出去说：“大师兄也来了，看他今日如何讲！”多宝道人同众门人击动了金钟玉磬，径出诛仙阵来，请老子答话，哪吒报上篷来。少时，芦篷里香烟霭霭、瑞彩翩翩，你看老子骑着青牛而来。

话说老子至阵前，通天教主打稽首曰：“道兄请了。”老子曰：“贤弟，我与你三人共立‘封神榜’，乃是体上天应运劫数。你如何反阻周兵，使姜尚有违天命？”通天教主曰：“道兄，你休要执一偏向。广成子三进碧游宫面辱吾教，恶语詈骂，犯上不守规矩。昨日二兄坚意只向自己门徒，反灭我等手足，是何道理？今兄长不责自己弟子，反来怪我，此是何意？如若要我释怨，可将广成子送至我碧游宫等我发落，我便甘休；若是半字不肯，任凭长兄施为，各存二教本领，以决雌雄！”老子曰：“似你这等说话，反是不偏向的？你偏听门人背后之言，彻动无明之火，摆此恶阵，残害生灵，莫说广成子未必有此言语，便有，也罪不致此。你就动此念头，悔却初心，有逆天道，不守清规，有犯嗔痴之戒。你趁早听我之言，速速将此阵解释，回守碧游宫，改过前愆。尚可容你还掌截教；若不听吾言，拿你去紫霄宫，见了师尊，将你贬入轮回，永不能再至碧游宫，那时悔之晚矣！”通天教主听罢，须弥山红了半边，修行眼双睛烟起，大怒，叫曰：“李聃！我和你一体同人，总掌二教，你如何这等欺灭我，偏心护短，一意遮饰，将我抢白，难道我不如你！吾已摆下此阵，断不与你甘休！你敢来破我此阵？”老子笑曰：“有何难哉？你不可后悔！”

老子复又曰：“既然要我破阵，我先让你进此阵，运用停当，我再进来，毋令得你手慌脚乱。”通天道人大怒曰：“任你进吾阵来，吾自有擒你之处！”道罢，通天道人随兜奎牛进陷仙门去，在陷仙阙下，等候老子。

老子将青牛一拍，往西方兑地来，至陷仙门下，将青牛催动，只见四足祥光白雾，紫气红云，腾腾而起。老子又将太极图抖开，化一座金桥，昂然入陷仙门来。

且说通天教主见老子昂然直入，却把手中雷放出，一声响亮，震动了陷仙门上的宝剑。这宝剑一动，任你人仙首落。老子大笑曰："通天贤弟，少得无礼，看吾扁拐！"劈面打来。通天教主见老子进阵，如入无人之境，不觉满面通红，遍身火发，将手中剑火速忙迎。正在战间，老子笑曰："你不明至道，何以管立教宗？"又一扁拐照脸打来。通天教主大怒曰："你有何道术，敢逆诛我的门徒？此恨怎消！"将剑挡拐，二圣人战在诛仙阵内，不分上下，敌斗数番。

话说二位圣人战在陷仙门里，人人各自施威。方至半个时辰，只见陷仙门里八卦台下，有许多截教门人，一个个睁睛竖目，那阵内四面八方雷鸣风吼，电光闪烁，雾气昏迷。

话说老子在陷仙门大战，自己顶上现出玲珑宝塔在空中，哪怕他雷鸣风吼。老子自思："他只知仗他道术，不知守己修身，我也显一显玄都紫府手段与他的门人看看！"把青牛一拎，跳出圈子来，把鱼尾冠一推，只见顶上三道气出，化为三清，老子复与通天教主来战。只听得正东上南西北四个方向各传来一声声，来了四位道人，四位道人围住了通天教主，或上或下，或左或右，通天教主止有招架之功。且说截教门人见三位来的道人身上霞光万道，瑞彩千条，光辉灿烂映目射眼，内有长耳定光仙暗思："好一个阐教，来得毕竟正气！"深自羡慕。不知后事如何，且听下回分解。

第七十八回　三教会破诛仙阵

多宝道人见师父受了亏，在八卦台大呼：“师伯！我来了！”好多宝道人！仗剑飞来直取。老子笑曰：“米粒之珠，也放光华！”把扁拐架剑，随取风火蒲团祭起空中，命黄巾力士：“将此道人拿去放在桃园，俟吾发落！”黄巾力士将风火蒲团把多宝道人卷将去了。

且说老子用风火蒲团把多宝道人拿往玄都去了，老子竟不恋战，出了陷仙门来至芦篷，众门人与元始迎接坐下。

话说老子与元始迎接接引、准提上了芦篷，打稽首坐下。老子曰：“今日敢烦，就是三教会盟共完劫运，非吾等故作此孽障耳。”接引道人曰：“贫道来此会有缘之客，也是欲了冥数。”元始曰：“今日四友俱全，当早破此阵，何故在此红尘中扰攘也！”老子曰：“你且吩咐众弟子明日破阵。”元始命玉鼎真人、道行天尊、广成子、赤精子：“你四人伸手过来。”元始各书了一道符印在手心里，“明日你等见阵内雷响，有火光冲起，齐把他四口剑摘去，我自有妙用。”四人领命，站过去了。又命燃灯：“你站在空中，若通天教主往上走，你可把定海珠往下打，他自然着伤。一来也知我阐教道法无边。”元始吩咐毕，各自安息。不言。

只等次日黎明，众门人排班，击动金钟玉磬。四位教主齐至诛仙阵前，传令命左右：“报与通天教主，我等来破阵也。”左右飞报进阵。只见通天教主领众门人齐出戮仙门来，迎着四位教主。通天教主对接引、准提道人曰：“你二位乃是西方教下清净之乡，至此地意欲何为？”准提道人曰：“俺弟兄二人虽是西方教主，特往此处来遇有缘。”

通天教主曰：“你有你西方，我有我东土，如水火不同居，你为何也来惹此烦恼？”

准提道人曰：“通天道友，不必夸能斗舌。道如渊海，岂在口言。只今我四位至此，劝化你好好收了此阵，何如？”通天教主曰:“既是四位至此，毕竟也见个高下。”通天教主说罢，竟进阵去了。元始对西方教主曰：“道兄，如今我四人各进一方，以便一齐攻战。”接引道人曰：“吾进离宫。”老子曰：“吾进兑宫。”准提曰：“吾进坎地。”元始曰：“吾进震方。”四位教主各分方位而进。

且说四位教主齐进四阙之中，通天教主仗剑来取接引道人。接引道人手无寸铁，只有一拂尘架来，拂尘上有五色莲花，朵朵托剑。老子举扁拐纷纷地打来。元始将三宝玉如意架剑乱打。只见准提道人把身子摇动，大呼曰：“道友快来！”半空中又来了孔雀明王。准提现出法身，有二十四首十八只手，执定了璎珞、伞盖、花贯、鱼肠、金弓、银戟、加持神杵、宝锉、金瓶，把通天教主裹在当中。老子扁拐夹后心就一扁拐，打得通天教主三昧真火冒出。元始祭三宝玉如意来打通天教主。通天教主方才招架玉如意，不防被准提一加持杵打中，通天教主翻鞍滚下奎牛，教主就借土遁而起。不知燃灯在空中等候，才待上时，被燃灯一定海珠又打下来。阵内雷声且急，外面四仙家各有符印在身，奔入阵中，广成子摘去诛仙剑，赤精子摘去戮仙剑，玉鼎真人摘去陷仙剑，道行天尊摘去绝仙剑。四剑既摘去，其阵已破。通天道人独自逃归，众门人各散去了。

话说四位教主上了芦篷坐下，元始称谢西方教主曰：“为我等门人犯戒，动劳道兄扶持，得完此劫数，尚容称谢！”老子曰：“通天教主逆天行事，自然有败而无胜。你我顺天行事，天道福善祸淫，毫无差错，如灯取影耳。今此阵破了，你等劫数将完，各有好处。姜尚，你去取关，吾等且回山去。”众门人俱别过姜子牙，随四位教主各回山去了。子牙送别师尊，自回汜水关来会武王，众将官来见。元帅至帅府参见武王，王曰：“相父远破恶阵，谅有众仙，孤不敢差人来问候。”子牙谢恩毕，对曰：“荷蒙圣恩，仰仗天威，三教圣人亲至，共破了诛仙阵。前至界牌关了，请大王明日前行。”武王传旨置酒贺功，不表。

第七十九回　穿云关四将被擒

子牙升帐，问曰："谁取穿云关去走一遭？"降将徐盖应声曰："启元帅：穿云关主将乃是末将之弟，不用张弓搭箭，末将说舍弟归周，以为进身之资。"子牙大喜曰："将军若肯如此，真为不世之奇功，岂止进身而已！"徐盖上马至关下，大呼曰："左右，开关！"守关军卒不敢擅自开关，忙报入帅府："启主帅，有大老爷在关下叫关。"徐芳大喜："快令开关，请来！"把关军士去了。徐芳吩咐左右："埋伏刀斧手，两旁伺候。"不一时，左右开关。徐盖不知亲弟有心拿他，徐盖进关。来至府前下马，径至殿前。徐芳也不动身，问曰："来者何人？"徐盖大笑曰："贤弟为何见我至此，而犹然若不知也？"徐芳大喝一声，命："左右，拿了！"两边跑出刀斧手，将徐盖拿下绑了。徐芳曰："辱没祖宗匹夫！你降反贼，也不顾家眷遭殃。今日你自来至此，正是祖宗有灵，不令徐门受屠戮也！"徐盖大骂曰："你这不知天时的匹夫！天下尽已归周，纣王亡在旦夕，何况你这弹丸之地，敢抗拒吊民伐罪之师！你要做忠臣，你比苏护、黄飞虎何如？洪锦、邓九公何如？我今被你所擒，死固无足惜；但不知何人擒你，以泄吾忿也！"徐芳传令："把这逆命的匹夫且监候，俟拿了周武、姜尚，一齐解往朝歌正罪！"左右将徐盖监了。次日，龙安吉上马出关，前来搦战。哨马报入中军，子牙问："谁人出马？"只见武成王黄飞虎上帐曰："末将愿往。"子牙许之。黄飞虎上了五色神牛，提枪出营。

龙安吉大呼曰："来者何人？"飞虎曰："吾乃武成王是也。"龙安吉曰："你就是黄飞虎？反叛成汤，酿祸之根，今日正要擒你！"催开马摇手中斧来取，黄飞虎手中枪急架忙迎。二将相交，枪斧并举，大战五十余合。二将真是"棋逢敌手，将遇作家"。龙安吉见黄飞虎的枪法毫无渗漏，心下暗思："莫与他卖弄精神。"把枪一挑，锦囊中取出一物，往空中一丢，只听得有叮当之声，龙安吉曰：“黄飞虎，看吾宝贝来也！”黄飞虎不知何物，抬头一看，早已跌下鞍鞒。关内人马呐一声喊，将黄飞虎生擒活捉，绳缠索绑，拿进穿云关去了。报马报入中军：“黄飞虎被擒。”子牙大惊曰：“是怎么样拿了去的？”掠阵官回曰：“正战之间，只见龙安吉丢起一圈在空中，有叮当之声，黄将军便跌下坐骑，因此被擒。”子牙听说不悦：“此又是左道之术！”

且说龙安吉将黄飞虎拿进穿云关来见徐芳，黄飞虎站立言曰：“吾被邪术拿来，愿以一死报国恩也。”徐芳骂曰：“真是匹夫！舍故主而投反叛，今反说‘欲报国恩’，何其颠倒耶！且监在监中。”徐盖见黄飞虎来至，忙慰曰：“不才恶弟，不识天时，恃倚邪术，不意将军亦遭此罗网之厄！”黄飞虎点头无语，惟有咨嗟而已。

话说徐芳置酒，与龙安吉贺功，次日又至周营搦战。子牙问：“谁敢出马？”只见洪锦出马，来至阵前看见是龙安吉，龙安吉曾在洪锦帐下为偏将，洪锦曰：“龙安吉，你今见故主，为何不下马纳降，尚敢支吾耶？”龙安吉笑曰：“反将洪锦，何得多言！我正欲拿你等，解进朝歌以正国法，尔何不知进退，尚敢巧言也？”发马就杀，刀斧并举。龙安吉祭起一圈起在空中。不知此圈两个，左右翻覆，如太极一般，扣就阴阳连环双锁，此圈名曰“四肢酥”。此宝有叮当之声，耳听眼见，浑身四肢，骨解筋酥，手足齐软。当时洪锦听见空中响，抬头一看，便坐不住鞍鞒，跌下马来，又被龙安吉拿了进关。洪锦自思：“此贼昔在吾帐下，我就不知他有这件东西，误陷匹夫之手！”左右将洪锦推至殿前来见徐芳。徐芳大喜曰：“洪锦，你奉命征讨，如何反降逆贼？今日将何面目又见商君也！”洪锦曰：“天意如此，何必多言！吾虽被擒，其志不屈，有死而已！”徐芳传令：“且送下监去。”黄飞虎见洪锦也至监中，各各嗟叹而已。子牙又听得探马报进营来，言洪锦被擒，子牙心下十分不乐。次日，报：“龙安吉又来搦战。”子牙问：“谁去见阵？”只见南宫适出马，与龙安吉战有数合，被龙安吉仍用四肢酥拿进关来见徐芳。徐芳吩咐：“也送下监中。”只见报马报与子牙，子牙大惊。旁有正印先行哪吒言曰：“这龙安吉是何等妖术，连擒数将；待末将见阵，便知端的。”不知龙安吉性命如何，且听下回分解。

第八十回　杨任下山破瘟司

话说哪吒上了风火轮，前来关下搦阵，大呼曰："左右的！传与你主将，叫龙安吉出来见我！"徐芳闻报，命龙安吉出阵。龙安吉领命，出得关来见哪吒在风火轮上，心下暗想："此人乃是道术之士，不如先祭此宝，易于成功。"龙安吉至军前问曰："来者可是哪吒吗？"道罢，哪吒未及答应，就是一枪，哪吒的枪赴面相迎。轮马交还，只一合，龙安吉就祭四肢酥丢在空中，大叫："哪吒！看吾宝贝！"哪吒抬头看时，只见阴阳扣就如太极环一般，有叮当之声。龙安吉不知哪吒是莲花化身，原无魂魄，焉能落下轮来。倏然此圈落在地下，哪吒见圈落下，不知其故。龙安吉大惊。

话说哪吒又现出三头八臂，祭起乾坤圈，大呼曰："你的圈不如我的，也还你一圈！"龙安吉躲不及，正中顶门，打下马来。哪吒复加上一枪，结果了性命。哪吒枭了首级，进营来见子牙："取了龙安吉首级。"子牙大喜。

且说报马报知徐芳，徐芳大惊，只见左右无将，朝廷又不点官来协守，止得方义真一人而已："如之奈何？"忙修本遣官，赍赴朝歌。不表。

忽见左右来报："府前有一道人要见老爷。"徐芳忙传令："请来。"少时，见一道人，三只眼，面如蓝靛，赤发獠牙，径进府来。徐芳降阶迎接，请上殿，与道人打稽首，徐芳尊道人上坐。徐芳问曰："老师是哪座名山？何处洞府？"道人曰："贫道乃九龙岛炼气士，姓吕名岳。吾与姜尚有不世之仇，今特来至此，借将军之兵以复昔日之仇。"徐芳大喜："成汤洪福天齐，又有高人来助！"置酒相待。一宿晚景不题。

吕岳同陈庚布下瘟瘟阵。子牙至阵前曰："吕岳，你今设此毒阵，与你定决雌雄。只怕你祸至难逃，悔之晚矣！"吕岳忙催开金眼驼，仗剑飞来直取，子牙手中剑急架忙迎。二人战未及数合，吕岳掩一剑径入阵去了。

子牙催开四不像，随后赶进阵来。吕岳上了八卦台，将一把瘟癀伞往下一盖，昏昏黑黑，如红纱黑雾罩将下来，势不可挡。子牙一手执定杏黄旗架住此伞。

话说吕岳将子牙困于阵中，复出阵前大呼曰：“姜尚已绝于吾阵，叫姬发早早受死！”武王在辕门闻吕岳之言，慌问云中子曰：“老师，相父若果绝于阵中，真痛杀孤家也！”云中子曰：“不妨，此是吕岳谬言。子牙该有百日之灾。”只见后边哪吒、杨戬、金木二吒、李靖、韦护、雷震子一齐大呼：“拿这妖道碎尸万段，以泄我等之恨！”吕岳、陈庚二人向前迎敌，大战在一处，只杀得阴风飒飒，冷雾迷空。

话说众人把吕岳、陈庚困在垓心，哪吒现了三首八臂，把乾坤圈祭起，正中陈庚肩窝上。杨戬祭哮天犬，把吕岳头上咬了一口。二人径败进瘟癀阵去了。

话说吕岳进关来，徐芳接住曰：“老师，今将姜尚困于阵内，不知他何日得死？周兵何日得剿？”吕岳曰：“吾自有法取之。”徐芳曰：“如今且把擒获周将解往朝歌请罪，吾另外再作一本称赞老师功德，并请益兵防守。”吕岳曰：“不必言及吾等。你乃纣臣，理当如此。我是道门，又不受他爵禄，言之无用。只是不可把反臣留在关内，提防不测，这到是紧要事；并请兵协定，再作理会。”徐芳领命，忙忙把四将点名上了囚车，差方义真押解往朝歌请罪。

话说方义真押解四将往潼关来，算只有八十里，不一日就到，且按下不表。

话说青峰山紫阳洞清虚道德真君闲暇无事，往桃园中来，见杨任在旁，真君曰：“今日正该你去穿云关以解子牙瘟癀阵之厄，并释四将之衍。”杨任曰：“老师，弟子乃是文臣出身，非是兵戈之客。”真君笑曰：“这有何难，学之自然得会，不学虽会也疏。”真君随入后洞，取出一根枪名曰“飞电枪”，在桃园里传与杨任。

话说杨任乃是封神榜上之神，自然聪慧，一见真君传授，须臾即会。真君曰：“我把云霞兽与你骑。还有一把五火神焰扇，你带了下山。若进阵中，须是……如此如此，自然破他瘟癀阵，何愁吕岳不灭耳！还有黄飞虎四将，有难在中途，你先可救他在关内，以为接应。破阵后里外夹攻，定然成功。”杨任拜辞师父下山，上了云霞兽，把顶上角拍了一把，那骑四蹄自然生起云彩，往空中飞来。

且说杨任霎时已至潼关，离城有三十里远，只见方义真解着犯官前进，旗幡上大书“解岐周反将黄飞虎、南宫适”等名字。杨任落下兽来，把扇子一扇，方义真连人带马化一阵狂风去了。众军士见了，呐一声喊，抱头弃兵，奔走回关。

且说黄飞虎等见杨任这等相貌，知是异人，忙在陷车中问曰：“来者是哪一位尊神？”杨任认得是黄飞虎——俱是一殿之臣，忙下了云霞兽，口称：“黄将军，我非别人，不才便是上大夫杨任。因纣王失政起造鹿台，我等直谏，昏君将吾剜去二目。多亏道德真君救吾上山，将两粒仙丹纳放目中，故此生出手中之眼耳。今特着我下山，来破瘟癀阵，先救将军等，故效此微劳耳。”随放了四将。四将谢过了杨任，只是咬牙深恨。杨任曰：“四位将军且不必出关，且借住民家。待吾破了瘟癀阵，那时率众取关，公等可作内应，只听炮声为号，不可有误。”黄飞虎等感谢杨任，自投关内民家去了。

次日清晨，周营炮响大队齐出，一干周将与众门人并武王、云中子齐至辕门，看杨任破瘟癀阵。杨任至阵前大呼曰：“吕岳何不早来见我？”只见阵内吕道人现了三首六臂，手拎宝剑而出，见杨任相貌异常，心下也自惊骇，忙问曰：“你是何人？通个名来！”杨任曰：“吾乃道德真君门下杨任是也，今奉师命下山，特来破你瘟癀阵。”吕岳笑曰：“你不过一小童耳，敢出大言！”仗剑来取，杨任飞电枪急架相迎。二兽相交，枪剑并举，战未三合，吕岳掩一剑望阵中而走，杨任大呼：“吾来也！”杨任进阵，不知吉凶如何，且听下回分解。

第八十一回　子牙潼关遇痘神

话说吕岳去进阵去，杨任赶进阵来。吕岳上了八卦台，将瘟癀伞撑起来，往下一罩。杨任把五火扇一扇，那伞化作灰烬，飘扬而去，又连扇了数扇，只见那二十把伞尽成飞灰。当有瘟部神祇李平进阵来，指望劝解吕岳不要与周兵作难，也是天数该然，恰逢其会，当被杨任一扇子扇成灰烬，陈庚大怒，骂曰："何处来的妖人，敢伤吾弟！"举兵刃飞取杨任。杨任把扇子连扇数扇，莫说是陈庚一人，连地都扇红了。吕岳在八卦台上见势头凶险，捏着避火诀指望逃走，不知杨任此扇乃五火真性，攒簇而成，岂是五行之火可以趋避。吕岳见火势愈炽，不能镇压，撤身往后便走，被杨任赶上前，连扇数扇，把八卦台与吕岳俱成灰烬。三魂俱赴封神台去了。

话说杨任破了瘟癀阵，只见子牙在四不像上伏定，手执着杏黄旗，左右金花发现，拥护其身。诸门人看见，齐来搀住。子牙也不言语，面如淡金。只见四不像一跃而起。武王在辕门见武吉背负子牙而来，武王垂泪言曰："相父不过为国为民，受过苦中之苦！"随将子牙背至中军，放在卧榻之上。云中子用丹药灌入于子牙口中，送下丹田。少时，子牙睁目，见众将官立于左右，乃言曰："有劳列位苦心。"武王大喜曰："相父且自安心，仔细调理。"

且说徐芳又见破了瘟癀阵，左右来报："方义真已死，四将不知所往。"心下十分着忙。只见门外杀声振地，锣鼓齐鸣，喊声不止，如天崩地塌之状。徐芳急上关来守御，只见周兵大势人马，四面架起云梯火炮，攻打甚急。有雷震子大怒，飞在空中，一棍刷在城敌楼上，把敌楼打塌了半边。徐芳禁持不住，急下城来。雷震子已站于城上。哪吒登起风火轮，也上城来。守城军士见雷震子这等凶恶，一齐走了。哪吒下城，斩落了锁

钥，周兵一拥而入。徐芳见周营大势人马进关，只得纵马摇枪，前来抵挡，被周营大小众将把徐芳围困在当中，彼此混战。

且说黄飞虎、南宫适、洪锦、徐盖听得关内喊杀，知是周兵成功，四将步行，赶至关前，见周兵已将徐芳围住，黄飞虎大叫曰："徐芳休走，吾来也！"徐芳正在着忙之际，又见黄飞虎等四人冲杀前来，不觉吃了一惊，措手不及，被黄飞虎一剑砍来，徐芳望后一闪，那剑竟砍落马首，把徐芳撞下鞍鞒，被士卒生擒活捉，拿缚关下。众将收了军卒，迎姜元帅进关升厅坐下，出榜安民毕。有黄飞虎、南宫适等来见子牙。子牙曰："将军等身受陷阱之苦，幸皇天庇祐，转祸为福，此皆将军等为国忠心，感动天地耳！"众将在穿云关安置已定，子牙吩咐："把徐芳推来。"左右将徐芳拥至阶前，徐芳立而不跪。子牙骂曰："徐芳，你擒兄已绝手足之情，为臣有失边疆之责，你有何颜尚敢抗礼？此乃人中之禽兽也！速推出斩首！"众军士把徐芳推出斩首，号令在穿云关。武王设宴与众将饮酒，犒赏三军。翌日，子牙传令起兵。行有八十里兵至潼关，安营炮响立下寨栅。子牙升帐，众将官参谒毕，商议取关。且言潼关主将余化龙有子五人，乃是余达、余兆、余光、余先、余德，忽听关外炮响，探事报知："周兵抵关下寨。"

余德与四兄曰："你们今夜沐浴静身，我用一术，使周兵七日内，叫他片甲无存。"四人依其言，各自沐浴更衣。至一更时分，余德取出五个帕来，按青、黄、赤、白、黑颜色，铺在地下。余德又取出五个小斗儿来，一人拿着一个，"叫你抓着洒，你就洒。叫你把此斗往下泼，你就泼。不用张弓射箭，七日内死他干干净净。"兄弟五人，俱站在此帕上。余德步罡斗法，用先天一气，忙将符印祭起。好风！

话说余德祭起五方云来至周营，站立空中，将此五斗毒痘四面八方泼洒，至四更方回。不表。

且说周营众人俱肉体凡胎，如何经得起，三军人人发热，众将个个不宁。子牙在中军也自发热，武王在后殿自觉身疼，六十万人马俱是如此。三日后，一概门人、众将，浑身上下俱长出颗粒，莫能动履，营中烟火断绝。止得哪吒乃莲花化身，不逢此厄。杨戬知道余德是左道之人，故此夜间不在营中，各自运度，因此上不曾浸染。只见过了五六日，子牙浑身上俱是黑的。此痘形按五方：青、黄、赤、白、黑。哪吒与杨戬曰："今番又是那年吕岳之故事。"杨戬曰："吕岳伐西岐，还有城郭可依。如今不过行营寨栅，如何抵挡？倘潼关余家父子冲杀出来，如何济事！"二人心下甚是焦闷。

且说余化龙父子六人在潼关城上来看，周营烟火全无，空立旗幡寨栅，余达曰："乘周营诸将有难，吾等领兵下关，一齐杀出，只此一阵成功，却不为美！"余德曰："长兄，不必劳师动众，他自然尽绝，也使旁人知我等妙法无边：不动声色，令周兵六十万余人自然灭绝。"父子五人齐曰："妙哉！妙哉！"

话说杨戬见子牙病势危急，心下着慌，与哪吒共议曰："师叔如此狼狈，呼吸俱难，如之奈何？"话犹未了，只见半空中黄龙真人跨鹤而来，杨戬、哪吒迎接黄龙真人至中军坐下。真人曰："杨戬，你师父可曾来？"杨戬答曰："不曾来。"真人曰："他原说先来，如今该会万仙阵了。"话未绝时，又听得玉鼎真人自空中来至。杨戬迎迓，拜罢。玉鼎真人起身，入内营来看子牙，见子牙如此模样，随命杨戬："你再往火云洞走一遭。"杨戬领命，借着土遁往火云洞而来，如风云一样。看看来至山脚下，好山，真无限的景致，有奇花馥馥，异草依依。

话说杨戬看罢景致，不敢擅入。少时，见一水火童子出来，杨戬上前稽首曰："敢烦师兄借传一语，杨戬求见。"童子认得杨戬，忙回礼曰："师兄少待。"童子回言毕，进洞府来，"启老爷：外面有杨戬求见。"伏羲圣人曰："着他进来。"童子复至外面："杨戬进见。"杨戬至蒲团前，倒身下拜："弟子杨戬愿老爷圣寿无疆！"拜罢，将书呈上。

伏羲谓神农曰："今武王有事于天下，乃是应运之君，数当有此厄难，吾等理宜助一臂之力。"神农曰："皇兄之言是也。"遂取三粒丹药付与杨戬。杨戬得了丹药，跪而启曰："此丹将何用度？"伏羲曰："此丹一粒可救武王，一粒可救子牙，一粒用水化开，只在军前四处洒过，此毒气自然消灭。"杨戬又问曰："不知此疾何名？"伏羲曰："此疾名为痘疹，乃是传染之病。若少救迟，俱是死症。"杨戬又启曰："倘此疾后日传染人间，将何药能治？乞赐指示。"神农曰："你随我出洞

至紫云崖来。”杨戬随了神农来至崖前，寻了一遍，神农拔一草递与杨戬:“你往人间传与后世，此药能救痘疹之患也。”杨戬又跪恳曰:“此草何名？”神农曰：“你听我道来：此草有诗为证，诗曰：

紫梗黄根八瓣花，痘疮发表是升麻。
常桑曾说玄中妙，传与人间莫浪夸。”

话说杨戬求了丹药，又传下升麻，以济后人，离了火云洞，径至周营，来见玉鼎真人，备言：“求得丹药，并升麻之草，可救痘疹之厄。”黄龙真人忙将丹药化开，先救武王。玉鼎真人来治子牙。杨戬与哪吒用水化开此丹，用杨枝洒起四处来。霎时间，痘疹之毒一时全消。

周营内被杨戬、哪吒在四面洒遍。只三山五岳门人，与凡夫不同，俱是腹内有三昧真火的，又会五行之术，不觉俱先好了。人人切齿个个咬牙。次日，子牙见众门人脸上俱有疤痕，子牙大怒，与众人共议取潼关泄恨。众人齐厉声大叫曰：“今日不取潼关，势不回军！”不知余化龙父子性命如何，且听下回分解。

第八十二回　三教大会万仙阵

话说余化龙与余达等俱听了余德言语，不以周兵为意，逐日饮酒，只等周营兵将自己病死。那一日不觉就是第八日，余化龙对诸子言曰：“今日已是八日，不见探事官来报，我们可上城一看。”五子齐曰：“上城看看才是。”那时离了帅府，上得城来，只见周营比起初三四日光景不同：起先营中毫无烟火，今日周营中反觉腾腾杀气，烈烈威风，人人勇敢，个个精神，旌旗严整，金鼓分明，重重戈戟，叠叠枪刀。余化龙忙问余德曰：“这几日周营中已有复旧光景，此事如何？”余达从旁埋怨曰：“兄弟你不从吾言，致有今日，岂有人是自家会死得尽的？”余德默然不言，暗思：“吾师传我此术，响应随时，岂有不准之理！其中必有原故。”乃对父兄言曰：“事已至此，迟疑无益。此必有人在暗中解了。谅他一时身弱，也不能争战，不若乘其不备，一战可以成功，迟则有变。”余化龙听说，只得领五子杀出关来，径奔周营，欺周将身弱，余德穿道服，仗剑在前，如风驰雨骤而来，喊声大振。姜子牙与众门人诸将正要出营，恰逢其时，杨戬曰：“此匹夫恃强欺敌，是自取死也。”子牙坐四不像，哪吒引道，众门人左右拥护，一齐杀出营来，大呼曰：“余化龙！今日是汝父子死期至矣！”金、木二吒气冲牛斗，杨任腹内生烟，雷震子声如霹雳，韦护咬碎钢牙，李靖欲平吞他父子，龙须虎足踏水云，奋勇争先。余家父子迎上前来，周营中众门人裹住了余家父子。未及数合，哪吒现了三首八臂，登起风火轮，先在潼关城上。军士见哪吒三首八臂，一声喊，散了个干净。余化龙父子见哪吒上关，身子被众人裹住，不得跳出圈子，因此上出了神，被雷震子一棍，正中余光顶上，翻下马来。余达大呼曰：“匹夫！伤吾之弟，势不两立！”来战雷震子，又被韦护祭起降魔杵把余达打死，倒在尘埃。杨任将扇子一扇，余先、余兆二人化作飞灰而散。余德见弟兄已死四人，心中大怒，直奔子牙杀来。子牙身体方才好，谅战不过，急祭打神鞭于空中，正中余德打翻在地，早被李靖一戟刺死。雷震子见哪吒上城，也飞进城来。余化龙见五子阵亡，潼关已归西土，在马上大呼曰："纣王！臣不能尽忠扶帝业，为主报深仇，臣今拼一死而报君恩也！"余化龙仗剑自刎而亡。

话说余化龙自杀，子牙驱人马进关，出榜安民，清查库藏。子牙怜余化龙父子一门忠烈，命左右收尸厚葬。凡军士未得平复的，俱放在潼关调理。子牙方分剖已定，只见黄龙真人、玉鼎真人与子牙议曰："前面就是万仙阵了，可请武王也暂歇在此关。我等领人马往前面，要路上先命人造起芦篷席殿，迎迓三教师尊。我等只此一举，以完劫数，了此红尘之杀运也。"子牙不觉大喜，忙命杨戬、李靖去造芦篷。二人领令去讫。周营众将自从遭痘疹之厄，人人身弱，个个狼狈，俱在关上将息。又过了数日，只见李靖回令："芦篷俱已完备。"黄龙真人曰："芦篷既完，只是众门人去得。余者俱离四十里远，扎下团营，俟破阵后，方许起程。"众将得令，就此驻扎。不表。

且说子牙同二位真人与诸门人弟子，前至芦篷上，但见悬花结彩，香气氤氲，迎接玉虚门下之客，今日万仙阵总会一面，满其红尘杀戒，再去返本还元。不一时，这三山五岳众道人齐齐拍手大笑而来：广成子、赤精子、文殊广法天尊、普贤真人、慈航道人、清虚道德真君、太乙真人、灵宝大法师、道行天尊、惧留孙、云中子、燃灯道人。众道人见子牙稽首，曰："今日之会，正完其一千五百年之劫数。"

子牙迎接上篷坐下，先论破阵原故。燃灯曰："只等师长来，自有道理。"众皆默然端坐。

且说金灵圣母在万仙阵中，见燃灯道人顶上现了三花，冲上空中，已知玉虚门下众道者来了。随发一个雷声，振开万仙阵，一块烟雾撒开，现出万仙阵来。芦篷上众仙一见，睁目细看数番，见截教中高高下下，攒攒簇簇，俱是五岳三山四海之中云游道客，奇奇怪怪之人。燃灯点头对众道人叹曰："今日方知截教有这许多人品。吾教不过屈指可数之人！"

众仙看罢方欲回篷，只听万仙阵中一声钟响，来了一位道人大呼曰：

"玉虚门下，既来偷看吾阵，敢与我见个高低？"燃灯曰："你们只贪看恶阵，致多生此一段是非。"黄龙真人上前曰："马遂，你休要这等自恃。如今吾不与你论高低，且等掌教圣人来至，自有破阵之时。你何必倚仗强横，行凶灭教也。"马遂跃步仗剑来取，黄龙真人手中剑急忙来迎。只一合，马遂祭起金箍把黄龙真人的头箍住了。真人头疼不可忍，众仙急救真人，大家回芦篷上来。真人急忙除金箍，除又除不掉，只箍得三昧真火从眼中冒出。大家闹在一处。不表。

且说元始天尊来会万仙阵，先着南极仙翁持玉符先行。南极仙翁跨鹤而来，云光缥缈。马遂抬头，见是南极仙翁，急架云光，至半空中来，阻住去路。仙翁笑曰："马遂，你休要猖獗，掌教师尊来了。"马遂正欲争持，只见后面仙乐一派，遍地异香，马遂知不可争持，按落云头，回归本阵。南极仙翁先至芦篷，率众仙迎鸾接驾，上篷坐下。众门人拜毕，侍立两旁。元始曰："黄龙真人有金箍之厄。"忙叫："过来。"黄龙真人走至面前，元始用手一指，金箍随脱。真人谢毕，元始曰："今日你等俱该圆满此厄，各回洞府，守性修心，斩却三尸，再不惹红尘之难。"众门人曰："愿老师圣寿无疆！"正静坐间，忽听得空中有一阵异香仙乐，飘飘而来。元始已知老子来至，随同众门人迎候。老子下了板角青牛，携手上篷。众门人礼拜毕，老子拍掌曰："周家不过八百年基业，贫道也到红尘中来三番四转，可见运数难逃，何怕神仙佛祖。"元始曰："尘世劫运，便是物外神仙都不能免，况我等门人。又是身犯之者，我等不过来了此一番劫数耳。"二位师尊言过，端然默坐。至二更时分，只见各圣贤顶上现有璎珞庆云，祥光缭绕，满空中有无限瑞霭，直冲霄汉。且不言二位掌教师尊与众门人默坐芦篷。不表。

且说金灵圣母在万仙阵内见瑞霭祥云，知二位师伯已至，自思曰："今日掌教师伯已来，吾师也要早至方可。"及至天明，只听的半空中仙乐盈空，佩环之声不绝，群仙随通天教主离了碧游宫，亲至万仙阵来。金灵圣母得知，率领众仙，迎接教主，进了阵门，上了八卦台坐下。万仙叩谒毕，金灵圣母曰："二位师伯俱已至此。"通天教主曰："罢了！如今是月缺难圆，既摆此万仙阵，必定与他见个雌雄，以定一尊之位。今日是万仙统会，以完劫数。”随命长耳定光仙：“你且去芦篷上，见你二位师伯，下这一封书。”定光仙领命，径至芦篷下，见杨戬等俱在左右站立。哪吒问曰：“来者何人？”长耳定光仙曰：“吾是奉命下书来见师伯的，借你通报。”哪吒上前启知，老子曰：“命来。”哪吒下篷说知。定光仙上得篷来，见左右立着十二代门人，定光仙拜伏于地，将书呈上。老子看书毕，谓定光仙曰：“吾知道了。明日来破万仙阵也。”定光仙下篷至万仙阵，回复通天教主。

且说次日，二位教主领众门徒来看万仙阵，下得篷来，至阵前一见，好万仙阵！

话说老子同元始来看万仙阵，老子一见万仙阵，与元始曰：“他教下就有这些门人！据我看来，总是不分品类，一概滥收，那论根基深浅，岂是了道成仙之辈。此一回玉石自分，浅深互见。遭劫者，可不枉用功夫，可胜叹息！”话犹未了，只见通天教主从阵中坐奎牛而出，穿大红白鹤绛绡衣，手执宝剑而来。话说通天教主见二位教主，对面打稽首，曰：“二位道兄请了！”

老子曰：“贤弟可谓无赖之极！不思悔过，何能掌截教之主？前日诛仙阵上已见雌雄，只当潜踪隐迹，自己修过，以忏往愆，方是掌教之主；岂得怙恶不改，又率领群仙布此恶阵。你只待玉石俱焚，生灵戕灭殆尽，你方才罢手，这是何苦定作此孽障耶？”通天教主怒曰：“你等谬掌阐教，自恃己长，纵容门人肆行猖獗，杀戮不道，反在此巧言惑众。我是哪一件不如你？你敢欺我！今日你再请西方准提道人将加持杵打我就是了。不知他打我即是打你一般。此恨如何可解！”元始笑曰：“你也不必口讲，只你既摆此阵，就把你胸中学识舒展一二，我与你共决雌雄。”通天教主曰：“我如今与你仇恨难解，除是你我俱不掌教，方才干休！”

第八十三回　三大师收狮象犼

虬首仙提剑而出："谁人敢进吾阵中来，共决雌雄？"准提道人曰："文殊广法天尊，借你去会此位有缘之客。"虬首仙仗手中剑砍来，文殊广法天尊手中剑急架相还。未及数合，虬首仙便往阵中而去，此阵乃是其所布太极阵，文殊广法天尊纵步赶来。虬首仙进阵，便祭起符印，只见阵中如铁壁铜墙一般，兵刃如山。文殊广法天尊将盘古幡展动，镇住了太极阵，广法天尊现出一法身来。

虬首仙见广法天尊现出一位化身，甚是奇异，只见香风缥缈，璎珞缠身，莲花托足。虬首仙无法可治，正欲回避，文殊忙将捆妖绳祭起，命黄巾力士："拿去芦篷下，听候发落。"广法天尊收了法像，徐徐出阵，上篷来见元始，曰："弟子已破太极阵矣。"元始命南极仙翁："去芦篷下，将虬首仙打出原身。"仙翁领命至篷下，见虬首仙缚住一团。南极仙翁对虬首仙口中念念有词，道声："疾！还不速现原形，更待何时！"只见虬首仙把头摇了两摇，就地一滚，乃是一只青毛狮子，剪尾摇头，甚是雄伟。南极仙翁回复元始天尊命令，元始吩咐："就命广法天尊坐骑，仍于项下挂一牌，上书虬首仙名讳。"

次日，老子与元始亲临阵前，问："通天教主何在？"左右报与通天教主，径出阵前。老子命文殊骑了青狮至前面，老子指与通天教主看，曰："你的门下，长有此等之物，你还要自逞道德清高，真是可笑！"就把个通天教主羞红满面，大怒曰："你再敢破吾两仪阵吗？"老子尚未及回言，只见两仪阵内灵牙仙大呼而出曰："谁敢来破吾两仪阵吗？"

灵牙仙径出阵来，问："谁敢来见吾此阵？"元始命普贤真人曰："你去破此阵走一遭。"遂将太极符印付与普贤真人。真人至阵前曰："灵牙仙，你苦行成形，为何不守本分，又来多此一番事也。只怕你咫尺间现了原形，那时悔之晚矣！”灵牙仙大怒，仗二剑飞来直取，普贤真人仗手中剑火速忙迎。未及数合，灵牙仙便往两仪阵中而去，普贤真人赶入阵内。灵牙仙祭动两仪妙用，逞截教玄功，发动雷声，来困普贤真人。只见普贤真人泥丸宫现出化身，甚是凶恶。

话说普贤真人现出法身，镇住灵牙仙，仍用长虹索，命黄巾力士：“将灵牙仙拿去芦篷下，听候指挥。”普贤真人破了两仪阵，径至芦篷上参见老子。老子命南极仙翁：“速现灵牙仙原身。”南极仙翁领令，将三宝玉如意把灵牙仙连击数下。灵牙仙就地一滚，现出原形，乃是一只白象。老子吩咐：“将白象颈上也挂一牌，上书灵牙仙名讳，与普贤真人为坐骑。”复至阵前。

通天教主见青狮在左，白象在右，不觉大怒，正欲上前，只见四象阵中金光仙大呼曰：“阐教门人不要逞强，吾来也！”

元始见金光仙出得四象阵来，勇猛莫敌，忙吩咐慈航道人曰：“你将如意执定，进四象阵去，直须如此如此，就变化无穷，何愁此阵不破也；此是你有缘之骑。”

金光仙跃身而出，仗手中剑飞来直取，慈航道人手中剑急架忙迎。未及三合，金光仙便入四象阵去了，慈航赶入阵中。金光仙将四象阵符印发开，内有无穷法宝，来治慈航道人。

话说慈航道人见四象阵中变化无穷，忙将头上一拍，有一朵庆云笼罩，盖住顶上，只听得一声雷响，现出一位化身。金光仙看见阐教内门人这等化身，自叹曰：“真好一个玉虚门下，果然气宇不同！”欲待逃回，早已被慈航道人祭起三宝玉如意，命黄巾力士：“把此物拿去篷下，听候发落。”少时，力士平空把金光仙拿至芦篷下。南极仙翁在篷下等候，忽见空中丢下金光仙来，南极仙翁见金光仙跌下篷来，遵老子命令，将金光仙颈上连拍几下：“这孽障还不速现原形，更待何时！”金光仙情知不能逃脱，就地一滚，现出原形，乃是一只金毛犼。仙翁至芦篷，回复法旨，元始吩咐：“也与他颈上挂一牌，书金光仙名讳，就与慈航为坐骑。”仙翁一一如命施为。慈航骑了，复出阵前。——此乃是三大师收伏狮、象、犼，后兴释门，成于佛教，为文殊、普贤、观音，是三位大士。此是后话，表过不题。

第八十四回　子牙兵取临潼关

话说通天教主率领众仙至阵前，老子曰："今日与你决定雌雄，万仙遭难，正应你反覆不定之罪。"通天教主怒曰："你四人看我今番怎生作用！"遂催开奎牛，执剑砍来。老子笑曰："料你今日作用也只如此！只你难免此厄也！"催开青牛举起扁拐，急架忙迎。元始天尊对左右门人曰："今日你等俱满此戒，须当齐入阵中以会截教万仙，不得错过。"众门人听此言，不觉欢笑，呐一声喊，齐杀入万仙阵中。

文殊广法天尊骑狮子，普贤真人骑白象，慈航道人骑金毛犼：三位大士各现出化身，冲将进去。灵宝大法师仗剑而来，太乙真人持宝锉进阵，惧留孙、黄龙真人、云中子、燃灯道人齐往万仙阵来。后面又有姜子牙同哪吒等众门人亦大呼曰："吾等今日破万仙阵，以见真伪也！"话未了时，只见陆压道人从空飞来撞入万仙阵内，也来助战。看这场大战，正是万劫总归此地，神仙杀运方完。

话说老子与元始冲入万仙阵内，将通天教主裹住。金灵圣母被三大士围在当中，只见三大士面分蓝、红、白，或现三首六臂，或现八首六臂，或现三首八臂，浑身上下俱有金灯、白莲、宝珠、璎珞、华光护持，金灵圣母用玉如意招架三大士多时，不觉把顶上金冠落在尘埃，将头发散了，这圣母披发大战。正战之间，遇着燃灯道人祭起定海珠打来正中顶门。

燃灯将定海珠把金灵圣母打死。广成子祭起诛仙剑，赤精子祭起戮仙剑，道行天尊祭起陷仙剑，玉鼎真人祭起绝仙剑，数道黑气冲空，将万仙阵罩住，凡封神台上有名者，就如砍瓜切菜一般俱遭杀戮。子牙祭打神鞭，任意施为。万仙阵中又被杨任用五火扇扇起烈火，千丈黑烟迷空，可怜万仙遭难，其实难堪。哪吒现三首八臂，往来冲突。玉虚一干门下，如狮子摇头，

狻猊舞势，只杀得山崩地塌。通天教主见万仙受此屠戮，心中大怒，祭起紫电锤来打老子。老子笑曰：“此物怎能近我？”只见顶上现出玲珑宝塔，此锤焉能下来。通天教主正出神，不防元始天尊又一如意，打中通天教主肩窝，几乎落下奎牛。通天教主大怒，奋勇争战。只见二十八宿星官已杀得看看殆尽，丘引见势不好了，借土遁就走，被陆压看见，惟恐追不及，急纵至空中，将葫芦揭开放出一道白光，上有一物飞出，陆压打一躬，命：“宝贝转身。”可怜丘引头已落地。陆压收了宝贝，复至阵中助战。

且说接引道人在万仙阵内将乾坤袋打开，尽收那三千红气之客，有缘往极乐之乡者，俱收入此袋内。准提同孔雀明王在阵中现三十四头十八只手，执定璎珞、伞盖、花贯、鱼肠、金弓、银戟、白钺、幡幢、加持神杵、宝锉、银瓶等物来战通天教主。通天教主看见准提，顿起三昧真火，大骂曰：“好泼道！焉敢欺吾太甚，又来搅吾此阵也！”纵奎牛冲来，仗剑直取，准提将七宝妙树架开。

且说通天教主用剑砍来，准提将七宝妙树一刷，把通天教主手中剑打得粉碎。通天教主把奎牛一拎，跳出阵去了。准提道人收了法身，老子与元始也不赶他。

群仙共破了万仙阵，鸣动金钟，击响玉磬，俱回芦篷上来。老子与元始看见定光仙，问曰：“你是截教门人定光仙，为何躲在此处也？”定光仙拜伏在地曰：“师伯在上：弟子有罪，敢禀明师伯：吾师炼有六魂幡，欲害二位师伯并西方教主、武王、子牙，使弟子执定听用。弟子因见师伯道正理明，吾师未免偏听逆理，造此孽障，弟子不忍使用，故收匿藏身于此处。今师伯下问，弟子不得不以实告。”元始曰：“奇哉！你身居截教，心向正宗，自是有根器之人。”随命跟上芦篷。四位教主坐下，共论今日邪正方分。老子问定光仙曰：“你可取六魂幡来。”定光仙将幡呈上。西方教主曰：“此幡可摘去周武、姜尚名讳，将幡展开，以见我等根行如何。”准提随将六魂幡摘去“武王”“姜尚”名讳，命定光仙展布。定光仙依命，将幡连展数展。只见四位教主顶上各现奇珍：元始现庆云，老子现塔，西方二位教主现舍利子，保护其身。定光仙见了，弃幡倒身下拜，言曰：“似此吾师妄动嗔念，陷无万生灵也！”西方教主曰：“吾有一偈，你且听着，极乐之乡客，西方妙术神。莲花为父母，九品立吾身。池边分八德，常临七宝园。波罗花开后，遍地长金珍。谈讲三乘法，舍利腹中存。有缘生此地，久后幸沙门。”

西方教主曰：“定光仙与吾教有缘。”元始曰：“他今日至此，也是弃邪归正念头，理当皈依道兄。”定光仙遂拜了接引、准提二位教主。子牙在篷下与哪吒等曰：“今日万仙阵中许多道者遭殃无辜受戮，其实痛心。”门人之内，个个欢喜。不表。

且说通天教主被四位教主破了万仙阵，内中有成神者，有归西方教主者，有逃去者，有无辜受戮者。彼时无当圣母见阵势难支，先自去了，申公豹也走了；毗芦仙已归西方教主，后成为毗芦佛，此是千年后才见佛光。当日通天教主也被师父鸿钧道人带回修行。申公豹只因破了万仙阵，希图逃窜他山，岂知他恶贯满盈，跨虎而遁。只见白鹤童子看见申公豹在前面，似飞云掣电一般奔走，白鹤童子忙启元始天尊曰：“前面是申公豹逃窜。”元始曰：“他曾发一誓，命黄巾力士将我的三宝玉如意把他拿在麒麟崖伺候。”童子接了如意，递与力士。力士赶上前大呼曰：“申公豹不要走！奉天尊法旨拿你去麒麟崖听候！”祭起如意，平空把申公豹拿了往麒麟崖来。

且说元始天尊驾至崖前，落下九龙沉香辇，只见黄巾力士将申公豹拿来，放在天尊面前。元始曰：“你曾发下誓盟，去塞北海眼，今日你也无辞。”申公豹低首无语。元始命黄巾力士：“将我的蒲团卷起他来，拿去塞了北海眼！”力士领命，将申公豹塞在北海眼里。

话说黄巾力士将申公豹塞了北海眼，回元始法旨。不表。

且说子牙领众门徒回潼关来见武王，武王曰：“相父今日回来，兵士俱齐，可速进兵早会诸侯，孤之幸也。”子牙传令，起兵往临潼关来。只八十里，早已来至关下，安下行营。

且说临潼关守将欧阳淳闻报，与副将卞金龙、桂天禄、公孙铎共议曰：“今姜尚兵来，止得一关，焉能阻当周兵？”众将言曰：“主将明日与周兵见一阵，如胜则以胜而退周兵，如不胜，然后坚守，修表往朝歌去告急，俟援兵协守，此为上策。”欧阳淳曰：“将军之言是也。”

次日，子牙升帐，传下令去：“准去取临潼关走一遭？”旁有黄飞虎

曰："末将愿往。"子牙许之。飞虎领本部人马，一声炮响，至关下搦战。报马报入帅府："启主帅：有周将搦战。"欧阳淳曰："谁去走一遭？"只见先行官卞金龙领令，出关来见黄飞虎，大呼曰："来将何名？"飞虎曰："吾乃武成王黄飞虎是也。"卞金龙大骂："反贼不思报国，反助叛逆！吾乃临潼关先行卞金龙是也。"黄飞虎大怒，纵骑摇枪，飞来直取，卞金龙手中斧急架忙迎。牛马相交，枪斧并举，战未三十合，黄飞虎卖个破绽，吼一声，将卞金龙刺下马来，枭了首级，掌鼓回营，来见姜元帅。子牙大喜，上了黄将军功绩。不表。

且说报马报入帅府，欧阳淳大惊，只见卞金龙家将报入本府，卞金龙妻子胥氏听说，放声大哭，惊动后园长子卞吉。卞吉问左右："太太为何啼哭？"左右把家主阵亡事说了一遍。卞吉怒发冲冠，随换了披挂，来见母亲曰："母亲不须啼哭，俟儿为父亲报仇。"

话说当日卞吉将幡杆竖起，一马竟至周营辕门前搦战。哨马报入中军："启元帅，关内有将请战。"子牙问："谁人出马？"只见南宫适领命出营。见一员小将生得面貌凶恶，手持方天画戟，大呼曰："来者何人？"南宫适笑曰："似你这等黄口孺子，定然不认得，吾是西岐大将南宫适。"卞吉曰："且饶你一死，回去，只叫黄飞虎出来！他杀我父，吾与他有不共戴天之仇，我不拿你这将生替死之辈。"南宫适听罢大怒，纵马舞刀，直取卞吉，卞吉手中戟急架忙迎。二马相交，戟刀并举，二将大战，正是棋逢对手，将遇作家。卞吉与南宫适战有二三十合，卞吉拨马便走，南宫适随后赶来。卞吉先往幡下过去，南宫适不知详细，也往幡下来，只见马到幡前，早已连人带马跌倒，南宫适不省人事，被左右守幡军士将南宫适绳缠索绑，拿出幡来。南宫适方睁开二目，乃知堕入他左道之术。卞吉进关来见欧阳淳，把拿了南宫适的话说了一遍。欧阳淳命左右："推来。"至殿前，南宫适站立不跪。欧阳淳骂曰："反国逆贼！今已被擒，尚敢抗礼！"命："速斩首号令！"旁有公孙铎曰："主将在上：目今奸佞当道，言我等守关将士俱是架言征战，冒破钱粮，贿买功绩，凡有边报，一概不准，尚将赍本人役斩了。依末将愚见，不若将南宫适监候，俟捉获渠魁，解往朝歌，以塞奸佞之口，庶知边关非冒破之名。不知主将意下若何？"欧阳淳曰："将军之言正合吾意。”遂将南宫适送在监中。不表。

且说子牙闻报南宫适被擒，心中大惊，闷坐中军。次日，卞吉又来搦战，坐名要黄飞虎。飞虎带黄明、周纪出营来。见卞吉飞马过来，大呼曰：“来者何人？”黄飞虎曰：“吾乃武成王黄飞虎是也。”卞吉闻言大怒，骂曰：“反国逆贼，擅杀吾父，不共戴天之仇。今日拿你碎尸万段，以泄吾恨！”展戟来刺，黄飞虎急拨枪来迎。战有三十回合，卞吉诈败，竟往幡下去了，黄飞虎不知，也赶至幡下，亦如南宫适一样被擒。黄明大怒，摇斧赶来，欲救黄飞虎，不知至幡下，也跌翻在地，也被擒了。卞吉连擒二将，进关来报功。欲将黄飞虎斩首，以报父仇，欧阳淳曰：“小将军虽要报父之仇，理宜斩首，只他是起祸渠魁，正当献上朝廷正法，一则以泄尊翁之恨，一则以显小将军之功，恩怨两伸，岂不为美？且将他监候。”卞吉不得已，只得含泪而退。

话说周纪见黄明又失利，不敢向前，只得败进营来见子牙。子牙闻说黄飞虎被擒，大惊，问周纪曰：“他如何擒去？”周纪曰：“他于关外立有一幡，俱是人骨头穿成，高有数丈。他先自败走，竟从幡下过去。若是赶他的，只至幡下，便身连马倒了。黄明去救武成王，也被擒去。”子牙大惊：“此又是左道之术！待吾明日亲自临阵，便知端的。”次日，子牙与众将门人出营来，看见此幡悬于空中，有千条黑气，万道寒烟。哪吒等仔细定睛，看那白骨上俱有朱砂符印，对子牙曰：“师叔可曾见上面符印吗？”子牙曰：“吾已见了，此正是左道之术。你等今后交战，只不往他幡下过便了。”只见报马报入关内，欧阳淳也亲自出关，来会子牙。欧阳淳不往幡下过，往旁边走来。子牙看见欧阳淳转将出来，对门人曰：“你看主将也不从此处过。”众将皆点头会意。子牙迎上前来，问曰：“来将莫非守关主将吗？”欧阳淳曰：“然也。”子牙曰：“将军何不知天命耶？五关止此一城，尚欲抗拒天兵哉。”欧阳淳大怒：“匹夫敢出此言！”回顾卞吉曰：“与吾拿此叛贼！”卞吉催开马，摇手中戟飞奔过来。旁有雷震子大呼曰：“贼将慢来，有吾在此！”展开二翅，举棍打来。卞吉见雷震子凶悍，知是异人，未及数合，就往幡下败走。雷震子自忖：“此幡既是妖术，不若先打碎此幡，再杀卞吉未迟。”雷震子把二翅飞起，望幡上

一棍打来。不知此幡周围有一股妖气迷住，撞着他就自昏迷，雷震子一棍打来，竟被妖气冲着，便翻下地来，不省人事。两边守幡家将，把雷震子捆绑起来。这壁厢韦护大怒，急祭起降魔杵来打此幡。此杵虽能镇压邪魔外道之人，不知打不得此幡，只见那杵竟落幡下。

话说韦护见此杵竟落于幡下，不觉大惊。众门下俱彼此看住。只见卞吉复至军前，大呼曰："姜尚可早早下骑归降，免你一死！"哪吒听得大怒，登开风火轮，现出三首八臂，大喝曰："匹夫慢来！"摇火尖枪飞来直取。卞吉见哪吒如此形状，先自吃了一惊。未及数合，被哪吒一乾坤圈把卞吉几乎打下马来，回身败进关去了。子牙后有李靖催马摇戟来战，欧阳淳旁有桂天禄舞手中刀抵住了李靖，未及数合，被李靖一戟刺于马下。欧阳淳大怒，摇手中斧来战李靖。子牙命左右擂鼓助战，只见阵后冲出辛甲、辛免四贤，毛公遂、周公旦、召公奭无数周将，把欧阳淳围在当中，又有周纪、龙环、吴谦三将也来助战，把欧阳淳杀得只有招架之功，更无还兵之力。不知后事如何，且听下回分解。

第八十五回　邓芮二侯归周主

话说欧阳淳被一干周将围在垓心，只杀得盔甲歪斜，汗流浃背，自料抵挡不住，把马跳出圈子，败进关中去了，紧闭不出。子牙在辕门又见折了雷震子，心下十分不乐。

且说欧阳淳败进关来，忙升殿坐下，见卞吉打伤，吩咐他且往私宅调养，一面把雷震子且送下监中，修告急文书往朝歌求救。纣王命邓昆、芮吉二侯领兵前去助战。欧阳淳同众将出府来迎接。二侯忙下马，携手上银安殿。行礼毕，二侯上坐，欧阳淳下陪。邓昆问曰："前有将军告急本章进朝歌，天子看过，特命不才二人与将军协守此关。今姜尚猖獗，所在授首，军威已挫，似全不在战之罪也。今临潼关乃朝歌保障，与他关不同，必当重兵把守，方保无虞。连日将军与周兵交战，胜负如何？"欧阳淳曰："初次副将卞金龙失利，幸其子卞吉有一幡，名曰幽魂白骨幡，全仗此幡，以阻周兵，一次拿了南宫适，二次拿了黄飞虎、黄明，三次拿了雷震子。"邓昆曰："拿的可是反五关的黄飞虎？"欧阳淳曰："正是他了。"欧阳淳此回正是：

无心说出黄飞虎，咫尺临潼属子牙。

话说邓昆问："可是武成王黄飞虎？"欧阳淳曰："正是。"邓昆冷笑曰："他今日也被你拿了，此将军莫大之功也。"欧阳淳谦谢不已。邓昆暗记在心。原来黄飞虎是邓昆两姨夫（姨表亲），众将哪里知道。欧阳淳置酒管待二侯，众将饮罢各散。邓昆至私宅，默思："黄飞虎今已被擒，如何救他？我想天下八百诸侯，尽已归周，此关大势尽失，料此关焉能阻得他！不若归周，此为上策。但不知芮吉何如？且待明日会过一战，见机

而行。”

次日，二侯上殿，众将参谒。芮吉曰：“吾等奉旨前来，当以忠心报国。速传令把人马调出关会姜尚，早定雌雄，以免无辜涂炭。”欧阳淳曰：“将军之言甚善。”令卞吉等关中点炮呐喊，人马一齐出关。

邓、芮二侯出了关外，见了幽魂白骨幡高悬数丈，阻住正道。卞吉在马上曰：“启上二位将军：把人马从左路上走，不可往幡下去。此幡不同别样宝贝。”芮吉曰：“既去不得，便不可走。”军士俱从左路至子牙营前，对左右探马曰：“请武王、子牙答话。”哨马报入中军：“启元帅：关中大势人马排开，请武王、元帅答话。”子牙曰：“既请武王答话，必有深意。”命中军官速请武王临阵。子牙传令：“点炮呐喊。”宝纛旗磨动，辕门开处，鼓角齐鸣，周营中人马齐出。

说话邓、芮二侯在马上见子牙出兵，威风凛凛，杀气腾腾，别是一般光景；又见那三山五岳门人，一班儿齐齐整整；又见红罗伞下武王坐逍遥马，左右有四贤、八俊分于两旁。

卞吉纵马摇戟，冲杀过来。有赵升使双刀前来抵住。二人正接战间，芮吉持刀也冲将过来。这边孙焰红使斧抵住。只见武吉摧开马杀来助战。旁边恼了先行哪吒，登开风火轮，现三首八臂冲杀过来，势不可当。邓昆见哪吒三头八臂，相貌异常，只吓得神魂飞散，急忙先走，传令鸣金收兵，众将各架住兵器。

话说邓昆回兵进关，至殿前坐下，欧阳淳、卞吉等俱说姜尚用兵有法，将勇兵骁，门下又有许多三山五岳道术之士，难以取胜，俱各各咨嗟不已。欧阳淳只得置酒管待。至夜，各自归于卧所。

且说邓昆至更深，自思：“如今天时已归西周，纣王荒淫不道，谅亦不久；况黄飞虎又是两姨夫，被陷在此，使吾掣肘，如之奈何！且武王功德日盛，有龙凤之姿，天日之表，真是应运之主。子牙又善用兵，门下又是些道术之客，此关岂能为纣王久守哉。不若归周，需以顺天时。只恐芮吉不从，奈何！且俟明日以言挑他，看他意思何如，再为道理。”就思想了半夜。不说邓昆已有意归周，且表芮吉自与武王见阵进关，虽是吃酒，心上暗自沉吟：“人言武王有德，果然气宇不同。子牙善能用兵，果然门下俱是异士。

今三分天下，周有其二，眼见得此关如何守！不若献关归降，以免兵革之苦。只不知邓昆心上如何，且慢慢将言语探他，便知虚实。”两下里俱各有意。不题。

邓昆令心腹人密请芮侯饮酒。芮吉闻命，欣然而来。二侯执手至密室相叙，左右掌起烛来，二侯对面传杯。

芮吉曰：“据弟愚见，你我如今虽奉敕协同守关，不过强逆天心民意，是岂人民之所愿者也！今主上失德，四海分崩，诸侯叛乱，思得明主，天下事不卜可知。况周武仁德播布四海，姜尚贤能，辅相国务，又有三山五岳道术之士为之羽翼，是周日强盛，汤日衰弱，将来继商而有天下者，非周武而谁？前者会战，其规模气宇已自不同。但我等受国厚恩，惟以死报国尽其职耳。承长兄下问，故敢以实告，其他非我知也。”邓昆笑曰：“贤弟这一番议论，足见洪谋远识，非他人所可及者，但可惜生不逢时，遇不得其主耳。将来纣为周擄，吾与贤弟不过徒然一死而已。愚兄固当与草木同朽，只可惜贤弟不能效古人所谓‘良禽择木而栖，贤臣择主而仕’，以展贤弟之才。”言罢，咨嗟不已。芮吉笑曰：“据弟察兄之意，兄已有意归周，故以言探我耳。弟有此心久矣。果长兄有意归周，弟愿随鞭镫。”邓昆忙起身慰之曰：“非不才敢蓄此不臣之心，只以天命人心卜之，终非好消息，而徒死无益耳。既贤弟亦有此心，正所谓‘二人同心，其利断金’，只吾辈无门可入，奈何？”芮吉曰：“慢慢寻思，再乘机会。”

次日，邓昆检点士卒，炮声响处，人马出关，至周营前搦战。邓昆见幽魂白骨幡竖在当道，就在这幡上发挥，忙令卞吉：“将此幡去了。”卞吉大惊曰：“贤侯在上：此幡是无价之宝，阻周兵全在于此；若去了此幡，临潼关休矣！”芮吉曰：“吾乃是朝廷钦差官，反走小径，你为偏将，倒行中道，周兵观之，深为不雅。纵有常胜，亦不为武。理当去了此幡。”卞吉自思：“若是去了此幡，恐无以胜敌人；若不去，彼为主将，我岂可与之抗礼。今既为父亲报仇，岂惜此一符也。”卞吉马上欠身曰：“二位贤侯不必去幡，请回关中一议，自然往返无碍耳。”邓、芮二侯俱进了关，卞吉忙画了三道灵符，邓、芮二侯每人一道，放在幞头里面，欧阳淳一道放在盔里，复出关来，数骑往幡下过，就如寻常。二侯大喜。及至周营对军政官曰："报你主将出来答话。"探马报入中军，子牙即忙领众将出营。邓昆大呼曰："姜子牙，今日与你共决雌雄也！"拍马杀入中阵来。只见子牙背后有黄飞彪、黄飞豹二马冲出，接住邓、芮二侯厮杀。四骑相交，正在酣战之下，卞吉看不过，大呼曰："吾来助战，二侯勿惧！"武吉出马，接住大战。只见卞吉拨马往幡下就走，武吉不赶。子牙见只有邓、芮二侯相战，忙令鸣金，两边各自回军。子牙看见邓、芮四将往幡下径自去了，心中着实迟疑，进营坐下，沉吟自思："前日只是卞吉一人行走得，余则昏迷。今日如何他四人俱往幡下行得？"土行孙曰："元帅迟疑，莫不是为着那幡下他四人都走得吗？"子牙曰："正为此说。"土行孙曰："这有何难，候弟子今日往关内去走一遭，便知端的。"子牙大喜曰："当宜速行。"

当晚初更，土行孙进关，来至邓、芮二侯密室。二侯见土行孙来至，不胜大喜曰："正望公来！那幡名唤幽魂白骨幡，再无法可治。今日被我二人刁难他，他将一道符与我们顶在头上，往幡下过，就如平常，安然无事。足下可持此符献与姜元帅，速速进兵，吾自有献关之策也。"土行孙得符，辞了二侯往大营来，见子牙备言前事。子牙大喜，取符一看，子牙已识得符中妙诀，取朱砂书符，吩咐众将。不知卞吉吉凶如何，且听下回分解。

第八十六回　渑池县五岳归天

话说子牙将所用之符画完，吩咐军政官擂鼓，众将上帐参见。子牙曰：“你众将俱各领符一道，藏在盔内，或在发中亦可。明日会战，候他败走，众将先赶去，抢了他的白骨幡，然后攻他关隘。”众将听毕领了符命，无不欢喜。次日，子牙大队而出，遥指关上搦战。探马报知，邓、芮二侯命卞吉出马。卞吉上马出关，径往幡下来，大呼曰：“今日定拿你成功也！”纵马摇戟，直奔子牙。只见子牙左右一干大小将官冲杀过来，把卞吉围在垓心，锣鼓齐鸣，喊声四起，只杀得烟雾迷空。

话说卞吉被众将困在垓心，不能得出，忽然一戟刺中赵丙肩窝，赵丙闪开，卞吉乘空跳出阵来，径往幡下逃去。周营一干众将随后赶来。卞吉哪知暗里已漏消息，尚自妄想拿人。卞吉复兜回马，伺候家将拿人，只见数将赶过幡下，径杀奔前来。卞吉大惊曰：“此是天丧成汤社稷，如何此宝无灵也！”不敢复战，随败进关来，闭门不出。子牙也不赶他，命诸将将此幡收了。

且说卞吉进关来，见邓、芮二侯。不知二侯已自归周，就要寻事处治卞吉。忽报：“卞吉回见。”行至阶下，芮吉曰：“想今日卞将军擒有几个周将？”卞吉曰：“今日末将会战，周营有十数员大将围裹当中，末将刺中一将，乘空败走，引入幡下，以便擒拿他几员，不知何故，他众将一拥前来，俱往幡下过来。此乃天丧成汤，非末将战不胜之罪也。”芮吉笑曰：“前日擒三将，此幡就灵验，今日如何此幡就不准了？”邓昆曰：“此无他说，卞吉见关内兵微将寡，周兵势大，此关难以久守，故与周营私通，假输一阵，使众将一拥而入，以献此关耳。幸军士随即紧闭，未遂贼计，不然，吾等皆为掳矣。此等逆贼，留之终属后患。”喝令两边刀斧手：“拿

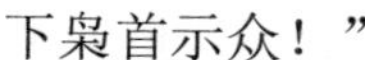

下枭首示众！”

卞吉不及分辨，被左右拿下推出帅府，即时斩了首级号令。欧阳淳不知其故，见斩了卞吉，仗剑来杀邓、芮二侯。二侯亦仗剑来迎，杀在殿上，双战欧阳淳。欧阳淳如何战得过，被芮吉吼一声，一剑砍倒欧阳淳，枭了首级。

话说二侯杀了欧阳淳，监中放出三将。黄飞虎上殿来，见是姨丈邓昆，二人相会大喜，各诉衷肠。芮吉传令：“速行开关。”先放三将来大营报信。三将至辕门，军政官报入中军，子牙大喜，忙令进帐来。三将至中军见礼毕，子牙问其详细，只见左右报：“邓昆、芮吉至辕门听令。”子牙传令：“令来。”二侯至中军，子牙迎下座来，二侯下拜，子牙搀住，安慰曰：“今日贤侯归周，真不失贤臣择主而仕之智！”二侯曰：“请元帅进关安民。”子牙传令，催人马进关。武王亦起驾随行。大军就地欢呼，人心大悦。武王来至帅府，查过户口册籍。关中人民父老，俱牵羊担酒，迎迓王师。武王命殿前治宴，管待东征大小众将，犒赏三军。住了数日，子牙传令：“起兵往渑池县。”

话说子牙人马在路前行，不一日，探马报曰：“启元帅，前至渑池县了，请令定夺。”子牙传令：“安营。”点炮呐喊。

话说渑池县总兵官张奎听得周兵来至，忙升帅府坐下。左右有二位先行官，乃是王佐、郑椿，上厅来见张奎。奎曰：“今日周兵进了五关，与帝都止有一河之隔，幸赖吾在此，尚可支撑。”张奎打点御敌。

忽报：“北伯侯崇黑虎至辕门求见。”子牙传令：“请来。”崇黑虎同文聘、崔英、蒋雄上帐来参谒子牙。子牙忙下帐，迎接上帐，各叙礼毕，子牙曰：“君侯兵至孟津几时了？”黑虎曰：“不才自起兵取了陈塘关，人马已至孟津扎营数月矣。今闻元帅大兵至此，特来大营奉谒，愿元帅早会诸侯，共伐无道。”子牙大喜。

次日，子牙升帐，众将参谒。忽报：“张奎搦战。”哨马报入中军，子牙问：“今日谁人战张奎走一遭？”崇黑虎曰：“末将今日来至，当得效劳。”只见文聘、崔英、蒋雄三人也要同去。子牙大喜。四将同出大营，领本部人马摆开，崇黑虎催开了金睛兽，举双板斧，飞临阵前，大呼曰：“张奎！天兵已至，何不早降，尚敢逆天，自取灭亡哉！”张奎大怒，骂曰：“无义匹夫！你乃是弑兄图位，天下不仁之贼，焉敢口出大言！”催开马，使手中刀飞来直取。崇黑虎举双斧，急架忙迎。文聘大怒，发马摇叉，冲杀过来。崔英八楞锤一似流星，蒋雄的抓绒绳飞起，一齐上前，把张奎裹在当中。却说子牙在帐上见黄飞虎站立在旁，子牙曰：“黄将军，崇侯今日会战，你可去掠阵助他，也不负昔日崇侯曾为将军郎君报仇。”黄飞虎领令出营，见四将与张奎大战，黄飞虎自思：“吾在此掠阵，不见我之情分，不若走骑成功，何不为美。”黄飞虎将五色神牛催开，大呼曰：“崇君侯，吾来也！”此正是“五岳逢七杀”，大抵天数已定，毕竟难逃。

话说五将把张奎围在垓心，战有三四十回合，未分胜负。崇黑虎暗思：“既来立功，又何必与他恋战。”把坐下金睛兽一兜，跳出圈子，诈败就走，好放神鹰。四将知机，也便拨马跟黑虎败走。他不知张奎坐骑其快如风——也是“五岳”命该如此——只见张奎等五将去有三二箭之地，把马顶上角一拍，一阵乌烟，即时在文聘背后，手起一刀，把文聘挥于马下。崇黑虎急用手去揭葫芦盖，已是不及，早被张奎一刀砍为两段。崔英勒回马来时，张奎使开刀又战三将。忽然桃花马走，一员女将用两口日月刀，飞出阵来，乃是高兰英来助张奎。这妇人取出个红葫芦来，祭出四十九根太阳金针，射住三将眼目，观看不明，早被张奎连斩三将下马。可怜五将一阵而亡！

第八十七回　土行孙夫妻阵亡

土行孙见姜元帅，“愿去会张奎。”子牙许之。旁有杨戬、哪吒、邓婵玉俱欲去掠阵，土行孙许之，来至城下搦战。哨马报与张奎，张奎出城见一矮子，问曰：“你是何人？”土行孙曰：“吾乃土行孙是也。”道罢，举手中棍滚将来，劈头就打，张奎手中刀急架来迎。二人大战，往往来来，未及数合，哪吒、杨戬齐出来助战。哪吒忙提起乾坤圈来打张奎，张奎看见，滚下马就不见了。土行孙也把身子一扭来赶张奎。张奎一见大惊：“周营中也有此妙术之人！”随在地底下，二人又复大战。大抵张奎身子长大，不好转换，土行孙身子矮小，转换伶俐，故此或前或后，张奎反不济事，只得败去。土行孙赶了一程赶不上，也自回来。那张奎地行术一日可行一千五百里，土行孙止行一千里，因此赶不上他，只得回营来见子牙，言：“张奎果然好地行之术。此人若是阻住此间，深为不便。”子牙曰：“昔日你师父擒尔用指地成钢法，今欲治张奎，非此法不可。你如何学得此法以治之？”土行孙曰：“元帅可修书一封，待弟子去夹龙山见吾师，取此符印来破了渑池县，遂得早会诸侯。”子牙大喜，忙修书付与土行孙。土行孙别了妻子，往夹龙山来，学会了指地成钢法，回去大战张奎。张奎战败。

且说张奎被土行孙战败回来，见高兰英，双眉紧皱，长吁曰：“周营中有许多异人，如何是好？”夫人曰：“谁为异人？”张奎曰：“有一土行孙也有地行之术，如之奈何？”高兰英曰：“如今再修告急表章，速往朝歌取救，俺夫妻二人死守此县，不必交兵，只等救兵前来，再为商议破敌。”夫妻正议，忽然一阵怪风飘来，甚是奇异。

风过一阵，把府前宝纛旗一折两断。夫妻大惊曰：“此不祥之兆也！”高兰英随排香案，忙取金钱，排下一卦，已解其意。高兰英曰：“将军可速为之！土行孙往夹龙山取指地成钢之术，来破你也！不可迟误！”张奎大惊，忙忙收拾，结束停当，径往夹龙山去了。土行孙一日止行千里，张奎一日行一千五百里，张奎先到夹龙山，到个崖畔，潜等土行孙。等了一日，土行孙来至猛兽崖，远远望见飞龙洞，满心欢喜：“今日又至故土也！”不知张奎预在崖旁，侧身躲匿，把刀拎起，只等他来。土行孙哪里知道，只是往前走。也是数该如此，看看来至面前，张奎大叫曰：“土行孙不要走！”土行孙及至抬头时，刀已落下，可怜砍了个连肩带背。张奎割了首级，径回渑池县来号令。

话说张奎非止一日来至渑池县，夫妻相见，将杀死土行孙一事说了一遍，夫妻大喜，随把土行孙的首级号令在城上。只见周营中探马见渑池县里号令出头来，近前看时，却是土行孙的首级，忙报入中军：“启元帅，渑池县城上号令了土行孙首级，不知何故，请令定夺。”子牙曰：“他往夹龙山去了，不在行营，又未出阵，如何被害？”子牙掐指一算，拍案大呼曰：“土行孙死于无辜，是吾之过也！”子牙甚是伤感。不意帐后惊动了邓婵玉，闻知丈夫已死，哭上帐来，“愿与夫主报仇！”子牙曰：“你还斟酌，不可造次。”邓婵玉哪里肯住，啼泣上马，来至城下，只叫：“张奎出来见我！”哨马报入城中：“有女将搦战。”高兰英上马提刀，先将一红葫芦执在手中，放出四十九根太阳神针，先在城里提出。邓婵玉只听得马响，二目被神针射住，观看不明，早被高兰英手起一刀斩于马下。

且说张奎又修本往朝歌城来。微子接本看了，忙入内庭，只见纣王在鹿台宴乐。微子至台下候旨，纣王宣上鹿台。微子行礼称臣毕，王曰：“皇伯有何奏章？”微子曰：“武王兵进五关，已至渑池县，损兵折将，莫可支撑，危在旦夕。请陛下速发援兵，早来协守。”纣王闻奏大惊曰：“姬发反叛，而今已侵陷孤之关隘，覆军杀将兵至渑池，情殊可恨！孤当御驾亲征，以除大恶。”中大夫飞廉奏曰：“陛下不可！今孟津有四百诸侯驻兵，一闻陛下出军，他让过陛下，阻住后路，首尾受敌，非万全之道也。陛下可出榜招贤，大悬赏格，自有高名之士应求而至，古云：‘重赏之下，必有勇夫。’又何劳陛下亲御六师，与叛臣较胜于行伍哉？”纣王曰：“依卿所奏。速传旨，悬立赏格，张挂于朝歌四门，招选豪杰，才堪督府者，不次铨除。”——

四外哄动，就把个朝歌城内万民日受数次惊慌。

只见一日来了三个豪杰来揭榜文。守榜军士随同三人先往飞廉府里来参谒。飞廉曰：“三位姓甚名谁？住居何所？”三人将一手本呈上，飞廉观看，原来是梅山人氏，一名袁洪，一名吴龙，一名常昊。此乃“梅山七圣”；先是三人投见，以下俱陆续而来。袁洪者乃白猿精也，吴龙者乃蜈蚣精也，常昊者乃长蛇精也，俱借“袁”“吴”“常”三字取之为姓也。

飞廉看了姓名，随带入朝门来朝见纣王。袁洪奏曰：“姜尚以虚言巧语，纠合天下诸侯，蛊惑黎庶作反。依臣愚见，先破西岐，拿了姜尚，则八百诸侯望陛下降诏招安，赦免前罪，天下不战而自平也。”纣王闻奏，龙心大悦，封袁洪为大将，吴龙、常昊为先行，命殷破败为参军，雷开为五军总督，使殷成秀、雷鹍、雷鹏、鲁仁杰等俱随军征伐。

第八十八回　武王白鱼跃龙舟

且说渑池县张奎日夕望朝歌救兵，忽有报马报入府来："天子招了新元帅袁洪，调兵二十万驻扎孟津，以阻诸侯，未见发兵来救渑池。"张奎闻报大惊曰："天子不发救兵，此城如何拒守！况前有周兵，后有孟津，四百诸侯前后合攻，此取败之道。今反舍此不救，奈何？"忙与夫人高兰英共议。夫人曰："料吾二人也可阻得住周兵。今袁洪拒住孟津，则南北诸侯也不能抄我之后。只打听袁洪得胜，若破了南北二侯，我再与你去合兵共破周武，再无有不胜之理。俺们如今只设法守城，不要与周将对敌，待他粮尽兵疲，一战成功，无有不克。此万全之道也。"张奎心下狐疑不定。

子牙与武王指画攻城，只见渑池城上哨探士卒报与张奎："启老爷，姜子牙同一穿红袍的在城下探看城池。"张奎听报，即上城来看时，果是子牙同武王在城下周围指画。张奎自思曰："姜尚欺吾太甚！只因连日吾坚守此城，不与他会战，他便欺我，至吾城下，肆行无忌，藐视吾无人物也。"随下城与夫人曰："你可用心坚守此城，待我出城走去杀来，以除大患。"夫人上城观战。张奎上马拎刀，开了城门，一马飞来，大呼曰："姬发、姜尚！今日你命难逃也！"

子牙同武王拨马向西而走。张奎赶来，周营中一将也不出来接应，张奎放心赶来。看看赶有三十里，只听得金鼓齐鸣，炮声响亮，三军呐喊，震动天地，周营中大小将官齐出营来，杀奔城下。高兰英在城上全装甲胄守护城池，忽听周营中又是炮响，不知其故。忽城上落下哪吒来，现三首八臂，脚踏风火轮，摇火尖枪杀来。高兰英急上马，用双刀抵住了哪吒。二人在城上不便争持，高兰英走马下城，哪吒随后赶来。雷震子又早展开二翅，飞上城来，使开黄金棍，把城上军士打开，随斩关落锁，周兵进城。高兰英见事不好，正欲取葫芦放太阳神针，早已不及，被哪吒一乾坤圈，打中顶上，翻下马来，又是一枪，死于非命，早往封神台去了。

张奎知城池已陷，自思：“不若往朝歌，与袁洪合兵一处，再作道理。”只见张奎全装甲胄，纵地行之术，往黄河大道而走，如风一般，飞云掣电而来。

话说杨任远远望见张奎从地底下来了，杨任知会韦护曰：“道兄，张奎来了。你须是仔细些，不要走了他。你看我手往那里指，你就往那边祭降魔杵镇之。”韦护曰：“谨领尊命。”

且说张奎正走，远远看见杨任骑云霞兽，手心里那两只神光射耀眼往下看着他，大呼曰：“张奎不要走！今日你难逃此厄也！”张奎听得，魂不附体，不敢停滞，纵着地行法，“刷”的一声，须臾就走有一千五百里远。杨任在地上催着云霞兽紧紧追赶。韦护在上头只看着杨任，杨任只看着张奎在地底下。张奎无法，只是往前飞走。看着行至黄河岸边，前有杨戬奉柬帖在黄河岸边专等杨任。只见远远杨任追赶来了，杨任也看见了杨戬，乃大呼曰：“杨道兄！张奎来了！”杨戬听得，忙将三昧火烧了惧留孙指地成钢的符篆，立在黄河岸边。张奎正行，方至黄河，只见四处如同铁桶一般，半步莫动，左撞左不能通，右撞右不能通，撤身回来，后面犹如铁壁。张奎正慌忙无措，杨任用手往下一指，半空中韦护把降魔杵往下打来。此宝乃镇压邪魔护三教大法之物，可怜张奎怎禁得起。

话说韦护祭起降魔杵，把张奎打成齑粉——一灵也往封神台去了。三位门人得胜，齐来见子牙，备言打死张奎，追赶至黄河之事说了一遍。子牙大喜。在渑池县住了数日，择日起兵。

那日，整顿人马，离了渑池县，前往黄河而来。时近隆冬天气，众将官重重铁铠，叠叠征衣，寒气甚胜。

话说子牙人马来至黄河，左右报至中军。子牙吩咐：“借办民舟。”每只俱有工食银五钱，并不白用民船一只，万民乐业，无不欢呼感德，真所谓“时雨之师”。子牙传令，另备龙舟一只，装载武王。子牙与武王驾坐中舱，左右鼓棹，向中流进发。只听得黄河内泼浪滔天，风声大作，把武王龙舟泊在浪里颠播。武王曰：“相父，此舟为何这样掀播？”子牙曰：“黄河水急，平昔浪发，也是不小的；况今日有风，又是龙舟，故此颠簸。”武王曰：“推开舱门，侯孤看一看，何如？”子牙同武王推舱一看，好大浪！

话说武王一见黄河波浪滔天，一望无际，吓得面如土色。那龙舟只在浪里或上或下。忽然有一漩涡，水势分开，一声响亮，有一尾白鱼跳在船舱里来，就把武王吓了一跳。那鱼在舟中，左蹦右跳，跳有四五尺高。武王问子牙曰："此鱼入舟，主何凶吉？"子牙曰："贺喜大王！恭喜大王！鱼入王舟者，主纣王该灭，周室当兴，正应大王继汤而有天下也。"子牙传令："命庖人将此鱼烹来，与大王享之。"武王曰："不可。"仍命掷之河中。子牙曰："既入王舟，岂可舍此，正谓'天赐不取，反受其咎'，理宜食之，不可轻弃。"左右领子牙令，速命庖人烹来。不一时献上，子牙命赐诸将。少顷，风恬浪静，龙舟已渡黄河。

只见四百诸侯知周兵已至，打点前来迎接武王。子牙先上了案，令军政官与哪吒、杨戬前去迎请武王。后面又有西方二百诸侯随后过黄河，同武王车驾而进。真个是天下诸侯会合，自是不同。

且说武王同西方二百诸侯来至孟津大营，探马报入中军帐，子牙率领南、北二方四百诸侯，又有数百小诸侯齐来迎接，武王径进中军。众诸侯进营，武王同众诸侯交相下拜。

且说袁洪在营中，只见报马启曰："今有武王兵至孟津下寨，大会诸侯，请元帅定夺。"殷破败听得，忙上前言曰："周武乃天下叛逆元首，自兴兵至此，所在获捷，军威甚锐，元帅不可轻忽，务要严兵以待。"袁洪曰："参军之言固善，料姜尚不过一磻溪村夫，有何本领，此皆诸关将士不用心，以致彼侥幸成功。参军放心，看吾一阵令他片甲不回。"

次日，周营炮响，子牙调出大队人马，有六百诸侯齐出，当中是子牙人马，俱是大红旗；左是南伯侯鄂顺，右是北伯侯崇应鸾，尽是五色幡幢，真若盔山甲海，威势如彪，英雄似虎。布成阵势，三军呐喊，冲至军前。袁洪笑曰："姜尚，你只知磻溪捕鱼，水有深浅，今幸而五关无有将才，让你深入重地，你敢于巧言令色，惑吾众听耶！"回顾左右先行曰："谁与吾拿此鄙夫，以泄天下之愤？"旁有一人大呼曰："元帅放心，待我成功！"走马飞临阵前，摇手中枪直取姜子牙。旁有右伯侯姚庶良纵马摇手中斧，大呼曰："匹夫慢来，有吾在此！"也不答话，两马相交，枪斧并举，一场大战。

话说姚庶良手中斧转换如飞，不知常昊乃是梅山一个蛇精，姚庶良乃是真实本领，哪里知道，只要成功。常昊不觉败下阵去，姚庶良便催马赶来。不知性命如何，且听下回分解。

第八十九回　纣王敲骨剖孕妇

话说姚庶良随后赶来，常昊乃是蛇精，纵马，脚下一阵旋风卷起一团黑雾，连人带马罩住，方现出他原形，乃是一根大蟒蛇，把口一张，吐出一阵毒气。姚庶良禁不起，随昏于马下。常昊便下马取了首级，大呼曰："今拿姜尚如姚庶良为例！"众诸侯之内，不知他是妖精，有兖州侯彭祖寿纵马摇枪，大呼曰："匹夫敢伤吾大臣！"时有吴龙在袁洪右边，见常昊立功，忍不住使两口双刀，催开马，飞奔前来，曰："不要冲吾阵脚！"也不答语，两骑相交，刀枪并举，杀在阵前。六百镇诸侯俱在左右，看着二将交兵，战未数合，吴龙掩一刀败走，彭祖寿随后赶来。吴龙乃是蜈蚣精，见彭祖寿将近，随现出原形，只见一阵风起，黑云卷来，妖气迷人，彭祖寿已不知人事，被吴龙一刀挥为两断。众诸侯不知何故，只见将官追下去就是一块黑云罩住，将官随即绝命。子牙旁边有杨戬对哪吒曰："此二将俱不是正经人，似有些妖气。我与道兄一往，何如？"只见吴龙跃马舞刀，飞奔军前，大呼曰："谁来先啖吾双刀？"哪吒登开风火轮使火尖枪，现三首八臂迎来。吴龙曰："来者是谁？"哪吒曰："吾乃哪吒是也。你这孽畜，怎敢将妖术伤吾诸侯！"把枪一摆，直刺吴龙。吴龙手中刀急架交还，未及三四合，被哪吒祭起九龙神火罩，响一声，将吴龙罩在里面。吴龙已化道青光去了。哪吒用手一拍，及至罩中现出九条火龙时，吴龙去之久矣。常昊见哪吒用火龙罩罩住吴龙，心中大怒，纵马持枪，大呼曰："哪吒不要走！吾来也！"

只见杨戬使三尖刀，纵银合马，同哪吒双战常昊。常昊见势不好，便败下阵去。杨戬也不赶他，取弹弓在手，随手发出金丸，照常昊打来。只见那金丸不知落于何处。哪吒后祭起神火罩，将常昊罩住，也似吴龙化一道赤光而去。袁洪见二将如此精奇，传令："三军擂鼓！"袁洪纵马冲杀过来，大呼曰："姜子牙！我与你见个雌雄！"旁有杨任见袁洪冲来，急催开了云霞兽，使开云飞枪，敌住袁洪。战有五七回合，杨任取出五火扇，照袁洪一扇，袁洪已预先走了，止烧死他一匹马。子牙鸣金，将队回营，升帐坐下，叹曰："可惜伤了二路诸侯！"心下不乐。杨戬上帐曰："今日弟子看他三人俱是妖怪之相，不似人形。方才哪吒祭神火罩，杨任用神火扇，弟子用金丸，俱不曾伤他，竟化青光而去。"只见众诸侯也都议论常昊、吴龙之术，纷纷不一。

且说袁洪回营升帐坐下，见常昊、吴龙齐来参谒，袁洪曰："哪吒罩儿，杨任的扇子，俱好厉害！"吴龙笑曰："他那罩与扇子只好降别人，哪里奈何得我们，只是今日指望拿了姜尚，谁知只坏了他两个诸侯，也不算成功。"袁洪一面修本往朝歌报捷，宽免天子忧心。

且说鲁仁杰对殷成秀、雷鹏、雷鹍曰："贤弟，今日你等见袁洪、吴龙、常昊与子牙会兵的光景吗？"众人曰："不知所以。"鲁仁杰曰："此正所谓'国家将兴，必有祯祥；国家将亡，必有妖孽'。今日他三将俱是些妖孽，不似人形。今天下诸侯会兵此处，正是大敌，岂有这些妖邪能拒敌成功耶。"殷成秀曰："长兄且莫忙说破，看他后来如何。"鲁仁杰曰："总来吾受成汤三世之恩，岂敢有负国恩之理，惟一死以报国耳！"

话说差官往朝歌，来至文书房内，飞廉接本观看，见袁洪报捷，连诛大镇叛逆诸侯彭祖寿、姚庶良，心中大喜，忙持着本上鹿台来见纣王。

且言妲己闻飞廉奏袁洪得胜奏捷，来见纣王曰："妾苏氏恭喜陛下又得社稷之臣也！袁洪实有大将之才，永堪重任。似此奏捷，叛逆指日可平。臣妾不胜庆幸，实皇上无疆之福以启之耳。今特具觞为陛下称贺。"纣王曰："御妻之言正合朕意。"命当驾官于鹿台上置九龙席，三妖同纣王共饮。纣王同妲己凭栏看朝歌积雪，忽见西门外有一小河——此河不是活水河，因纣王造鹿台，挑取泥土，致成小河，适才雪水注积，因此行人不便，必跣足过河。只见有一老人跣足渡水，不甚惧冷，而行步且快。又有一少年人，亦跣足渡水，惧冷行缓，有惊怯之状。纣王在高处观之，尽得其态，问于妲己曰："怪哉！怪哉！有这等异事！你看那老者渡水，反不怕冷，行步且快；这年少的反又怕冷，行走甚难，这不是反其事了？”妲己曰：“陛下不知，老者不甚怕冷，乃是少年父母，精血正旺之时交媾成孕，所秉甚厚，故精血充满，骨髓皆盈，虽至末年，遇寒气犹不甚畏怯也。至若少年怕冷，乃是末年父母，气血已衰，偶尔媾精成孕，所秉甚薄，精血既亏，髓皆不满，虽是少年形同老迈，故遇寒冷而先畏怯也。”纣王笑曰：“此惑朕之言也！人秉父精母血而生，自然少壮老衰，岂有反其事之理？”妲己又曰：“陛下何不差官去拿来，便知端的。”纣王传旨：“命当驾官至西门，将渡水老者、少者俱拿来。”当驾官领旨，忙出朝赶至西门，不分老小即时一并拿来。老少民人曰：“你拿我们怎么？”侍臣曰：“天子要你去见。”老少民人曰：“吾等奉公守法，不欠钱粮，为何来拿我们？”侍臣曰：“只怕当今天子有好处到你们，也不可知。”

纣王在鹿台上专等渡水人民。却说侍驾官将二民拿至台下回旨：“启陛下：将老少二民拿至台下。”纣王命：“将斧砍开二民胫骨，取来看验。”左右把老者、少者腿俱砍断，拿上台看，果然老者髓满少者髓浅。纣王大喜，命左右：“把尸拖出！”可怜无辜百姓受此惨刑！

话说纣王见妲己有所神异，抚其背而言曰：“御妻真是神人，何灵异若此！”妲己曰：“妾虽系女流，少得阴符之术，其勘验阴阳，无不奇中。适才断胫验髓，此犹其易者也。至如妇人怀孕，一见便知他腹内有几月，是男是女，面在腹内，或朝东、南、西、北，无不周知。”纣王曰：“方才老少人民断胫验髓，如此神异，朕得闻命矣；至如孕妇，再无有不妙之理。”命当驾官传旨：“民间搜取孕妇见朕。”奉御官往朝歌城来。

话说奉御官在朝歌满城寻访，有三名孕妇一齐拿往午门来。只见他夫妻难舍，抢地呼天，哀声痛惨，大呼曰：“我等百姓又不犯天子之法，不拖欠钱粮，为何拿我等有孕之妇？”子不舍母，母不舍子，悲悲泣泣，前遮后拥，扯进午门来。只见箕子在文书房共微子、微子启、微子衍、上大夫孙荣正议“袁洪为将，退天下诸侯之兵，不知何如”，只听得九龙桥闹闹嚷嚷，呼天叫地，哀声不绝。

纣王将三妇人拿上鹿台，妲己指一妇人：“腹中是男，面朝左胁。”一妇人：“也是男，面朝右胁。”命左右用刀剖开，毫厘不爽。又指一妇人：

“腹中是女，面朝后背。”用刀剖开，果然不差。纣王大悦：“御妻妙术如神，虽龟筮莫敌！”自此肆无忌惮，横行不道，惨恶异常，万民切齿。

那日招贤榜篷下，来了二人，生得相貌，甚是凶恶：一个面如蓝靛，眼似金灯，巨口獠牙，身躯伟岸。一个面似瓜皮，口如血盆，牙如短剑，发似朱砂，顶生双角，甚是怪异，往中大夫府谒见。飞廉一见，甚是畏惧。行礼毕，飞廉问曰：“二位杰士是哪里人氏？高姓何名？”二人欠身曰：“某二人乃大夫之子民，成汤之百姓。闻姜尚欺妄，侵天子关隘，吾兄弟二人愿投麾下，以报国恩，决不敢望爵禄之荣，愿破周兵以洗王耻。子民姓高名明，弟乃高觉。”通罢姓名，飞廉领二人往朝内拜见纣王，进午门径往鹿台见驾。纣王问曰：“大夫有何奏章？”飞廉奏曰：“今有二贤高明、高觉愿来报效，不图爵禄，敢破周兵。”纣王闻奏大悦，宣上台来。二人倒身下拜，俯伏称“臣”。王赐平身，二人立起。纣王一见相貌奇异，甚是骇然：“朕观二士真乃英雄也！”随在鹿台上俱封为神武上将军，二人谢恩。王曰：“大夫与朕陪宴。”二人下台冠带了，至显庆殿待宴，至晚谢恩出朝。次日旨意下，命高明、高觉同钦差解汤羊、御酒往孟津来。不知凶吉如何，且听下回分解。

第九十回　子牙捉神荼郁垒

高明、高觉上帐参谒袁洪。行礼毕，袁洪认得他是棋盘山桃精、柳鬼。高明、高觉也认得袁洪是梅山白猿。彼此大喜，各相温慰，深喜是一气同枝。

当日，袁洪命高明、高觉二将往周营搦战。

这边李靖、杨任二骑冲出，也不答话，四处兵器交加。

话说杨戬在旁，见高明、高觉一派妖气，不是正人，仔细观看，以备不虞。只见杨任取出五火扇来，照高明一扇，只听得“呼”的一声化一道黑光而去。李靖也祭起黄金塔来，把高觉罩在里面，一时也不见了。袁洪同众将正在辕门看高明兄弟二人大战周兵，见杨任用五火扇子扇高明，又见李靖用塔罩高觉，忙命吴龙、常昊接战。二将大叫曰：“周将不必回营，吾来也！”哪吒登风火轮来战吴龙，杨戬使三尖刀敌住常昊。四将大战。袁洪心下自思曰：“今日定要成功，不可错过。”把白马催开，使一条镔铁棍来战子牙。旁有雷震子、韦护二人截住袁洪相杀。

话说雷震子展风雷翅飞在空中，那条棍从顶上打来。韦护祭起降魔杵，此杵岂同小可，如须弥山一般打将下来。袁洪虽是得道白猿，也经不起这一杵，袁洪化白光而去，止将鞍马打得如泥。杨戬祭哮天犬咬常昊，常昊乃是蛇精，哮天犬也不能伤他。常昊知是仙犬，先借黑气走了。哪吒祭起神火罩罩住吴龙，吴龙也化青气走了。总是一场虚话。

杨戬来至金霞洞，见洞门紧闭，杨戬洞外敲门。少时，一童子出来，见是师兄，忙问曰：“师兄何来？”杨戬曰：“烦贤弟通报。”童子进洞内，见玉鼎真人，启曰：“师兄杨戬在洞府外求见。”真人起身吩咐曰：“着他进来。”杨戬来至碧游床前下拜。真人曰：“你今到此为何？”杨戬把孟津事说了一遍。真人曰：“此孽障是棋盘山桃精、柳鬼。桃、柳根盘三十里，采天地之灵气，受日月之精华，成气有年。今棋盘山有轩辕庙，庙内有泥塑鬼使，名曰千里眼、顺风耳。二怪托其灵气，目能观看千里，耳能详听千里；千里之外，不能视听也。你可叫姜子牙着人往棋盘山去，将桃、柳根盘掘挖，用火焚尽；将轩辕庙二鬼泥身打碎，以绝其灵气之根；再用一重雾常锁营寨如此如此，则二鬼自然绝也。”杨戬受命，离了玉泉山，复往周营而来。军政官报与子牙，子牙令入中军，问杨戬曰：“此去如何？”杨戬摇头不语，犹恐泄机。子牙曰：“你今日为何如此？”杨戬曰：“弟子今日不敢言，且随弟子行之。”子牙并依杨戬，不去阻挡。杨戬执定令旗下帐，把后队大红旗二千杆令三军磨旗，又令一千名军士擂鼓鸣锣，恍然有惊天动地之势。子牙见杨戬如此，不知其故。杨戬方来对子牙曰：“高明、高觉二人乃是棋盘山桃精、柳鬼。他凭托轩辕庙二鬼之灵，名曰千里眼、顺风耳。如今须用旗招展不住，使千里眼不能观看；锣鼓齐鸣，使顺风耳不能听察。请元帅命将往棋盘山掘挖此根，用火焚之。再令将官去把轩辕庙里二鬼打碎。然后用大雾一重常锁行营，此怪方能除也。”子牙听说：“既然如此，吾自有治度。”子牙令李靖：“领三千人马速往棋盘山，去挖绝其根。”又令雷震子：“去打碎泥塑鬼使。”

话说子牙安排已定，只等二门人来回令。且说高明、高觉只听得周营中鼓响锣鸣不止，高觉曰：“长兄，你看看怎样？”高明曰：“一派尽是红旗招展，连眼都晃花了。兄弟，你且听听看。”高觉曰：“锣鼓齐鸣，把耳朵都震聋了，如何听得见一些儿？”二人急躁。不表。

只见李靖人马去掘桃、柳的根盘，雷震子去打泥塑的鬼使。子牙在帐内望二人回来，方好用计破之。次日，子牙在中军，忽报：“雷震子回来。”子牙令至中军，问其“打泥鬼如何？”雷震子曰：“奉领去打碎了二鬼，放火烧了庙宇，以绝其根，恐再为祟。待周王伐纣功成，再重修殿宇未迟。”子牙大悦，随在帐前令哪吒、武吉在营布起一坛，设下五行方位，当中放一镡，四面八方俱镇压符印，安治停当。只见李靖掘桃、柳鬼根盘已毕，来至中军回话，子牙大喜。

话说子牙在中军共议：“东伯侯还不见来？”忽报：“三运督粮官郑伦来至。”子牙令至帐前，郑伦回令毕，交纳粮印。郑伦听得土行孙已死，着实伤悼。不表。

且说袁洪在营中自思："今与周兵屡战，未见输赢，枉费精神，虚费日月。"令左右暗传与常昊、吴龙："令高明、高觉冲头阵，今夜劫姜尚的营。"又令："参军殷破败、雷开为左右救应，殷成秀、鲁仁杰为断后。务要一夜成功。"众将听令，只等黄昏行事。

话说子牙在中军，忽见一阵风从地而起，卷至帐前。子牙见风色怪异，掐指一算，早知其意。子牙大喜，传令："中军帐钉下桃桩，镇压符印，下布地网，上盖天罗，黑雾迷漫中军。令各营俱不可轻动。李靖拒住东方，杨任拒住西方，哪吒拒住南方，雷震子拒住北方，杨戬、韦护在将台左右保护。"子牙令南宫适、武吉、郑伦、龙须虎等："各防守武王营寨。"众将得令而去。子牙沐浴上台，等候袁洪来劫营寨。

话说袁洪当晚打点人马劫营，大破子牙，以成全功。才至二更时分，高明、高觉为头一队，袁洪为二队。鲁仁杰对殷成秀曰："贤弟，据我愚见，今夜劫营不但不能取胜，定有败亡之祸。况姜子牙善于用兵，知玄机变化，且门下又多道德之士，此行岂无准备。我和你且在后队，见机而作。"殷成秀曰："兄长之言甚善。"不说他二人各自准备，且说高明、高觉来至周营，点起大炮，响一声喊杀进营来。袁洪同常昊、吴龙从后接应。子牙在将台上披发仗剑，踏罡布斗，霎时四下里风云齐起，这正是子牙借昆仑之妙术，取神荼、郁垒。不知凶吉何如，且听下回分解。

第九十一回　蟠龙岭烧邬文化

话说子牙在将台上作法，只见风云四起，黑雾弥漫，上有天罗，下有地网，昏天惨地，罩住了周营。霹雳交加，电光驰骤，火光灼灼，冷气森森，雷响不止，喊声大振。各营内鼓角齐鸣，若天崩地塌之状。

话说高明、高觉闯进周营，杀进中军，只见鼓声大振，三军呐喊。一声炮响，东有李靖，西有杨任，南有哪吒，北有雷震子，左有杨戬，右有韦护，一齐冲将出来，把高明等围住。台上有子牙作法，台下四个门人，齐把桃桩震动。上有天罗，下有地网，上下交合，子牙祭起打神鞭打将下来，高明、高觉难逃此难，只打得脑浆迸流——一灵已往封神台去了。

且说袁洪同常昊、吴龙在后面催军杀进周营，被哪吒等接住大战。此时黄夜交兵，两军混战。韦护祭起降魔杵来打吴龙，吴龙早化青光去了。哪吒也祭起九龙神火罩来罩常昊，常昊化一道青气不见了。袁洪乃是白猿得道，变化多端，把元神从头上现出。杨任正欲取五火扇扇袁洪，不意袁洪顶上白光中元神手举一棍打来，杨任及至躲时，已是不及，早被袁洪一棍打中顶门，可怜！自穿云关归周，才至孟津，未受封爵而死。

话说杨任被袁洪打死，两军混战至天明，子牙鸣金，两下收兵。子牙升帐点视军将，已知杨任阵亡，着实嗟叹不已。

且说朝歌城来了一个大汉，身高数丈，力能陆地行舟，顿餐只牛，用一根排扒木，姓邬，名文化，揭招贤榜投军。朝廷差官送邬文化至孟津营听用，来至辕门，左右报与袁洪。袁洪命："令来。"邬文化同差官至中军，见礼毕，通名站立。袁洪见邬文化仪表非俗，恍似金刚一般撑在半天里，果是惊人。袁洪曰："将军此来，必怀妙策。今将何计以退周兵？"邬文化曰："末将乃一勇鄙夫，奉圣旨赍送元帅帐下调用，听凭指挥。"袁洪大喜："将军此来，必定首建大功，何愁姜尚不授首也！"

杨戬来见子牙曰："如今先将大汉邬文化治了，然后可破袁洪。"子牙曰："须得如此，方可绝得此人。"杨戬领令，去到孟津哨探路径，走有六十里，至一所在，地名蟠龙岭。此山湾环如蟠龙之势，中有空阔一条路，两头可以出入。杨戬看罢，心下大喜曰："此处正好行此计也！"忙回见子牙，备言："蟠龙岭地方可以行计。"子牙听说大喜，在杨戬耳边备说："如此如此，可以成功。"杨戬遂自去了。

话说子牙令武吉、南宫适："领二千人马，往蟠龙岭去埋伏引火之物，中用竹筒引线，暗埋火炮、火箭各项等物，岭上下俱用柴薪引火干燥物件，预备停当，只等邬文化来至，便可行之。"二将领令去讫。

袁洪对邬文化曰："荷蒙天子恩宠奖谕，邬将军，我等当得尽忠竭力，以报国恩，不负吾辈名扬于天下也。"邬文化曰："末将明日使姜尚无备，再杀他个片甲无存，早早奏凯。"袁洪大喜，设宴庆赏。正谈笑间，探事马报入中军："启元帅：今有姜子牙与武王在辕门闲看吾营，不知有何原故，请令定夺。"袁洪听报，即令邬文化："暗出大营，抄至子牙之后擒之，如探囊取物耳。"邬文化领令，忙出右营门，撒开大步拖排扒木，如飞云掣电而来，大呼曰："姜尚休走！今番吾定擒你成功也。速速下骑受死，免吾费力。"子牙与武王见邬文化追来，拨转坐骑，往西南而逃。邬文化见子牙、武王落荒而走，放心追来。子牙回顾，诱邬文化曰："邬将军，你放我君臣回营，得归故国，再不敢有犯边疆，吾君臣感将军洪恩不浅矣。"邬文化曰："今番错过，千载难逢。"拼命赶来，哪里肯舍。往前赶了一个时辰。姜子牙与武王是有脚力的，邬文化步行，又当得他是急急追赶，一气赶了五六十里，邬文化气力已乏，立住脚不赶了。子牙回头看时，见邬文化不赶，子牙勒转坐骑，大呼曰："邬文化，你敢来与吾战三合吗？"邬文化大怒曰："有何不敢？"回身又往前赶来。子牙勒转四不像又走，看看赶至蟠龙岭了，子牙君臣进山口去了。邬文化大喜："姜尚进山，似鱼游釜中，肉在几上！"随后追进山口。不知邬文化性命如何，且听下回分解。

第九十二回　杨戬哪吒收七怪

话说武吉、南宫适望见子牙引邬文化进山，先让过子牙与武王，用木石叠断前山。只见邬文化赶进山口，不见了子牙、武王，立住了脚，迟疑四望，竟无踪迹。正欲回身出山，只听得两边炮响，杀声震地，山上用滚木大石叠断山口，军士用火弓、火箭、火炮、干柴等物往山下抛放，只见四下里火起，满谷烟生。

话说邬文化见后面火起，叠断归路，抽身转奔进山来。那山脚下地炮、地雷发作，往上打来。可怜顶天立地大汉，陆地行舟的英雄，只落得顷刻化为灰烬！

话说袁洪闻报，知道烧死了邬文化，心中不乐，正独坐纳闷，忽报："辕门外有一陀头求见。"袁洪传令："请来。"少时，陀头至中军，打稽首曰："元帅，贫道稽首了。"袁洪曰："道者请了。道者从何处来？有何见谕？"陀头曰："吾亦在梅山地方居住，与元帅相隔不远，姓朱名子真。今知元帅为纣王出力，特来助一臂之力，不识元帅肯容纳否？"袁洪听说大喜，邀请陀头上坐。朱子真再三谦让，就席而坐。旁有参军殷破败、雷开二将听得又是梅山之士，乃相谓叹曰："此又是常昊、吴龙一党！"袁洪命置酒管待朱子真，一宵不表。

次日，朱子真提宝剑在手，率左右行至周营，坐名请元帅答话。杨戬在旁用照妖宝鉴一照，原来是一个大猪。杨戬把马催开，使三尖刀从后面大喝曰："好孽障少来！有吾在此！"使开刀，分顶门砍来，朱子真手中剑急架忙迎。步马相交，刀剑并举，未及数合，朱子真抽身就走，杨戬随后赶来。朱子真如前，复现原身，将杨戬一口吃去。子牙见杨戬如此，传令回兵进营。

朱子真得胜，来见袁洪，袁洪大喜，置酒管待朱子真贺功。正饮间，忽报："辕门有一杰士求见。"袁洪传令："令来。"少时，见一人面如傅粉，海下长髯，顶生二角，戴一顶束发冠，至帐下行礼毕，袁洪问曰："杰士何方人氏？"其人答曰："末将姓杨名显，祖居梅山人氏。"此杰士乃是羊精也，借"羊"成姓，也是梅山一怪，俱是袁洪一起。只恐旁人看破，故此陆续而来，托姓借名，以掩众人耳目。当日袁洪留在军中，赐坐饮酒。杨显与朱子真各自夸能斗胜，哓哓不休。殷破败自思："此又是袁洪等一党妖孽耳！"默对雷开不语。只见大小将官正饮酒，方到二更时分，听得朱子真腹内有人言曰："朱道人！你可知道吾是谁？"朱子真惊得魂不附体，忙问曰："你是谁？你实在哪里？"杨戬在腹内答曰："吾乃玉泉山金霞洞玉鼎真人门徒杨戬是也，今已在你腹内。你只知贪吃血食，不知在梅山吃了多少众生，今日你这孽障罪恶贯盈，我把你的肝肠弄一弄！"把手在他心肝上一揸，朱子真大叫一声："痛杀我也！"口称："大仙饶了小畜罢！"杨戬曰："你是欲生，欲死？"朱子真曰："望大仙慈悲！小畜在梅山也不知费几许辛苦，采天地灵气，吸日月精华，方能修成人形。今不知分量，干犯天威，望乞恕饶，真再生之德也！"杨戬曰："你既要全生，你可速现原身，跪伏周营，吾当饶你性命；如不依吾言，我把你的心、肝、腑都摘下来！"朱子真没奈何，有法也无处使，只得苦苦哀告。杨戬大叫曰："如若迟了，吾就动手！"朱子真只得随现原形，是一个大猪，晃晃荡荡，走出辕门，就把袁洪急得抓耳挠腮，杨显恼得一天火发，有力也无有用处，只得听之而已。

话说猪精走至周营辕门前跪伏，此时南宫适巡营，刚才四更，巡至辕门，只见一猪伏着，南宫适曰："此是民间豢养的，怎走至此间来？等到天明，叫原人领去。"杨戬在猪腹内大呼曰："南将军，报与姜元帅得知，此是梅山猪怪。今早见阵，是吾钻入他腹里，特来擒伏至此，快请元帅来辕门发落！"南宫适方悟，知是杨戬变化在他肚里，不觉大喜，忙进营门，至中军外帐，将云板敲响，请元帅升帐议事。内使传与子牙，子牙忙升帐。南宫适上帐启元帅曰："杨戬收服梅山猪精，已在营门，请元帅发落。"子牙传令，命众将："掌上灯球火把出营。"不一时，一声炮响，子牙率领众诸侯齐出辕门，看时，果是一头大猪，跪伏在地。子牙问曰："你这孽障，没来由，何苦自取杀身之祸！"杨戬在腹内应曰："请元帅施行，斩除此怪，以绝后患。"子牙传令："命南宫适行刑。"南宫适手起一刀，将猪头斩落在地。杨戬借血光而出，现了自己真身，众诸侯无不欣羡。子牙命将猪头挂在辕门号令，俱回营寨。不表。

只见袁洪谓杨显曰："似此露出本相，成何体面？把吾辈在梅山千年道术，一代英名，俱成画饼，岂不愧哉！誓不与姜尚干休！"杨显曰："杨戬他恃自己有变化之术，不意朱子真误中奸计，若不复此恨，岂能再立于人世！"二人正彼此痛恨，忽辕门官报入中军："启元帅：有天使至，请令定夺。"袁洪忙出辕门，迎接天使。天使曰："奉天子敕，命送一贤士至军前听用。"袁洪接了旨意，打发天使去了，复至中军坐下，命左右："令来将参谒。"来将至中军参拜毕，袁洪亦问曰："将军何名？"来者答曰："末将姓戴名礼，梅山人氏，闻纣主招贤，故不辞千里之远，特来效劳于麾下。"——此怪也是梅山之狗精，恐怕被人识破，故此陆续而来，若为不知耳。袁洪与众将曰："今日又添一贤士，定然与他决一雌雄。"随传令："放炮呐喊。"三军排队伍出营，请子牙答话。周营军政司报入中军："启元帅，有袁洪搦战。"子牙随带诸将出营。见袁洪走马至军前，子牙曰："袁洪，你不识时务，眼见覆军杀将，天意可知。今纣恶贯盈，人神共怒，谅尔不过区区螳臂，敢与天下诸侯相拒哉！"袁洪笑曰："你偶尔得胜，便自矜夸，量你今日断然无生回之理。"问左右曰："谁与吾捉此反臣也？"左有杨显大呼曰："俟末将擒此反贼！"

话说杨显走马摇戟，冲杀过来。杨戬在旗门下用照妖鉴一照，却是一只羊精。杨戬收鉴，走马舞三尖刀，也不答话，接住厮杀。刀戟并举，杀在虎穴龙潭。二将正战之间，只见成汤营里一将使两口刀，飞奔前来大叫曰："杨兄弟，吾来助尔一臂之力！"子牙旁有哪吒登风火轮，使开火尖枪迎来。

话说哪吒用枪阻住，大呼曰："匹夫慢来！通名来，好记功劳簿。"来将答曰："吾乃袁洪副将戴礼是也。"哪吒使开枪，劈胸就刺，戴礼双刀急架相还，轮马相交，刀枪并举，大战在一处。

且说杨戬战杨显有二三十合，杨显拨马便走，杨戬赶来。杨显在马上吐出一道白光，连马罩住，现原身来伤杨戬。杨戬化一只白额斑斓猛虎。杨显见杨戬变了一只猛虎，已克治了他，急欲逃走，早被杨戬一刀砍为两段。杨戬割下羊头，大叫曰："启元帅，弟子又杀了梅山一怪也！"戴礼与哪吒正酣战间，戴礼口内吐出一粒红珠，有碗口大小，往哪吒顶门打来。哪吒见势头凶凶，谅不能治伏，只得闪一枪败下阵来。杨戬见哪吒失机，走马大呼曰："业障不得无礼！吾来也！"使开三尖刀来战戴礼。二人大战二十余合，戴礼拨马便走，杨戬纵马赶来，戴礼又吐出一粒红珠，现出光华来伤杨戬。杨戬祭起哮天犬飞在空中。此犬乃是仙犬，看见此珠十分凶恶，竟让过他的珠来奔戴礼。戴礼见仙犬奔来，正欲抽身逃走，早被哮天犬一口咬住，不能挣挫。杨戬手起一刀，挥于马下。

话说杨戬又杀了狗怪，掌鼓回营。子牙升帐，见杨戬屡破诸怪，大喜，庆贺杨戬。不表。

且说袁洪回至中军，又见戴礼被戮，现出原形，心下甚是不乐。众将交头接耳，纷纷议论，十分没趣。忽辕门官来报："启元帅：辕门外有一大将求见。"袁洪传令："令来。"少时，令至帐前，见一人身高一丈六尺，顶生双角，卷嘴尖耳，金甲红袍，全身甲胄，十分轩昂，戴紫金冠，近前施礼。袁洪问曰："将军高姓大名？"来将答曰："末将姓金双名大升，祖贯梅山人氏。"此来者又是牛怪，用三尖刀，力大无穷，今来助袁洪，俱是梅山七怪之数。袁洪故问，以遮众人耳目。袁洪乃设酒管待。

次日，金大升上了独角兽，提三尖刀，至周营搦战。哨马报入中军："启元帅：成汤营有一大将请战。"子牙对众问曰："谁见阵走一遭？"言未毕，旁有郑伦出而言曰："末将愿往。"子牙许之。郑伦上了金睛兽，拎降魔杵，出了营门，见对面一将生的异怪雄伟，郑伦问曰："来者何人？"金大升答曰："吾乃袁洪麾下副将金大升是也。尔是何人？快通名来。"郑伦答曰："吾乃总督五军上将军郑伦是也。吾观你异相非人，焉敢阻时雨之师，有逆天之罪！早早归周，共破独夫，以诛无道。如不知机，自取辱身之祸。"金大升大怒，催开独角兽，使三尖刀砍来，郑伦手中杵劈面相迎，二兽相交，大战数合。金大升乃是牛怪，腹内炼成一块牛黄，有碗口大小，喷出来，如火电一般。郑伦不及提防，正中脸上，打伤鼻孔，腮绽唇裂，倒撞下兽去，被金大升手起一刀，挥为两段。

话说金大升斩了郑伦，掌鼓回营。报马报入中军：“启元帅，郑伦被汤营大将金大升所伤，请令定夺。”子牙闻报，着实伤悼，叹曰：“郑伦屡建大功，自从苏侯归周，一路督粮，有功王室，岂知至此丧于无名下将之手，情实可伤！”

话说子牙次日令下：“谁为郑伦报恨走一遭？”旁有杨戬应声答曰：“弟子愿往。”子牙许之。杨戬随即上马提刀至成汤营前，坐名要金大升出来答话。少时，见成汤营内炮声响处，只见金大升坐独角兽，来至军前，大呼曰：“来者通名！”杨戬曰：“吾乃杨戬是也。你就是金大升吗？”大升曰：“然也。”杨戬舞刀直取，金大升手中三尖刀赴面来迎。二将俱是三尖刀，往来冲突，一场大战，有三十余合。杨戬先未曾用照妖鉴照他，不防金大升喷出牛黄，此宝犹如火块飞来。杨戬见来得太急，化一道金光往正南而走，金大升随后赶来。大升的独角兽来得快，杨戬忙取照妖鉴出来照时，却原来是个水牛。杨戬回身，正欲变化拿他，忽然前面一阵香风缥缈，异味芳馨，氤氲遍地，有五彩祥云，隐隐中一对黄幡飘荡，当中有一位道姑，跨青鸾而至，有女童三四对，应声叫曰：“杨戬早来见娘娘圣驾！”杨戬听说，乃向前抄手施礼曰：“弟子杨戬参见娘娘。”那道姑曰：“杨戬，吾非别神，乃女娲娘娘是也。今见成汤数尽，周室当兴，吾特来助你降伏梅山之怪。”令杨戬立于一旁，乃命青云女童：“将此宝去把那业障牵来。”青云女童接宝在手，只见金大升足踏阴云，提刀赶来。青云女童上前拦住，大呼曰：“那业障！娘娘圣驾在此，休得无礼！今奉娘娘法旨，特来擒你！”金大升大怒，将刀往上一举，劈面砍来。青云女童将伏妖索祭起空中，只见黄巾力士将金大升穿起鼻子来，用铜锤把金大升脊背上打了三四锤，一声雷响，金大升现出原身，乃是一匹水牛。杨戬向前倒身下拜：“弟子杨戬愿娘娘圣寿无疆！”女娲曰：“杨戬，你且将牛怪带回周营发落。我还助你收伏白猿精怪也。”杨戬别了女娲娘娘，把牛牵着回来。

且说子牙在中军，听报到：“杨戬化一道金光往正南上去了。这大将赶去，不知凶吉。”子牙惊疑不定。哪吒曰：“杨戬自有运用，元帅何必惊疑？”子牙曰：“方今东伯侯人马未至，况有梅山七怪阻住吾师，使吾心下不能安然。”言未毕，只见报马来报：“启元帅，杨戬回来。”子牙令至帐前，问其原故。杨戬把女娲娘娘收伏牛怪之事说了一遍：“……今至辕门，请元帅发落。”子牙传令：“请众诸侯齐至大营门，看吾号令此怪。”少时，众诸侯齐至辕门。子牙命牵过牛怪，用缚妖索将此怪缚在地下，令南宫适行刑。南宫适手起一刀，将牛头斩下，孟津河八十万人马齐声喝采。子牙命将牛头挂在旗杆上号令，掌鼓回营。却说袁洪已知梅山众弟兄俱被子牙所灭，欲前而不能进，欲后而不能退，着实无计，实属两难，心下甚是忧疑。不表。

只见子牙回营升帐，问杨戬曰：“梅山绝了几怪？”杨戬掐指一算：“启元帅，已灭了六怪。”子牙曰：“今晚传与众诸侯：二更时分齐劫成汤大营。”又令杨戬：“你可单劫袁洪，取巧降伏此怪，大事可定。”杨戬答曰：“弟子同哪吒双去建功，更觉易于为力。”子牙许之，仍将众将分派已定。不表。

却说袁洪在营中与参军殷破败、雷开二将议曰：“今主上命吾等在此守御，此处周兵虽多，能者甚少，况连日朝歌不曾见有救兵，亦不曾见吾捷报，恐天子忧心，深属不便。”命中军具疏往朝歌，请天子速发援兵，前来接应。中军官具表求救。

且说子牙亲乘坐骑，时至二更，一声炮响，周兵呐一声喊，齐杀进成汤营里去。

话说南伯侯鄂顺领二百诸侯，一齐奋勇当先，北伯侯崇应鸾冲杀进左营，李靖、韦护、雷震子冲杀进右营，杨戬、哪吒杀入大营进中军，来战袁洪。

且说袁洪听得周将劫营，忙上马，使一根铁棍，方出中军，恰逢杨戬，也不答话，二马相交，只杀得愁云荡荡，惨雾纷纷。

话说众诸侯齐杀入成汤营里，只杀得尸横遍野，血满沟渠，哀声惨切，不堪听闻。只见杨戬大战袁洪，袁洪现出原身，起在半空，将杨戬劈头一棍，打得火星迸出。杨戬有七十二变，随化一道金光，起在空中，也照袁洪顶上一刀劈将下来。这袁洪也有八九功夫，随刀化一道白气，护住其身。杨戬大喝曰：“梅山猴头，焉敢弄术！拿住你定要剥皮抽筋！”袁洪大怒曰：

“你有多大本领，敢将吾兄弟尽行杀害，我与你势不两立！必擒你碎尸万段，以报其恨！”他二人各使神通，变化无穷，相生相克，各穷其技，凡人世物件、禽兽，无不变化，尽使其巧，俱不见上下。袁洪暗思：“此时其兵已攻破大营，料不能支，且将他诓上梅山，入吾巢穴，使他不能舒展，那时再擒他不难。”遂弃了大营，往梅山逃去。不表。

且说众诸侯追杀成汤残败人马，杀到天明，子牙鸣金收兵，众诸侯各自回营。

话说杨戬见袁洪纵祥光前去，乃弃了马，亦纵步借土遁紧紧追赶。只见袁洪随变一块怪石立在路旁。杨戬正赶，忽然不见了袁洪，即运神光定睛观看，已知袁洪化为怪石；随即变一石匠，手执锤钻，上前锤他。袁洪知他识破，便化阵清风往前去了。如此两家各使神通，看看赶上梅山，忽的又不见了袁洪。

话说杨戬上了梅山，四面观望一遍，忽听得崖下一声响，窜出千百小猴儿，手执棍棒，齐来乱打杨戬。杨戬见众小猢狲左右乱打，情知不能取胜，“不若脱身下山。”杨戬化道金光去了。方才转过一坡，只听一派仙乐之音，满地祥云缭绕，又见女娲娘娘驾临。杨戬俯伏山下，叩首曰：“弟子杨戬不知娘娘圣驾降临，有失回避，望娘娘恕罪！”女娲曰：“你虽是玉泉山金霞洞玉鼎真人门徒，善会八九变化，不能降伏此怪。吾将此宝授你，可以收伏此恶怪也。”杨戬叩首拜谢。女娲娘娘自回宫去了。杨戬将此宝展开看时，心中甚是欢喜，此宝乃“山河社稷图”。杨戬一一依法行之，悬于一大树上。杨戬复上梅山，依旧找寻原路。

话说袁洪见杨戬复上梅山，乃大呼曰：“杨戬，你此来是自送死也！”杨戬大笑曰：“你今日谅无生理！”使开刀，直取袁洪，袁洪也使开棍劈面交还。二人大战一会，杨戬转身就走，袁洪随后赶来。杨戬下了梅山，往前又走，忽见前面一座高山，杨戬径上了山，袁洪随赶上山来。不知此山乃女娲娘娘赐的“山河社稷图”变化的，袁洪赶上山来入于圈套，再不能下山。杨戬将身子一纵，下了“山河社稷图”，只见袁洪在山上左撺右跳。不知性命如何，且听下回分解。

第九十三回　金吒智取游魂关

话说袁洪上了“山河社稷图”，如四象变化有无穷之妙，思山即山，思水即水，想前即前，想后即后，袁洪不觉现了原身。忽然见一阵香风扑鼻，异样甜美，这猴儿爬上去一望，见一株桃树，绿叶森森，两边摇荡，下坠一枝红滴滴的仙桃，颜色鲜润，娇嫩可爱。白猿看见，不觉忻羡，遂攀枝穿叶，摘取仙桃下来，闻一闻，扑鼻馨香，心中大喜，一口吞而食之。方才倚松靠石而坐，未及片时，忽然见杨戬仗剑而来。白猿欲待起身，竟不能起。不知食了此桃，将腰坠下，早被杨戬一把抓住头皮，用缚妖索捆住，收了“山河社稷图”，望正南谢了女娲娘娘，将白猿拎着，径回周营而来。

话说杨戬擒白猿来至辕门，军政官报入中军：“启元帅，杨戬等令。”子牙命：“令来。”杨戬来至中军，见子牙，曰：“弟子追赶白猿至梅山，仰仗女娲娘娘秘授一术，已将白猿擒至辕门，请元帅发落。”子牙大喜，命：“将白猿拿来见我。”少时，杨戬将白猿拥至中军帐。子牙观之，见是一个白猿，乃曰：“似此恶怪，害人无厌，情殊痛恨！”令：“推出斩之！”众将把白猿拥至辕门，杨戬将白猿一刀，只见猴头落下地来。子牙曰：“这猿猴既能采天地之灵气，便会炼日月之精华，故有此变化耳。这也无难。”忙令左右排香案于中，子牙取出一个红葫芦，放在香几之上，方揭开葫芦盖，只见里面升出一道白线，光高三丈有余。子牙打一躬：“请宝贝现身！”须臾间，有一物现于其上，长七寸五分，有眉，有眼，眼中射出两道白光，将白猿钉住身形。子牙又一躬：“请法宝转身！”那宝物在空中，将身转有两三转，只见白猿头已落地，鲜血满流。众皆骇然。

话说子牙斩了白猿收了法宝，众门人问曰：“如何此宝能治此巨怪也？”子牙对众人曰：“此宝乃在破万仙阵时，蒙陆压老师传授与我，言后有用他处，今日果然。大抵此宝乃用宾铁修炼，采日月精华，夺天地秀气，颠倒五行，至功夫圆满，如黄芽白雪，结成此宝，名曰‘飞刀’。此物有眉，有眼，眼里有两道白光，能钉人仙妖魅泥丸宫的元神，纵有变化，不能逃走。那白光顶上如风轮转一般，只一二转，其头自然落地。前次斩余元即此宝也。”众人无不惊叹：“乃武王之洪福，故有此宝来克治之耳。”

不言子牙斩了白猿，且说殷破败、雷开败回朝歌，面见纣王，备言：“梅山七怪化成人形，与周兵屡战，俱被陆续诛灭，复现原形，大失朝廷体面。全军覆没，臣等只得逃回。今天下诸侯齐集孟津，旌旗蔽日，杀气笼罩数百里。望陛下早安社稷为重，不可令诸侯一至城下，那时救解迟矣。”纣王着忙，令鲁仁杰操练士卒，修理攻守之具。不表。

且说金吒、木吒别了子牙，兄弟二人在路商议。金吒曰：“我二人奉姜元帅将令来助东伯侯姜文焕进关，若与窦荣大战，恐不利也。我和你且假扮道者，诈进游魂关反去协助窦荣，于中用事，使彼不疑。然后里应外合，一阵成功，何为不美。”木吒曰：“长兄言得甚善。”二人吩咐使命：“领人马先去报知姜文焕，我弟兄二人随后就来。”使命领人马去讫。

金、木二吒随借土遁，落在关内，径至帅府前，金吒曰：“门上的，传与你元帅得知，海外有炼气士求见。”门官不敢隐讳，急至殿前启曰：“府外有二道者，口称海外之士，要见老爷。”窦荣听说，传令：“请来。”二人径至檐前，打稽首曰：“老将军，贫道稽首了。”窦荣曰：“道者请了。今道者此来，有何见谕？”金吒答曰：“贫道二人乃东海蓬莱岛炼气散人孙德、徐仁是也。方才我兄弟偶尔闲游湖海，从此经过，因见姜文焕欲进此关，往孟津会合天下诸侯，以伐当今天子。此是姜尚大逆不道，以惶惑之言挑衅天下诸侯，致生灵涂炭，海宇腾沸。此天下之叛臣，人人得而诛之者也。我弟兄昨观乾象，汤气正旺，姜尚等徒苦生灵耳。吾弟兄愿出一臂之力，助将军先擒姜文焕，解往朝歌；然后以得胜之兵，掩诸侯之后，出其不意，彼前后受敌，一战乃成擒耳。”窦荣闻言大喜，慌忙请坐，命左右排酒上来。金、木二吒曰：“贫道持斋，并不用酒食。”随在殿前蒲团而坐，窦荣亦不敢强。一夕晚景已过。次日，窦荣升殿，聚众将议事，忽报：“东伯侯遣将搦战。”窦荣对金、木二吒曰：“今日东伯侯在城下搦战，不识二位师父作何计以破之？”金吒曰：“贫道既来，今日先出去见一阵，看其何如，然后以计擒之。”道罢，忙起身提剑在手，对窦荣曰：“借老将军捆绑手随吾压阵，好去拿人。”窦荣听罢大喜，忙传令：“摆队伍，吾自去压阵。”关内炮声响亮，三军呐喊，开放关门，一对旗摇，金吒提剑而来。

话说金吒出关，见东伯侯门旗脚下一员大将，金甲红袍，走马军前，大呼曰：“来此道者，先试吾利刃也！”金吒曰：“尔是何人？早通名来。”来将答曰：“吾乃东伯侯麾下总兵官马兆是也。道者何人？”金吒曰：“贫道是东海散人孙德。”话没说完，二人拍马大战，金吒祭起遁龙桩，将马兆遁住，命左右将其拿下。姜文焕大骂曰：“泼道无知，仗妖术擒吾大将，这番拿你，定碎尸以泄吾之恨！”催开马，使手中刀，飞来直取，金吒手中剑劈面交还。步马相交，有七八回合，姜文焕拨马便走，金、木二吒随后赶来。约有一射之地，金吒对东伯侯曰：“今夜二更，贤侯可引兵杀至关下，吾等乘机献关便了。”姜文焕谢毕，挂下钢刀，回马一箭射来。金、木二吒把手中剑往上一挑，将箭拨落在地。金吒大骂曰：“奸贼！敢暗射吾一箭也！吾且暂回，明日定拿你以报一箭之恨！”

将至二更，只听得关外炮声大振，喊杀连天，金鼓大作，杀至关下，架炮攻打。有中军官入府，击云板，急报窦荣。

话说窦荣挥动众将，两军混战，只杀得天愁地暗，鬼哭神嚎，刀枪响亮，斧剑齐鸣，喊杀之声振地，灯笼火把如同白昼，人马凶勇似海沸江翻。且言金吒纵步，在军中混战，观见东伯侯带领二百镇诸侯围将上来，金吒急祭起遁龙桩，一声响，先将窦荣遁住。不知老将军性命若何，且听下回分解。

第九十四回　文焕怒斩殷破败

话说金吒祭起遁龙桩将窦荣遁住，早被姜文焕一刀挥为两段。可怜守关二十年，身经数百战，善守关防，不曾失利，今日被金吒智取杀身！

话说东伯侯大兵那一日来至孟津，哨马报入中军："启元帅，东伯侯至辕门等令。"子牙传令："请来。"姜文焕率领二百镇诸侯进中军，参谒子牙，子牙忙迎下座来，彼此温慰一番。姜文焕又曰："烦元帅引见武王一面。"子牙同姜文焕进后营，拜见武王。不表。

此时天下诸侯共有八百，各处小诸侯不计，共合人马一百六十万。子牙在孟津祭了宝纛旗幡，一声炮响，整人马望朝歌而来。

纣王封丁策为神策上将军，郭宸、董忠为威武上将军，随赐袍带，当殿腰金衣紫，赐宴便殿。三将谢恩。次早参见鲁仁杰，鲁仁杰调人马出朝歌城来。

话说鲁仁杰调人马出城安营。只见探马报入中军："启元帅：成汤遣大兵在城外，立下营寨，请令施行。"子牙传令："命众将出营，至汤营前搦战。"只见探马报入中军："有周营大队人马讨战。"鲁仁杰闻报，亲自率领众将出辕门，见子牙乘异兽，两边摆列三山五岳门人。只见哪吒登风火轮，提火尖枪，立于左手。杨戬仗三尖刀，淡黄袍，骑白马，立于右手。雷震子、韦护、金吒、木吒、李靖、南宫适、武吉等一班排立。众诸侯济济师师，大是不同。

话说鲁仁杰一马当先，回顾左右曰："谁为吾擒此逆贼？"后有一将大呼曰："吾来也！"纵马舞刀，飞来直取子牙。子牙旁有南宫适冲将过来，与郭宸截住厮杀。二马相交，双刀并举，两下擂鼓，杀声大振。丁策在马上也摇枪冲杀过来助战，这壁厢武吉走马抵住交锋。战未有二十余合，有南伯侯鄂顺飞马直冲过来截杀，那边有董忠敌住。子牙营左边恼了一路诸侯，乃是东伯侯姜文焕，磕开紫骅骝，走马刀劈了董忠，使发钢锋，好凶恶！

话说东伯侯走马刀劈董忠，在成汤阵前，凶如猛虎，恶似狼豺。子牙左右有哪吒大叫曰：“吾等进关不曾见大功，今日至都城大战，难道束手坐观成败耶！”言罢，随登开风火轮，摇火尖枪，冲杀过来。杨戬也纵马摇刀，直杀过阵内。这壁厢鲁仁杰纵马摇枪敌住。两家混战，只杀得天愁地暗，鬼哭神嚎。哪吒大战丁策，郭宸也来助战。只听得鼓振乾坤旗遮旭日。哪吒祭起乾坤圈，正中丁策。

话说哪吒打死丁策，郭宸落荒，被杨戬一刀劈于马下。鲁仁杰料不能取胜，随败进行营。子牙鸣金收军。

却说鲁仁杰报入城中，连折三将，大败一阵。纣王闻报，心中甚闷，与众臣共议曰：“今周兵驻师城外，兵败将亡，不能取胜，国内无人，为之奈何？”旁有殷破败奏曰：“今社稷有累卵之危，万姓有倒悬之急，朝野无人，旦夕莫待。臣与姜子牙有半面之识，舍死至周营，晓以君臣大义，劝其罢兵，令天下诸侯解释，各安本土，或未可知。如其不然，臣愿骂贼而死。”纣王从其言，使殷破败往周营说之。

殷破败领旨出城，来至周营，命左右通报。只见中军官进营，来见子牙，启曰：“成汤差官至营门，请令定夺。”子牙传令：“令来。”殷破败随令而入，进了大营。东伯侯姜文焕带剑上帐，指殷破败大言曰：“汝为国家大臣，不能匡正其君，引之于当道。今已陷之于丧亡，尚不自耻，犹敢鼓唇弄舌于众诸侯之前耶？真狗彘不若，死有余辜！还不速退，免尔一死！”子牙急止之曰：“两国相争，不禁来使。况为其主，何得与之相争耶？”姜文焕尚有怒色。殷破败被姜文焕数语，骂得勃然大怒，立起骂曰：“吾虽不能为君讨贼，即死为厉鬼，定杀汝等耳！”姜文焕被殷破败之骂，一腔火起，满面烟生，执剑大骂曰：“老匹夫！我思吾父被醢，国母遭害，俱是你这一班贼子播弄国政，欺君罔上，造此祸端！不杀你这老贼，吾父何日得泄此沉冤于地下也！”骂罢，手起一刀挥为两段。及至子牙止之，已无济矣。众诸侯齐曰：“东伯姜君侯斩此利口匹夫，大快人意！”子牙曰：“不然。殷破败乃天子大臣，彼以礼来讲好，岂得擅行杀戮，反成彼之名也。”姜文焕曰：“这匹夫敢于众诸侯之前鼓唇摇舌，说短论长，又叱辱不才，情殊可恨。若不杀之，心下郁闷。”子牙曰：“事已至此，悔之无及。”命左右将破败之尸抬出，以礼厚葬，打点进兵。不知后事如何，下回分解。

第九十五回　子牙暴纣王十罪

子牙曰："今百姓被纣王敲骨剖胎，广施土木，负累百姓，痛入骨髓，恨不能食其肉而寝其皮，不若先写一告示射入城中，晓谕众人，使百姓自相离析，人心离乱，不日其城可得矣。"众将曰："元帅之言乃万全之策。"子牙援笔作稿。

话说子牙作稿，命中军官写了告示数十章，四面射入城中，或射于城上，或射于房屋之上，或射于途路之中。军民人等拾得此告示，打开观看，只见告示上写得甚是明白。

话说众军民父老人等看罢，议曰："周主仁德著于海内，姜元帅吊伐，诚为至公。吾等遭昏君凌虐，深入骨髓，若不献城，是逆民也。"满城哄然，真是民变难治，合城军民人等俱要如此。直等至三更时分，一声喊起，朝歌城四门大开，父老军民人等齐出，大呼曰："吾等俱系军民百姓，愿献朝歌，迎迓真主！"喊声动地。

且说子牙在寝帐中静坐，忽闻外面云板响，子牙忙令人探问，左右回报曰："军民人等已献朝歌，请元帅定夺。"子牙大喜，忙传令众将："各门止许进兵五万，其余俱在城外驻扎，不可入城搅扰。如入城者，不可妄行杀戮，擅取民间物用，违者定按军法枭首！"子牙令人马夜进朝歌，俱按辔而行，各依方位，立于东、南、西、北，虽然杀声大振，百姓安堵如故。子牙将兵马屯在午门，诸侯俱各依次序扎寨。

话说纣王在宫内，正与妲己饮宴，忽听得一片杀声振天，纣王大惊，忙问宫官曰："是哪里喊杀之声？真惊破朕心也！"少时，宫官报入宫中："启陛下，朝歌军民人等已献了城池，天下诸侯之兵俱扎在午门了。"纣王忙整衣出殿，聚文武共议大事。纣王曰："不意军民人等如此背逆，竟将朝歌献了，如之奈何？”鲁仁杰等齐曰：“都城已破，兵临禁地，其实难支。不若背城决一死战，雌雄尚在未定。不然，徒束手待毙，无用也。”纣王曰：“卿言正合朕意。”纣王吩咐整点御林人马。不表。

两军对阵，子牙曰：“陛下居天子之尊，诸侯守拒四方，万姓供其力役，锦衣玉食，贡山航海，何莫非陛下之所有也。古云：‘率土之滨，莫非王臣。’谁敢与陛下抗礼哉。今陛下不敬上天，肆行不道，残虐百姓，杀戮大臣，惟妇言是用，淫酗沉湎，臣下化之，朋家作仇，陛下无君道久矣。其诸侯、臣民，又安得以君道待陛下也？陛下之恶，贯盈宇宙，天愁民怨，天下叛之。吾今奉天明命，行天之罚，陛下幸毋以臣叛君自居也。”纣王曰：“朕有何罪，称为大恶？”子牙曰：“天下诸侯，静听吾道纣王大恶素表著于天下者。”众诸侯听得，齐上前，听子牙道纣王十大罪。子牙曰：陛下身为天子，继天立极，亶聪明，作元后，元后作民父母。今陛下沉湎酒色，弗敬上天，谓宗庙不足祀，社稷不足守，动曰：‘我有民，有命。’远君子，亲小人，败伦丧德，极古今未有之恶。罪之一也。

皇后为万国母仪，未闻有失德。陛下乃听信妲己之谗言，断恩绝爱，剜剔其目，炮烙其手，致皇后死于非命，废元配而妄立妖妃，纵淫败度，大坏彝伦。罪之二也。

太子为国之储贰，承祧宗社，乃万民所仰望者也。今陛下轻信谗言，命晁雷、晁田封赐尚方，立刻赐死；轻弃国本，不顾嗣胤，忘祖绝宗，得罪宗社。罪之三也。

黄耇大臣，乃国之枝干。陛下乃播弃荼毒之，炮烙杀戮之，囚奴幽辱之，如杜元铣、梅伯、商容、胶鬲、微子、箕子、比干是也。诸君子不过去君之非，引君于道，而遭此惨毒，废股肱而昵比罪人，君臣之道绝矣。罪之四也。

信者人之大本，又为天子号召四方者也，不得以一字增损。今陛下听妲己之阴谋，宵小之奸计，诳诈诸侯入朝，将东伯侯姜桓楚、南伯侯鄂崇禹，不分皂白，一碎醢其尸，一身首异处，失信于天下诸侯，四维不张。罪之五也。

法者非一己之私，刑者乃持平之用，未有过用之者也。今陛下悉听妲己惨恶之言，造炮烙，阻忠谏之口，设虿盆，吞宫人之肉，冤魂啼号于白昼，毒焰障蔽于青天，天地伤心，人神共愤。罪之六也。

天地之生财有数，岂得妄用奢靡，穷财之力，拥为己有，竭民之生？今陛下惟污池台榭是崇，酒池肉林是用，残宫人之命，造鹿台广施土木，积天下之财，穷民物之力，又纵崇侯虎剥削贫民，有钱者三丁免抽，无钱者独丁赴役，民生日促，偷薄成风，皆陛下贪剥有以倡之。罪之七也。

廉耻者乃风顽惩钝之防，况人君为万民之主者。今陛下信妲己狐媚之言，诓贾氏上摘星楼，君欺臣妻，致贞妇死节，西宫黄贵妃直谏，反遭摔下摘星楼，死于非命，三纲已绝，廉耻全无。罪之八也。

举措乃人君之大体，岂得妄自施张；今陛下以玩赏之娱，残虐生命，斮朝涉者之胫，验民生之老少，刳剔孕妇之胎，试反背之阴阳，民庶何辜，遭此荼毒！罪之九也。

人君之宴乐有常，未闻流连忘返。今陛下夤夜暗纳妖妇喜媚，共妲己在鹿台昼夜宣淫，酗酒肆乐，信妲己以童男，割炙肾命，以作羹汤，绝万姓之嗣脉，残忍惨毒，极今古之冤。罪之十也。

臣虽能言之，陛下决不肯悔过迁善，肆行荼毒，累军民于万死，暴白骨于青天，独不思臣民生斯世者，竟遭陛下无辜之杀戮耶！今臣尚特奉天之明命，襄周王发恭行天之罚，陛下毋得以臣逆君而少之也。

纣王听姜子牙暴其十罪，只气得目瞪口呆。只见八百诸侯听罢，齐呐一声喊："愿诛此无道昏君！"众人方欲上前，有东伯侯姜文焕大呼曰："殷受不得回马！吾来也！"

话说东伯侯走马至军前，大喝曰："吾父王姜桓楚被你醢尸，吾姐姐姜后被你剜目烙手，俱死于非命。今日借武王仁义之师，仗姜元帅之力，诛此无道，以泄我无穷之恨！"只见南伯侯青骔马冲出，厉声大叫："无道昏君！杀父之仇，不共戴天，姜皇兄，留功与我鄂顺！"马至军前，叱曰："你行无道，吾父王未曾犯罪，无故而诛大臣，情理难容也！"把手中枪一晃，劈胸就刺。纣王手中刀劈面交还。姜文焕手中刀使开，冲杀过来。二侯与纣王战在午门。

北伯侯崇应鸾见东、南二侯大战纣王，也把马催开，来助二侯。纣王又见来了一路诸侯，抖擞神威，力战三路诸侯，一口刀抵住他三般兵器，只杀得天昏地暗，旭日无光。

武王在逍遥马上叹曰：“只因天子无道，致使天下诸侯会集于此，不分君臣，互相争战，冠履倒置，成何体统！真是天翻地覆之时！”忙将逍遥马催上前，与子牙曰：“三侯还该善化天子，如何与天子抗礼，甚无君臣体面。”子牙曰：“方才大王听老臣言纣王罪，乃获罪于天地人神者，天下之人，皆可讨之，此正是奉天命而灭无道，老臣岂敢有违天命耶！”武王曰：“当今虽是失政，吾等莫非臣子，岂有君臣相对敌之理？元帅可解此危。”子牙曰：“大王既有此意，传令命军士擂鼓。”子牙传令：“擂鼓！”天下诸侯听的鼓响，左右有三十五骑纷纷杀出，把纣王围在垓心。不知纣王性命如何，且听下回分解。

第九十六回　子牙发柬擒妲己

话说武王是仁德之君，一时哪里想起“鼓进金止”之意。只见众将听得鼓响，各要争先，枪刀剑戟，鞭锏抓锤，钩镰钺斧，拐子流星，一齐上前，将纣王裹在垓心。鲁仁杰对雷鹍、雷鹏曰：“‘主忧臣辱’，吾等正于此时尽忠报国，舍一死以决雌雄，岂得令反臣扬威逞武哉！”雷鹍曰：“兄言是也，吾等当舍死以报先帝。”三将纵马杀进重围。

殷纣王毕竟勇猛，众诸侯终欠调停。喝声：“着！”将官落马；叫声：“中！”翻下鞍鞒。纣王刀摆似飞龙，砍将伤军如雪片。劈诸侯如同儿戏，斩大将鬼哭神惊。当此时恼了哪吒殿下，那杨戬怒气冲冲，大喝道：“纣王不要逃走，等我来与你见个雌雄！”

话说纣王被众诸侯围在垓心，全然不惧，使发了手中刀，一声响，将南伯侯一刀挥于马下。鲁仁杰枪挑林善。恼了哪吒，登开风火轮，大喝曰：“不得猖獗，吾来也！”旁有杨戬、雷震子、韦护、金木二吒一齐大叫曰：“今日大会天下诸侯，难道我等不如他们！”齐杀至重围。杨戬刀劈了雷鹍，哪吒祭起乾坤圈，把鲁仁杰打下鞍鞒，丧了性命，雷震子一棍结果雷鹏。东伯侯姜文焕见哪吒众人立功，将刀放下，取鞭在手，照纣王打来。纣王及至看时，鞭已来得太急，闪不及，早已打中后背几乎落马，逃回午门。众诸侯呐一声喊，齐追至午门，只见午门紧闭，众诸侯方回，子牙鸣金收兵，升帐坐下，众诸侯来见子牙。子牙查点大小将官，损了二十六员。

且说纣王入内宫，有妲己、胡喜媚、王贵人三个前来接驾。妲己曰：“陛下且省愁烦。妾身生长将门，昔日曾学刀马，颇能厮杀。况妹妹喜媚与王贵人善知道术，皆通战法。陛下放心，今晚看妾等三人一阵成功，解陛下之忧闷耳。”纣王闻言大悦：“若是御妻果能破贼，真百世之功，朕有何忧也！”妲己又奉纣王数杯，乃与喜媚、王贵人结束停当，议定今晚去劫

周营。纣王见三人甲胄整齐，心中大喜，只看今晚成功。不表。

且说子牙在营中筹算：“甲子届期，纣王当灭。”心中大喜，不曾着意，就未曾提防三妖来劫营，故此几乎失利。只见将至二更，只听得半空中风响。

话说妲己与胡喜媚等三人俱全装甲胄，甚是停当。妲己用双刀，胡喜媚用两口宝剑，王贵人用一口绣鸾刀，俱乘桃花马，发一声响，杀入周营。各驾妖风，播土扬尘，飞砂走石，冲进周营内来。只见周营中军士，咫尺间不分南北，那辨东西，守营小校尽奔驰，巡逻将士皆束手。真个是：层围木栅撞得东倒西歪，铁骑连车冲得七横八竖。惊动了大小众将，急报子牙。子牙忙起身出帐观看，只见一派妖风怪雾，滚将进来。子牙忙传令：“命众门人齐去，将妖怪获来！”哪吒听得，急登风火轮，摇火尖枪，杨戬纵马，使三尖刀，雷震子使黄金棍，韦护用降魔杵，李靖摇方天戟，金、木二吒用四口宝剑，齐杀出中军帐来，迎敌三妖。只见三妖全身甲胄，横冲直撞，左右厮杀。杨戬大呼曰：“好业障！不要猖獗，敢来此自送死也！”哪吒登轮奋勇当先。七位门人将三妖围在垓心。子牙在中军用五雷正法，镇压邪气，把手一放，半空中一声霹雳，只震得三妖胆颤心寒。三妖见来的势头不好，俱是些道术之士，料难取胜，不敢恋战，借一阵怪风，连人带马冲出周营，往午门逃回。三妖自二更入周营，只至四更方才逃回，也伤了些士卒。不表。

且说纣王在午门外看三妃今夜劫营成功，洗目以待。忽见三妃来至，纣王问曰：“三卿劫营，胜负如何？”妲己曰：“姜子牙俱有准备，故此不能成功，几乎被他众门人困于垓心，险不能见陛下也。”纣王闻言大惊，低首不言。进了午门上了大殿，纣王不觉泪下曰：“不期天意丧吾，莫可救解！”妲己亦泣曰：“妾身指望今日成功，平定反臣而安社稷，不料天心不顺，力不能支，如之奈何！”纣王曰：“朕已知天意难回，非人力可解，从今与你三人一别，各自投生，免使彼此牵绊。”把袍袖一摆，径往摘星楼去了，三妖也慰留不住。

话说三妖见纣王自往摘星楼去了，妲己谓二妖曰：“今日纣王此去，必寻自尽，只我等数年来把成汤一个天下送得干干净净，如今我们却往那里去好？”九头雉鸡精曰：“我等只好迷惑纣王，其他皆不听也。此时无处可栖，不若还归轩辕坟去，依然自家巢穴，尚可安身，再为之计。”玉石琵琶精曰："姐姐之言甚善。"三妖共议还归旧巢。不表。

且说子牙被三妖劫营，杀至营前，三妖逃遁。子牙收军，升帐坐下，众诸侯上帐参谒。子牙曰："一时未曾防此妖孽，被他劫营，幸得众门人俱是道术之士，不然几为所算，失了锐气。今若不早除，后必为患。"子牙言罢，命排香案。左右闻命，即将香案施设停当。子牙祷毕，将金钱排下，乃大惊曰："原来如此！若再迟延，几被三妖逃去。"忙传令，命："杨戬领柬帖，你去把九头雉鸡精拿来。如走了，定按军法！"杨戬领令去了。子牙又令："雷震子领柬帖，你去把九尾狐狸精拿来。如若有失，定依军法！"又令："韦护领柬帖，你去将玉石琵琶精拿来。如违令，定按军法！"三个门人领令出了辕门，议曰："我三人去拿此三妖，不知从何处下手？哪里去寻他？"杨戬道："三妖此时料纣王已不济事了，毕竟从宫中逃出。吾等借土遁，站在空中等候，看他从何处逃走。吾等务要小心擒获，不得鲁莽，恐有疏虞不便。"雷震子曰："杨师兄言之有理。"道罢，各驾土遁，往空中等候三妖来至。

话说妲己与胡喜媚、王贵人在宫中还吃了几个宫人，方才起身。一阵风响，三妖起在空中，往前要走。只见杨戬听见风响，随与雷震子、韦护曰："业怪来也！各要小心！"杨戬拎宝剑大呼曰："怪物休走！吾来也！"九头雉鸡精见杨戬仗剑赶来，举手中剑骂道："我们姊妹断送了成汤天下，与你们的功名，你反来害我等，何无天理也！"杨戬大怒曰："业畜休得多言，早早受缚！吾奉姜元帅将令，特来擒你。不要走，吃吾一剑！"雉鸡精举剑来迎。雷震子黄金棍打来，早有九尾狐狸精双刀架住。韦护降魔杵打来，玉石琵琶精用绣鸾刀敌住。三妖与杨戬等三人战，未及三五回合，三妖架妖光逃走，杨戬与雷震子、韦护惟恐有失，紧紧赶来。

话说杨戬追赶九头雉鸡精，往前多时，看看赶上，杨戬取出哮天犬祭在空中。那犬乃仙犬修成灵性，见妖精舞爪张牙，赶上前一口，将雉鸡头咬掉了一个。那妖精也顾不得疼痛，带血逃灾。杨戬见犬伤了他一头，依旧走了，心下着忙，急驾土遁紧追。雷震子赶狐狸，韦护追琵琶精，紧紧不舍。只见前面两首黄幡空中飘荡，香烟霭霭，遍地氤氲。不知是谁来了，且听下回分解。

第九十七回　摘星楼纣王自焚

话说杨戬正赶雉鸡精，见前面黄幡隐隐，宝盖飘扬，有数对女童分于左右，当中一位娘娘，跨青鸾而来，乃是女娲娘娘驾至。

话说女娲娘娘跨青鸾而来，阻住三个妖怪之路。三妖不敢前进，按落妖光，俯伏在地，口称："娘娘圣驾降临，小畜有失回避，望娘娘恕罪。小畜今被杨戬等追赶甚迫，求娘娘救命。"女娲娘娘听罢，吩咐碧云童儿："将缚妖索把这三个业障锁了，交与杨戬解往周营，与子牙发落。"童儿领命，将三妖缚定。三妖泣而告曰："启娘娘得知，昔日是娘娘用招妖幡招小妖去朝歌，潜入宫禁，迷惑纣王，使他不行正道，断送他的天下。小畜奉命，百事逢迎，去其左右，令彼将天下断送。今已垂亡，正欲复娘娘钧旨，不期被杨戬等追袭，路遇娘娘圣驾，尚望娘娘救护，娘娘反将小畜缚去见姜子牙发落，不是娘娘'出乎反乎'了？望娘娘上裁！"女娲娘娘曰："吾使你断送殷受天下，原是合上天气数，岂意你无端造孽，残贼生灵，屠毒忠烈，惨恶异常，大拂上天好生之仁。今日你罪恶贯盈，理宜正法！"三妖俯伏，不敢声言。只见杨戬同雷震子、韦护正往前追赶三妖，杨戬望见祥光，忙对雷震子、韦护曰："此位是女娲娘娘大驾降临，快上前参谒。"雷震子听罢，三人向前倒身下拜。杨戬等曰："弟子不知圣驾降临，有失迎迓，望娘娘恕罪。"女娲娘娘曰："杨戬，我与你将此三妖拿在此间，你可带往行营，与姜子牙正法施行。今日周室重兴，又是太平天下也。你三人去罢。"杨戬等感谢娘娘，叩首而退，将妖解往周营。

话说杨戬等将三妖摔下云端，三人随收土遁，来至辕门。杨戬镇压住雉鸡精，韦护镇压住琵琶精，一声呐喊，军士动手，将两个妖精斩了首级。子牙斩了妲己，将首级号令辕门，众诸侯等无不叹赏。

纣王上了摘星楼，行至九曲栏边，默默无语，神思不宁，扶栏而问："封宫官何在？"封宫官朱升闻纣王呼唤，慌忙上摘星楼来，俯伏栏边，口称"陛下，奴婢听旨。"纣王曰："朕悔不听群臣之言，误被谗奸所惑，今兵连祸结，莫可救解，噬脐何及！朕思身为天子之尊，万一城破，为群小所获，辱莫甚焉。欲寻自尽，此身尚遗人间，犹为他人作念；不若自焚，反为干净，毋得令儿女子借口也。你可取柴薪堆积楼下，朕当与此楼同焚。你当如朕命。"朱升听罢，披泪满面，泣而奏曰："奴婢侍陛下多年，蒙豢养之恩，粉骨难报。不幸皇天不造我商，祸亡旦夕，奴婢恨不能以死报国，何敢举火焚君也！"言罢，呜咽不能成声。纣王曰："此天亡我也，非干你罪。你不听朕命，反有忤逆之罪。昔日朕曾命费、尤向姬昌演数，言朕有自焚之厄；今日正是天定，人岂能逃，当听朕言！"

话说朱升再三哭奏，劝纣王："且自宽慰，另寻别策，以解此围。"纣王怒曰："事已急矣！朕筹之已审。若诸侯攻破午门，杀入内庭，朕一被擒，汝之罪不啻泰山之重也！"朱升大哭下楼，去寻柴薪，堆积楼下。不表。

且说纣王见朱升下楼，自服衮冕，手执碧圭，佩满身珠玉，端坐楼中。朱升将柴堆满，挥泪下拜毕，方敢举火，放声大哭。

话说朱升举火，烧着楼下干柴，只见烟卷冲天，风狂火猛，六宫中宫人喊叫，霎时间乾坤昏暗，宇宙翻崩，鬼哭神号，帝王失位。朱升见摘星楼一派火着，甚是凶恶。朱升撩衣痛哭数声，大叫："陛下！奴辈以死报陛下也！"言罢，将身撺入火中。可怜朱升忠烈，身为宦竖，犹知死节。

话说纣王在三层楼上，看楼下火起，烈焰冲天，不觉抚膺长叹曰："悔不听忠谏之言，今日自焚，死故不足惜，有何面目见先王于泉壤也！"只见火趁风威，风乘火势，须臾间，四面通红，烟雾障天。

话说子牙在中军方与众诸侯议攻皇城，忽左右报进中军："启元帅，摘星楼火起。"子牙忙领众将，同武王、东伯侯、北伯侯共天下诸侯，齐上马出了辕门看火。武王在马上观看，见烟迷一人，身穿赭黄衮服，头戴冕旒，手拱碧玉圭，端坐于烟雾之中，朦胧不甚明白。武王问左右曰："那烟雾中乃是纣天子吗？"众诸侯答曰："此正是无道昏君。今日如此，正

所谓‘自作自受’耳。”武王闻言，掩面不忍看视，兜马回营。子牙忙上前启曰：“大王为何掩面而回？”武王曰：“纣王虽则无道，得罪于天地鬼神，今日自焚，适为业报；但你我皆为臣下，曾北面事之，何忍目睹其死，而蒙逼君之罪哉？不若回营为便。”子牙曰：“纣王作恶，残贼生民，天怒民怨，纵太白悬旗，亦不为过。今日自焚，正当其罪。但大王不忍，是大王之仁明忠爱之至意也。然犹有一说：昔成汤以至仁放桀于南巢，救民于水火，天下未尝少之；今大王会天下诸侯，奉天征讨，吊民伐罪，实于汤有光，大王幸毋介意。”众诸侯同武王回营。子牙督领众将门人看火，以便取城。只见那火越盛，看看卷上楼顶，那楼下的柱脚烧倒，只听得一声响，摘星楼塌倒，如天崩地裂之状，将纣王埋在火中，一霎时化为灰烬，一灵已入封神台去了。

第九十八回　周武王鹿台散财

且说众诸侯同武王往鹿台而来。上了台时，见阁耸云端，楼飞霄汉，亭台叠叠，殿宇巍峨，雕栏玉饰，梁栋金装；又只见明珠异宝，珊瑚玉树，厢嵌成琼宫瑶室，堆砌就绣阁兰房，不时起万道霞光，顷刻有千条瑞彩，真所谓目眩心摇，神飞魄乱。武王点首叹曰："纣天子这等奢靡，竭天下之财以穷己欲，安有不亡身丧国者也！"子牙曰："古今之所以丧亡者，未有不从奢侈而败，故圣王再三叮咛垂戒者，'宝己以德，毋宝珠玉'，良有以也。"武王曰："如今纣王已灭，天下诸侯与闾阎百姓受纣王剥削之祸，荼毒之苦，征敛之烦，日坐水火之中，衽席不安，重足而立，今不若将鹿台聚积之货财，给散与诸侯、百姓，将巨桥聚敛之稻粟，赈济与饥民，使万民昭苏，享一日安康之福耳。"子牙曰："大王兴言及此，真社稷生民之福也！宜速行之。"武王命左右去发财运粟。不表。

那朝歌百姓挤拥，遍地欢呼。武王受了册、宝，即天子位，面南垂拱端坐。乐奏三番，众诸侯出笏，山呼"万岁"。拜贺毕，武王传旨，大赦天下。众人簇拥武王下坛，来至殿廷，从新拜贺毕，武王传旨，命摆九龙饰席，大宴八百诸侯，君臣共乐。众人酒过数巡，俱各欢畅。百官觉已深沉，各辞阙谢恩而散。

话说次日武王设朝，众诸侯朝贺毕，武王谓子牙曰："殷纣因广施土木之功，竭天下之财，荒淫失政，故有此败。朕蒙众诸侯立之为君，朕欲将鹿台之货财给散与天下诸侯，颁赐各夷王衣袭之费，列爵惟五，分土惟三，建官惟贤，位事惟能，重民五教，惟食丧祭，惇信明义，崇德报功，命诸侯各引人马归国，以安享其土地。"又将摘星楼殿阁尽行拆毁，散鹿台之财，发巨桥之粟，释箕子之囚，封比干之墓，式商容之闾，放内宫之人，大赉于四海，而万姓悦服。乃偃武修文，归马于华山之阳，放牛于桃林之野，以示天下大服。武王在朝歌旬月，万民乐业，人物安阜，瑞草生，凤凰现，醴泉溢，甘露降，景星庆云，熙熙皞皞，真是太平景象。

第九十九回　姜子牙归国封神

话说子牙借土遁来至玉虚宫前，不敢擅入。少时，只见白鹤童儿出来，看见姜子牙，忙问曰："师叔何来？"子牙曰："烦你通报一声，特来叩谒老师。"童子忙进宫来，至碧游床前启曰："禀上老爷，姜师叔在宫外求见。"元始天尊曰："着他进来。"童子出来传与子牙。子牙进宫，至碧游床前，倒身下拜："弟子姜尚愿老师万寿无疆！弟子今日上山，拜见老师，特为请玉符、敕命，将阵亡忠臣孝子，逢劫神仙，早早封其品位，毋令他游魂无依，终日悬望。乞老师大发慈悲，速赐施行。诸神幸甚！弟子幸甚！"元始曰："我已知道了。你且先回，不日就有符敕至封神台来。你速回去罢。"子牙叩首谢恩而退。子牙离了玉虚宫，回至西岐。次日，入朝参谒武王，备言封神一事："老师自令人赍来。"不觉光阴迅速，也非止一日，只见那日空中笙簧嘹亮，香气氤氲，旌幢羽盖，黄巾力士簇拥而来，白鹤童子亲赍符敕降临相府。

话说子牙迎接玉符、金敕供于香案上，望玉虚宫谢恩毕，黄巾力士与白鹤童子别了子牙回昆仑。不表。

子牙将符敕亲自赍捧，借土遁往岐山前来，只一阵风早到了封神台，有清福神柏鉴来接子牙。子牙捧符敕进了封神台，将符敕在正中供放，传令武吉、南宫适："立八卦纸幡，镇压方向与干支旗号。"又令二人领三千人马，按五方排列。子牙吩咐停当，方沐浴更衣，拈香金鼎，酌酒献花，绕台三匝。子牙拜毕诰敕，先命清福神柏鉴在台下听候。子牙然后开读玉虚宫元始天尊诰敕。

宣读敕书毕，将符箓供放案桌之上，乃全装甲胄，左手执杏黄旗，右手执打神鞭，站立中央，大呼曰："柏鉴可将'封神榜'张挂台下。诸神俱当循序而进，不得搀越取咎。”柏鉴领法旨，将“封神榜”张挂台下，只见诸神俱簇拥，前来观看。

子牙命柏鉴：“引郑伦等上坛受封。”不一时，清福神用幡引郑伦等至台下，跪听宣读敕命。子牙曰：“今奉太上元始敕命：尔郑伦弃纣归周，方庆良臣之得主，督粮尽瘁，深勤跋涉之劬劳。未膺一命之荣，反罹阳九之厄。尔陈奇阻吊伐之师，虽违天命；苠忠节于国，实有可嘉。总归劫运，无用深嗟。兹特即尔等腹内之奇，加之位职。敕封尔等镇守西释山门，宣布教化，保护法宝，为哼哈二将之神。尔其恪修厥职，永钦成命。”

郑伦与陈奇听罢封号，叩首谢恩，出坛去了。其他各神俱一一受封。

子牙封罢三百六十五位正神已毕，只见众神各去领受执掌，不一时，封神台边凄风尽息，惨雾澄清，红日中天，和风荡漾。子牙下坛传令，命南宫适：“会合朝大小文武官员，至岐山听候发落。”南宫适领命，忙令马上飞递前去。不表。

次日，众官跻跻跄跄，齐至坛下伺候。少时，子牙升帐。众官俱进帐参谒毕，子牙传令：“将飞廉、恶来拿下。”飞廉、恶来二人齐曰：“无罪！”子牙笑曰：“你这二贼，惑君乱政，陷害忠良，断送成汤社稷，罪盈恶贯，死有余辜！今国破君亡，又来献宝偷安，希图仕周，以享厚禄。新天子祗承休命，万国维新，岂容你这不忠不义之贼于世，以贻新政之羞也！”命左右：“推出斩之正法！”二人低头不语，左右推出辕门。不知性命如何，且听下回分解。

第一百回　武王封列国诸侯

子牙斩了两个佞臣，复进封神台，拍案大呼曰："清福神柏鉴何在？快引飞廉、恶来魂魄至坛前受封！"不一时，只见清福神用幡引飞廉、恶来至坛下，跪听宣读敕命。但见二魂俯伏坛下，凄切不胜。子牙曰："今奉太上元始敕命：尔飞廉、恶来，生前甘心奸佞，簧惑主聪，败国亡君，偷生苟免，只知盗宝以荣身，孰意法网无疏漏。既正明刑，当有幽录。此皆尔自受之愆，亦是运逢之劫。特敕封尔为冰消瓦解之神。虽为恶煞，尔宜克修厥职，毋得再肆凶锋。汝其钦此！"

飞廉、恶来听罢封号，叩首谢恩，出坛去了。

子牙封罢神下台，率领百官回西岐。

武王升殿，姜子牙与周公旦出班奏曰："有功之臣，当分茅土者，乞陛下速赐施行，以慰臣下之望。"武王曰："今所有分封仪制，一如相父、御弟所议施行。"子牙与周公旦谢恩出殿，条议分封仪注并位次，上请武王裁定。次日，武王登宝座，命御弟周公旦于金殿上唱名册封，先追王祖考，自太王、王季、文王皆为天子，其余功臣与先朝帝王后裔俱列爵为五等：公、侯、伯、子、男，其不及五等者为附庸。条序已毕，周公方才唱名。列侯分封国号名讳：

鲁——姬姓，侯爵。系周文王第四子周（姬）公旦，佐文王、武王、成王，有大勋劳于天下。后成王，命为大宰，食邑扶风雍县东北之周城，号宰周公，留相天子，主自陕以东之诸侯。乃封其长子伯禽于曲阜，地方七百里，分以宝玉、大弓，而俾侯于鲁，以辅周室。

齐——姜姓，侯爵。系炎帝裔孙伯益为四岳，佐禹平水土有功，赐姓曰姜氏，谓之吕侯。其国在南阳宛县之西南。自太公吕望起自渭水，为周文、武师，号为师尚父，佐文、武定天下，有大功，封营丘，为齐侯，列于五侯九伯之上，即今山东青州府是也。

燕——姬姓，伯爵。系周同姓功臣，曰君奭，佐文、武定天下，有大功，为周太保，食邑于召，谓之召康。留相天子，主自陕以西之诸侯。乃封其子为北燕伯，其地乃幽州蓟县是也。

魏——姬姓，伯爵。系周同姓功臣，曰毕公高，佐文、武定天下，有大功，封镇魏国，即今河南开封府高密县是也。

管——姬姓，侯爵。系武王弟，曰姬叔鲜，以监武庚封于管，即今河南信阳县是也。

蔡——姬姓，侯爵。系武王弟，曰姬叔度，以监武庚封于蔡，即今河南汝宁府上蔡县也。

曹——姬姓，伯爵。系武王弟，曰姬叔振铎。武王克商，封于曹，即今济阳定陶县是也。

郕——姬姓，伯爵。系武王弟，曰姬叔武。武王克商，封于郕，即今山东兖州府汶上县是也。

霍——姬姓，伯爵。系武王弟，曰姬叔处。武王克商，封于霍，即今山西平阳府是也。

卫——姬姓，侯爵。系武王同母少弟，封为大司寇，食采于康，谓之康叔，封于卫，即今北京冀州是也。

滕——姬姓，侯爵。系武王弟，曰姬叔绣。武王克商，封于滕，即今山东章邱县是也。

晋——姬姓，侯爵。系武王少子，曰唐叔虞。封于唐，后改为晋，即今山西平阳府绛县东翼城是也。

……

话说众人各领封敕，俱望本国以赴职任，惟御弟周公旦、召公奭在朝辅相王室。武王乃谓周公曰："镐京为天下之中，真乃帝王之居。"

于是命召公迁都于镐京，即今陕西西安府咸阳县是也。后武王崩，成王立，周公辅相之，戡定内难，天下复睹太平。自太公开基，周公赞襄，遂成周家八百年基业。然子牙、周公之鸿功伟烈，充塞乎天地之间矣。